RAMONA & RADU F. CONSTANTINESCU

PSIHOLOGIE *pentru* OAMENI OBIȘNUIȚI

Ediție de colecție

CURTEA VECHE

Descrierea CIP a Bibliotecii Naţionale a României
CONSTANTINESCU, RAMONA
Psihologie pentru oameni obişnuiţi /
Ramona şi Radu F. Constantinescu. -
Ed. de colecţie. - Bucureşti :
Curtea Veche Publishing, 2019
ISBN 978-606-44-0280-6

I. Constantinescu, Radu F.

159.9

Redactor: Alina Bâltâc
Corector: Elena Tătaru
Tehnoredactori: Chirachiţa Dogaru, Irinel Niculae

CURTEA VECHE PUBLISHING
str. Aurel Vlaicu nr. 35, Bucureşti, 020091
redacţie: 0744 55 47 63
distribuţie: 021 260 22 87, 021 222 25 36, 0744 36 97 21
fax: 021 223 16 88
redactie@curteaveche.ro
comenzi@curteaveche.ro
www.curteaveche.ro

Volumul 1 din *Psihologie pentru oameni obişnuiţi*
a apărut prima dată la Curtea Veche Publishing
în anul 2017, iar volumul 2 în anul 2018.

ISBN 978-606-44-0280-6

Cuprins

Partea a doua

Înainte să fim autori, chiar și autorii
unei compuneri la școală, am fost opera lor.
Dedicăm acest volum autorilor noștri,
Părinții,
de la care am învățat ce e rău și ce e bine.
De cele mai multe ori prin exemplu personal.
Dacă am fi avut niște vieți perfecte,
nu am fi putut scrie această carte.

Partea întâi

Freud pentru Pantelimon și Coolentina

Psihologia nu s-a inventat în laborator! Înainte să aibă un nume, ea a avut un rost. Un general de armată din Antichitate știa mai multe despre psihologia maselor decât mulți „specialiști" din ziua de astăzi. Chiar și decât mulți generali din secolul al XXI-lea. Acum războiul e ca jocurile pe calculator. Nu se mai confruntă voințe, ci tehnologii. Indiferent câtă putere de convingere aveau regulile restrictive ale unui stat, era nevoie de o cunoaștere superioară a psihicului uman ca să determini câteva mii de nefericiți să moară pentru o idee! Care nici măcar nu era a lor!

Banii, onoarea, patriotismul, toate erau resorturi folosite brutal. Omul lupta, risca, sacrifica bucuria de acum pentru șansa unei vieți mai bune. Pe care nu o mai apuca.

Să nu credeți că s-au schimbat prea multe: câți corporatiști nu-și sacrifică chiar în acest moment tinerețea pentru un viitor mai bun? Câmpiile Elizee de la finalul carierei sunt periculos de aproape de sfârșitul vieții.

Nu știu dacă am răspunsurile, dar cu certitudine, după mulți ani de corporație, am întrebările corecte și le vei găsi în secțiunea pe care aș putea-o numi Psihologie de birou.

Vă dau un hint:

#shareifyoudare

ȘTII CARE E SINGURUL MOD PRIN CARE ÎȚI POȚI IMPRESIONA CU ADEVĂRAT ȘEFUL? AJUNGÂND ȘEFUL LUI!

Hei! Nu te grăbi să ajungi la capitolul cu biroul! Mai avem bunătăți: o parte din carte este (în premieră) MEN ONLY!

Știu. Pe aceea o vor citi femeile. De două ori. Să fie sigure că nu le-a scăpat nimic.

Psihologia nu este nici o „superputere“. Nu e nimic supranatural, voodoo, observație, studiu, logică, bun-simț, da.

La cât de rar găsești un om care să le aibă pe ultimele două, s-ar putea în curând să pară totuși o superputere.

O vrei?

Îți trebuie?

Vrei să-i cunoști pe ceilalți? Să-i manipulezi chiar?

Nu o să reușești să te înțelegi cu ei până nu te înțelegi pe tine.

Apoi, după ce te înțelegi pe tine, va mai trebui și să te accepți.

Oglinzile cel mai puțin căutate sunt cele în care ne putem vedea sufletul.

Viața e o luptă în care intrăm fără să fim întrebați dacă vrem.

Și din care ieșim împotriva voinței noastre.

Te-a întrebat cineva dacă vrei să te naști?

Interesează pe cineva că nu vrei să mori?

Nu noi am stabilit regulile acestei lupte, dar noi putem alege miza.

Tu pentru ce lupţi?

Şi dacă nu o faci pentru că ţi se pare periculos, ce speri cu un non-combat?

Rata de supravieţuire în acest război e ZERO.

Ţi se mai pare important să supravieţuieşti sau alegi să trăieşti?

Psihologia pentru oameni obişnuiţi exista deja. N-am inventat-o noi. Ai simţit-o în fiecare flirt, în fiecare interviu de angajare, în discuţiile de la masa în familie pe care încerci s-o eviţi.

Psihologia pentru oameni obişnuiţi există în versurile trupelor rock şi hip-hop, aşa că vom demonstra că uneori „băieţaşii de cartier" te educă mai bine decât familia, vom râde realizând că am cântat versuri Holograf pe care ar fi fost mai bine să le fi înţeles şi că LL Cool J are momente în care rivalizează cu proverbele românilor, care tot un fel de psihologie pentru oameni obişnuiţi sunt.

Ţin să fac o precizare: deşi în acest moment sunt cel puţin 100 de psihologi cu acte în regulă care îmi urmăresc postările, nu sunt psiholog! Mai grav, Muza a făcut pictură. Sper că nu e o informaţie care te-a lăsat „tablou". Culmea e că unii dintre psihologii care ne urmăresc şi adesea ne contestă de formă citează din *Necenzurat* şi pun la final numărul de telefon pentru „consultaţii"...

Cu orice risc, o să vă mai spun că tinerii au mai multe de învăţat despre lumea în care trăiesc din muzica generaţiei lor decât dintr-o oră de dirigenţie!

Pe cei care au citit *Filosofia sexului* nu o să-i surprindă faptul că, în *Psihologie pentru oameni obişnuiţi,* în loc de citate din Freud, Jung sau Fromm vor găsi versuri din cântece hip-hop şi rock.

Totul începe cu noi. Noi suntem punctul de plecare spre orice destinaţie. Destinaţia este motivaţia. Cum? Veţi spune că toată lumea v-a zis că motivația e combustibilul! V-a menajat: combustibilul suntem noi. Noi ardem.

Toți.

Din păcate, nu toți la fel. Unii se transformă și în lumină, alții doar în scrum.

Începutul tuturor începuturilor: dorințele tale. Oare chiar ale tale sunt?

Sperăm că nu deranjăm, dar ne permiteți să vă întrebăm câte cărți care promit că vă ajută să obțineți tot ce vreți ați văzut?

Câți speakeri motivaționali nu v-au promis că vă vor transforma cu o conferință de doar două ore?

Unii au reușit, acum sunteți oameni mai deștepți, știți că ați dat banii degeaba și data viitoare când o să aveți două ore libere mai bine mergeți la un film.

Toți promit rezultate rapide pentru scopuri care sunt chiar sub nasul nostru, dar dacă adevărul trebuie căutat în spate?

Păpușarii nu stau în lumină nici la teatru.

Toți te învață:

Cum să te faci respectat...

Cum să te faci dorită...

Cum să vinzi...

Tot felul de „CUM SĂ“, prea puțin „DE CE?“.

Te mândrești că știi să obții ce vrei? Dar știi de ce vrei ceea ce vrei?

Câte dintre dorințele tale sunt chiar ale tale? Faci față provocărilor și d-asta te simți bărbat? Uau! Dar cine te provoacă? El cum e? Cel care îți dă task-uri la job? Cel care te trimite la război înflăcărat „pentru patrie“? Chiar și nevastă-ta, care-ți spune că „ăla de la 5 s-a mutat la casă pe pământ“?

Ce sunt ei pe lângă tine? Un fel de stăpâni. Nu te îngrijora! Și stăpânii au stăpânii lor.

Între a face față provocărilor și a asculta ordinele este o deosebire mai mică decât crezi.

Omul nu mai este provocat de mediul înconjurător încă din secolul al XIX-lea! Am învins de mulți ani planeta. Acum ne batem între noi.

Încă de mic îți dorești lucruri. La două luni te bucuri când vezi un câine. De ce? Ai mai văzut?

Ai tot felul de nevoi naturale care sunt primele dorințe și nu, nu-s ale tale! Natura îți spune ce să faci.

Le numim instincte, condiționări și în alte 1 000 de moduri. Suntem inventivi când vine vorba să dăm nume lucrurilor pe care nu le înțelegem. De explicat e mai greu. Unele sunt clar măsuri de siguranță pentru conservarea speciei: foame, sete, afecțiune maternă, sex, dar altele par complet de neînțeles!

Pentru a determina un om să facă o acțiune au existat mereu trei metode:

Să-l rogi, să-l obligi/să-i ordoni sau să-l provoci. Primele două au fost mereu contraproductive. Armatele lumii investesc mult mai mult în instrucția menită să te facă să asculți decât în cea de know-how. Oricine poate să învețe să tragă cu arma în 20 de minute. Să o descarce în pieptul altui om și să-i ia viața doar pentru că așa i s-a ordonat, fără procese de gândire înainte și fără prea multe remușcări după... asta e mai greu.

Dacă rugămintea și ordinul dau greș atât de des, de ce să le folosim? Când e omul cel mai dornic să facă un lucru? Când e convins că e ideea lui! Atunci îl provoci! Îi plantezi dorința. Îi stârnești orgoliul.

Cel mai bun exemplu? Industria luxului!

Bărbații nu se uită la pantofi, se uită la picioare!

Cât poate să valoreze o mașină? Cât e dispus cineva să dea pe ea. Multe modele de lux nu au altă calitate decât că sunt produse în serie mică.

#shareifyoudare

> CÂT POATE SĂ VALOREZE O PERECHE DE PANTOFI? FIX CÂT INVIDIA PE CARE O STÂRNEȘTE ÎN OCHII ALTOR FEMEI.

Mașinile sunt bijuteriile bărbaților. Uneori și ceasurile. Cât credeți că trebuie să coste un obiect cât o monedă care îți spune ce oră e?

Greșit! Ceasul de lux nu țintește să spună ce oră e! El spune cine e... purtătorul lui.

Industria luxului este o taxă pe aroganță!

Foarte rar ai ocazia să cumperi artă sub forma unei bijuterii, performanță în tehnologie sau excelență vestimentară. De cele mai multe ori, cumperi doar etichete. Cu ele încerci să-ți acoperi defectele sau să-ți scoți în evidență calitățile.

Și totuși, cine spune că aceste minusuri există? Te-ai prins: chiar vânzătorii de etichete.

Ne dorim lucruri. Ne dorim emoții. Ne dorim oameni.

Oare chiar ne dorim toate astea? Dacă sunt, într-adevăr, dorințele noastre, de ce nu suntem de-a dreptul fericiți când le obținem decât o foarte scurtă perioadă de timp?

Cine este acest căutător din subconștientul nostru care pare să-și dorească lucruri încă de când era spart în două între materialul genetic al tatălui său și cel al mamei sale?

E un exercițiu interesant să te gândești că ești făcut din două bucăți. Totul devine nebunie curată când te gândești că și cele două bucăți erau făcute din alte două. Îi numim simplu și cu drag „bunicii din partea tatălui", „bunicii din partea mamei". La fel de simplu ar fi fost să le spunem: cele două jumătăți ale mamei. Cele două jumătăți ale tatălui.

Ne facem griji pentru moartea de la finalul vieții, dar înainte să te naști? A fost și înainte de tine un infinit în care nu existai încă, așa cum va fi și după tine unul în care nu vei mai exista.

Nimeni nu se gândește la moartea de dinainte de viață, dar toți își doresc viață... după moarte. Și ea există! Se numește... cum ai botezat-o tu! Pentru că singura viață după moarte de care suntem siguri este cea a copiilor tăi!

Psihologie pentru oameni obișnuiți, cum i-am zis noi, s-a născut din discuții foarte aprinse și exemple trăite care ne-au dus un pic cam departe pe parcursul ultimilor trei ani. Și mie, dar și Muzei ne e teamă că nu prea mai avem păcate nemărturisite. Nu la preot, ci unul altuia.

Scriem la acest proiect în mod constant și într-un secret deplin din 2013.

Primele încercări de a scrie ÎMPREUNĂ s-au concretizat totuși și pe blog în conceptul *2 sites 4 every story,* joc de cuvinte de la *side* (parte) la *site,* că noi aveam de atunci fiecare site-ul lui.

Muza și acum sărbătorește: **2 Ianuarie (2014).** Titlul acelui prim articol de cuplu era **Uite cum nu mai arde!** Și multă lume a spus: Nevastă-ta scrie mai bine.

Toate articolele de la rubrica *2 sites 4 every story* sunt cuprinse în această nebunie editorială, dar în proporție de peste 80% textele sunt noi și nu au mai fost publicate nicăieri.

Nici eu, nici ea nu avem răspunsul la întrebarea de deschidere, cum veți vedea că nu avem nici la altele din cele două părți ale acestei cărți. Vorba lui Marin Sorescu: „N-am timp de răspunsuri / Abia am timp să pun întrebări."

Poezia lui Sorescu, „Am zărit lumină", se încheia așa:

„Nu, dragă, nu te deranja să mă iubești. / O cafea neagră voi servi, totuși / Din mâna ta. / Îmi place că tu știi s-o faci / Amară"

Asta sperăm și noi să fie *Psihologie pentru oameni obișnuiți:* o cafea fără zahăr. Care să te trezească.

Politica dorințelor

Teoria Muzei

Chiar dacă ne-am recunoscut neștiutori în geneza unora dintre dorințe, altele știm exact de unde vin: ochii văd, inima cere.

Noi avem o rețetă simplă când realizăm că o dorință s-ar putea să fie toxică sau costă cât nu face: evaluarea amânată.

Ochii care nu se văd se uită. Când nu se uită după altele înseamnă că merită.

Pe străzi se stârnește câte o dorință mai repede decât poate Radu să scrie pe Mac. Majoritatea sunt false. Oamenii nu sunt mințiți, ci convinși să cumpere ceva ce nu le trebuie sau la un preț mai mare decât merită.

Metoda celor care te manipulează? Decizia emoțională contracronometru.

Acum! Repede! Este o oportunitate și zboară! Mâine nu mai găsești sau va costa dublu.

Din păcate, un băiețaș de pe stradă s-ar putea să te lase doar fără banii de la ultimul salariu sau să-ți fure poșeta, băncile și agenții imobiliari le-au furat multor români viitorul cu aceeași metodă.

Decizii emoționale, sub presiune.

Metoda mea în asemenea cazuri? Am, de fapt, două.

Prima e să fac pe blonda și să pun cele mai tâmpite întrebări. Răspunsurile se dovedesc adesea relevante. Dacă omul cu care vorbești te desconsideră, nu va fi foarte atent la ce spune.

A doua este amânarea.

Evaluez în liniște, că sunt femeie și știu că nu mă pricep. Nu mi-e frică să întreb. Mai bine să mă fac de râs că întreb decât să mă fac de râs că am cumpărat/m-am angajat sau mi-am amanetat 25 de ani din viață.

Nu amân la nesfârșit că viața e scurtă, dar uneori descoperi că un lucru pe care nu l-ai cumpărat astăzi e deja uitat a doua zi, ba chiar și unii bărbați care m-au atras foarte tare la prima vedere și-au pierdut farmecul de îndată ce i-am cunoscut mai bine. Aici chiar nu sunt de acord cu Radu și nu cred că trebuie să te culci cu un bărbat ca să-l cunoști. Uneori e suficientă o cafea.

Micile amânări sunt timpul nostru de gândire. Când cineva te presează să decizi repede e clar că acolo ceva nu e în regulă și încearcă să te manipuleze.

#shareifyoudare

NU EXISTĂ BĂRBAȚI
DE NEÎNLOCUIT,
CU ATÂT MAI PUȚIN...
PANTOFI.

O femeie care face mereu ce vrea poate să pară culmea libertății, dar în realitate este sclava propriilor dorințe și tocmai ce-am pus întrebarea deloc plăcută: Dorințele tale sunt chiar dorințele tale? *Inception* este doar un film, nu? Ce se întâmplă acolo atât de complicat e mult mai simplu în realitate: se numește publicitate, iar când îți pui poze din vacanțe, check-in-uri la restaurant sau pantofii de pe Asos cu un „feeling încălțată“ pe Facebook chiar și tu devii un spot publicitar foarte eficient.

Corect, nu toate dorințele se cumpără.

Inimile, de exemplu, se fură.

Poți să-ți disciplinezi inima? Da, poți, că e proastă de bubuie. Serios, o simți cum îți bubuie în urechi când te emoționezi și nu mai ai nici bruma de rațiune de care te mai ajuți din când în când.

Știi când o să înțelegi că un pic de disciplină în nebunia legilor atracției este de mare ajutor? După ce te arzi de câteva ori.

Pare bărbat și e doar un băiețel.

Pare neînsurat, dar, de fapt, e.

Pare îndrăgostit și chiar este, dar de alta.

Chiar așa de greu o fi să aștepți să vă cunoașteți mai bine? Dacă dorința ta e să găsești o aventură, aproape oricine se potrivește, dar dacă vrei mai mult...

Teoria lui Radu

Dacă dorințele tale au un preț, atunci la fiecare dorință pe care poți să o cumperi există cel puțin încă una: a celui care vrea să ți-o vândă.

Stabilește-ți prioritățile în funcție de ce ai nevoie, că în funcție de plăcere am tot făcut-o eu toată viața și n-a fost bine.

Lucrurile pe care le cumperi nu le cumperi cu bani. Le cumperi cu timpul pe care ești nevoit să-l sacrifici ca să câștigi acei bani! Învață-te să evaluezi lucrurile pe care le cumperi în timp.

Ultimii ani mi-au deschis ochii tocmai pentru că s-au întâmplat două lucruri în aparență dezastruoase: mai întâi, nevoile au crescut, am luat-o de la capăt într-o nouă căsnicie, studențește, de la zero. Am (re)descoperit însă cât de mult poate să te ambiționeze o situație defavorabilă. Iar apoi mi s-a schimbat statutul din angajat în freelancer. Să lucrezi pentru tine poate să pară de vis, dar fără un pic de disciplină poate să devină un coșmar. Muncești când vrei? Și bani când iei?

Să te întinzi cât te ține plapuma este pentru oamenii fără imaginație!

Și totuși asta înveți adesea de la cei mai buni oameni din lume: părinții.

Despre motivație

Familia. Cel mai cunoscut demotivator

De fiecare dacă când vrei să faci ceva nou, îndrăzneț și oarecum ieșit din comun vorbești cu cei apropiați. E normal să le ceri părerea pentru că știi că ei țin la tine, iar în multe cazuri un tânăr vrea în același timp să-și impresioneze prietenii, dar mai ales părinții. Să fie mândri de el!

E firesc, dar e oare și bine?

Mai ales în cazul unui tată autoritar, copiii tind să încerce să-i câștige atenția făcând acele lucruri care l-ar impresiona pe el, nu neapărat care le-ar face lor plăcere sau ar da vieții lor un sens. Simpla satisfacție a părinților reprezintă deja un sens suficient! Dar este?

Trăim fără să ne punem întrebări despre lucrurile pe care le-am învățat când eram foarte tineri, copii, și totuși acele informații sunt ca o fundație. Poți să ridici un zgârie-nori pe fundația unui bordei?

Poți să crești un om independent, creativ și sigur pe el când educația înseamnă IMITAȚIE?

Aș interzice prin lege două exprimări care dăunează foarte mult:

Așa se face și **Ascultă-mă pe mine că-s mai bătrân**.

De ce se face așa?

Ești capul unei familii sau primul berbec dintr-o turmă?

Nu te flata, e exclus să fii, de fapt, ciobanul, pentru că el știe de ce se face așa, și nu altfel chiar dacă și ciobanii sunt și ei parte dintr-o turmă. Una mai bine plasată.

O să trecem împreună printr-o serie de exerciții mai puțin psihologice, mai mult logice.

Vârsta nu înseamnă neapărat experiență și nici implicarea... competență!

Când ceri părerea cuiva despre o acțiune nouă, îndrăzneață, ieșită din comun, ar trebui să conteze mai puțin afecțiunea ta față de persoană și mai mult experiența acelei persoane.

De câte ori au făcut părinții tăi ceva ieșit din comun?

Sunt genul întreprinzător?

Poți spune că au reușit în viață?

Dacă răspunsurile sunt negative, atunci nu bați la ușa potrivită.

Chiar dacă te iubesc, ei nu știu nimic despre drumul pe care vrei să o apuci și nici nu au avut niciodată atitudinea necesară. Nu-i desconsidera, ascultă sfaturile tuturor, dar ai grijă că există oameni care găsesc soluții la orice problemă și oameni care găsesc câte o problemă la fiecare soluție!

Una e să scoți din zona de confort un tânăr, alta e să miști un om care mulți ani a făcut aceleași lucruri.

Dacă însă părinții tăi au un trecut în care au fost în medii competitive, au făcut sport de performanță, au condus departamente în cadrul unei companii sau chiar au avut propria afacere, atunci ești norocos. Ai de unde să iei din experiența lor.

Părinții trebuie să fie ANTRENORI, nu jucători în viața copilului lor!

Te pregătesc și te duc până la marginea terenului, că doar n-o să vină cu tine și-n pat, să-ți arate cum se face?

E unul dintre motivele pentru care părinții nu ar trebui să-i facă NICIODATĂ temele copilului și – pe cât posibil – să nici nu-l asiste chiar de fiecare dată. Se învață că nu poate singur.

Copiii și părinții lor sunt la fel de diferiți ca începutul și sfârșitul unei povești. Copilul absoarbe totul (informații noi, situații, provocări) pentru că paginile nu sunt încă scrise, părintele tinde să respingă totul, mai ales informațiile noi care nu se potrivesc cu ideile în care a crezut o viață!

După o anumită vârstă, mulți oameni aud doar ce sunt pregătiți să înțeleagă, restul trece pe lângă ei.

Nu mă interesează câți ani ai. Mă interesează doar prin ce experiențe ai trecut.

Dacă ai peste 35, te rog să încerci să-ți aduci aminte ce-ai făcut în ultimele zece primăveri. Anul și întâmplările.

Nu poți. Nici măcar vag.

Dar nimic nu e mai ușor decât să-ți aduci aminte momentele care te-au marcat! Revin cu lux de amănunte.

Mulți bătrâni povestesc și acum ce li s-a întâmplat în armată. De ce? Pentru că nimic de același impact nu li s-a mai întâmplat de atunci încoace! Un șoricel într-un carusel: primăvară, vară, toamnă, iarnă, serviciu, casă, un credit la casă, întâlnirea de 10 ani, întâlnirea de 20, aceleași povești. Doar pozele s-au mutat de pe hârtie fotografică zimțată la colțuri pe telefonul mobil pe care nu-l prea înțelege...

Pe el vrei tu să-l întrebi ce părere are despre ceva nou, îndrăzneț și ieșit din comun?

O să fiu dur, dar...

#shareifyoudare

UNUI ȘORICEL DINTR-UN CARUSEL NU POȚI SĂ-I CERI INSTRUCȚIUNI DE ZBOR.

Este o ipocrizie să spunem că nu e normal să-ţi judeci familia. Se întâmplă şi de la copil la părinte, dar mai ales de la părinte la copil.

Competiţia între nevestele disperate!

A se citi „mamele". Cu cât realizările lor sunt mai mărunte, cu atât îşi pun toate frustrările nerezolvate în spatele copiilor. Ei trebuie să le împlinească visurile la care ele nu au putut ajunge. Am zeci de exemple de oameni care au făcut facultate pentru că nimeni din familie nu avea! Ce facultate? Nu conta! Una, să aibă o diplomă.

Sacrifici patru ani pentru un dreptunghi de carton?

Cei mai norocoşi au făcut totuşi facultăţile pe care şi le-au ales. Ceilalţi au mers la ASE, la Drept sau la Medicină pentru că „ăştia e plini de bani, mamă...".

Curat psihologie pentru oameni obişnuiţi. Poate chiar de mahala.

Totul începe aparent nevinovat, de la lăudăroşenia din parc, unde copilul ei ştie „toate animalele". Amuzant, nici Jane Goodall nu se lăuda că ştie chiar toate maimuţele, deşi a scris cărţi de referinţă, cu atât mai puţin toate animalele! Ce e mult mai trist, această lăudăroşenie cu puiul ei care le ştie pe toate se întâmplă doar în afara familiei. În spatele uşilor închise, da, simple uşi de apartament, se scoate cravaşa reproşurilor cu exemple din alte curţi: „Fata lu' cutare de la parter are note mai bune", „Aia de la 3 mănâncă şi doarme la prânz".

#shareifyoudare

ÎNAINTE SĂ-ŢI CRITICI COPILUL COMPARÂNDU-L CU ALŢII CARE ÎNVAŢĂ MAI BINE, GÂNDEŞTE-TE CE S-AR ÎNTÂMPLA DACĂ ŞI EL TE-AR COMPARA CU ALŢI PĂRINŢI... CARE CÂŞTIGĂ MAI BINE!

Copilul etern!

În calea motivării tale, familia mai pune un zid. Grija pentru tine.

Părinţii îşi doresc să te protejeze. Fac asta de ceva timp şi văd în tine tot un copil, indiferent câţi ani ai sau câtor provocări ai făcut faţă.

Încă de când alegeau mobila pentru camera copilului şi-au dorit să ai tot ce n-au avut ei şi să nu treci prin aceleaşi probleme.

Aici e prima greşeală: toate problemele din viaţă i-au format. Nu o să găseşti un om puternic cu un trecut uşor!

Avem nevoie de încercări chiar dacă ni se par, în momentul în care se petrec, nişte mici cutremure care ne zguduie lumea. Nu, lumea noastră nu se prăbuşeşte. Ni se dezvăluie.

Grija lor pentru „binele tău“ îi face pe mulţi să te descurajeze pentru că nu vor să te dai şi tu „cu capul de pragul de sus“. Dar pragul de sus e diferit pentru fiecare om. Steve Jobs a reuşit cu certitudine mai bine atât față de familia care l-a abandonat, cât și față de familia care l-a crescut!

Viața ta nu este o repetare a vieții nimănui!

Ai dreptul să crezi în tine ca individ, să ai propriile visuri și chiar să faci propriile greșeli. Ele vor fi lecțiile tale. Un fel de examene pe care ți le dă viața.

Ce s-ar întâmpla dacă i-ai da și tu ei câteva? Pune-o la teste!

Întrebarea nu este dacă tu ești pregătit să înfrunți lumea! Întrebarea e dacă lumea e pregătită pentru ce ai tu de spus, pentru ce vrei tu să faci. Poate în loc să te schimbi ca să te integrezi o să schimbi tu lumea, fie și doar în jurul tău.

Părinții te vor „în rândul lumii", dar dacă tu ești făcut să stai în față?

O să vă spun o poveste adevărată.

Copilul unei femei de serviciu a intrat la un liceu foarte bun. Nimic senzațional până aici. Lăsând la o parte faptul că veniturile familiei erau modeste, copilul era subdezvoltat și – din cauza unui astm puternic – scutit de sport. Lumea în care trăia credea că efortul fizic l-ar ucide și era menajat.

De fapt, chiar această grijă l-ar fi putut distruge...

Pe ascuns puștiul a început să facă sport la un club din oraș. La finalul liceului era cel mai tânăr membru al echipei care mergea în finala națională la... culturism!

Un sport nou, niciunul dintre părinți nu auzise de el, iar medicii au fost 100% împotrivă.

Între timp, rolul sportului în tratamentul bolilor respiratorii a fost recunoscut.

Exemple sunt nenumărate. Balerine care au început la 14 ani, vârstă la care ești considerat prea bătrân pentru balet, finanțiști excepționali care provin din familii de profesori de română, poeți care au la bază... matematica.

Poate că mereu vor exista „experți" care să-ți spună ce ți se potrivește mai bine, dar nimeni nu știe mai bine decât tine ce te-ar face fericit

Prietenii, „familia pe care ți-o alegi"

Toți căutăm compatibilitatea, dar nu toți o vedem la fel. Te-ai întrebat vreodată cât este compatibilitate și cât conjunctură în prieteniile tale?

Dacă stăteai în alt cartier? În alt oraș? În altă țară?

Cine ar fi fost prietenii tăi?

Trupa favorită?

Ce ar fi fost cool și ce n-ar fi fost?

Ce religie?

Dacă învățai la altă școală? Mergeai la altă facultate? Lucrai în altă firmă?

Să faci diferența între un prieten de conjunctură și unul adevărat e foarte important.

#shareifyoudare

> PRIETENI ÎȚI SUNT CEI
> CARE TE-AU AJUTAT CÂND
> ERAI JOS,
> RESTUL SUNT DOAR
> CUNOȘTINȚE.

Marian Cristea, antrenorul meu, spunea prin 1992–1993: Din zece oameni care par că-ți sunt prieteni, cel puțin cinci vor dispărea de lângă tine la prima confruntare. Marea artă e să știi care sunt și să te duci la luptă cu ceilalți cinci.

La fel este și cu sfaturile, chiar și cu succesul. Câți oameni știu să se bucure pentru succesul altuia?

Câți nu vor să fie echipă cu tine la câștig? Câți nu spun „e numai vina ta“ când echipa pierde?

Să fim serioși, suntem programați să fim puțin egoiști. E un defect necesar pentru perpetuarea speciei, așa că mulți dintre noi nu au șansa să aibă prietenii, ci alianțe. Psihologia pentru oameni obișnuiți, spre deosebire de cea de canapea, crede că-s bune și alea atâta vreme cât le faci cu oameni care știu să respecte regulile unui schimb.

Alex Drăgan, unul dintre puținii oameni pe care îi știu care nu se încadrează în nicio categorie stabilită de psihologi, spunea: „E bine să faci contracte fără multe condiții cu oameni buni. Cu oameni răi, chiar dacă îți iei toate precauțiile legale, tot riști.“

Așa e și cu prietenia. Aici calitatea contează mult mai mult decât cantitatea.

O fată populară s-ar putea să aibă mai puțini prieteni decât una retrasă. Diva s-ar putea să nu le fie nici ea prietenă „fanelor“, și nici „fanele“ să nu fie prietenele ei. Lampa nu e prietena fluturilor de noapte.

Chiar și atunci când te descurajează, ascultă-le sfaturile, cântărește-le, dar nu te descuraja. Transformă-le în...

Motivație negativă

Invidia și lăcomia s-au convertit în acțiuni mai mult decât ai crede. Afaceri, imperii, opere de artă s-au născut din rivalități dure unde scopul scuza mijloacele.

Nici măcar psihologia pentru oameni obișnuiți nu are îndrăzneala să spună că „lăcomia este bună“ sau că invidia e un factor pozitiv, dar ar trebui să fim naivi să le negăm productivitatea și importanța de formatori ai lumii așa cum o știm!

În general, când oamenii spun că „vor mai mult" înseamnă de fapt că „vor mai mult decât au alţii". Paradoxal, această dorinţă îl consumă pe cel care o are atât de mult, încât fiecare victorie e doar o bornă. Fiecare destinaţie e doar punctul de plecare spre o nouă ţintă. Competiţia e fără sfârşit pentru că zilnic apar alţi jucători, dacă nu cumva vrei să te iei la trântă şi cu legendele care acum dorm, democratic, sub un strat de pământ şi de uitare la fel ca toţi muritorii de rând.

Ştii... se zice că mori de două ori. O dată când nu mai eşti... şi încă o dată când eşti uitat.

Tu eşti viu.

Competitiv.

Nu eşti nici lacom, nici invidios. Nu vrei să calci pe cadavre. Fain. Dar vezi că nu toată lumea îţi împărtăşeşte etica.

Fii încrezător, dar taie tu cărţile (Verdikt, „Vine poliţia").

Prietenii, familia, rivalii îmi spun că nu se poate face?

Ce aud, de fapt? Că nu pot eu!

Ei mă pot pune la îndoială din vorbe, dar eu nu-i pot contrazice decât cu fapte.

Un job mai bun?

O femeie inabordabilă?

O carte nouă care să le umbrească pe cele de până acum?

Neîncrederea altora nu este altceva decât gaz pe foc pentru un bărbat care nu-şi face de râs numele sau pentru o femeie independentă! Şi o fac pentru ei, nu ca să demonstreze altora. În povestea asta nu existăm decât noi şi obstacolul. Ceilalţi sunt doar public. Să-i ferească Dumnezeu să-ţi stea în drum!

Nimic nu ar trebui să te motiveze mai mult decât faptul că toată lumea îţi spune că nu se poate face.

Începuturile care provin din... sfârşituri, sau Despre utilitatea şutului în cur

Chiar şi psihologia de salon recunoaşte valoarea Zilelor Negre.

Dificultăţile ne pregătesc.

Faulturile competitorilor ne învață să ne ferim.

Nimeni nu fuge dintr-o cadă cu apă caldă!

Ia să fie rece ca gheața sau fierbinte!

Acțiunea e stimulată de nevoie și descurajată de suficiență.

Culmea este că nevoia e mereu prezentă, dar societatea de consum caută să ți-o ascundă sub un morman de dorințe superficiale ca o grămadă de șosete.

Nimeni nu va plăti ca la TV să ruleze o reclamă despre necesitatea de a investi în tine, în ce știi să faci, în resurse sustenabile pentru tine și familia ta, dar reclamele la noile telefoane vor apărea cu mult înainte să iasă cel vechi din garanție.

Nimeni nu te va învăța că, de fapt, compania pentru care lucrezi nu este a ta și nu are rost să-ți pui în ea toate speranțele, dar nici nu e independentă de acțiunile tale, așa că, dacă trageți toți chiulul și rupeți ușa înainte să vă terminați treaba, o să ajungeți să omorâți chiar găina care vă dă ouă. Uneori chiar de aur.

Nimeni nu vine să argumenteze valoarea mediei. Toți văd extremele.

Undeva în această medie care este de facto coloana vertebrală a oricărei societăți vei găsi mulți oameni care pot mai mult decât fac.

True story:

Un tânăr compozitor își uită visurile nu pentru că nu puteau să se îndeplinească, ci pentru că era mai călduț să lucreze pentru un studio. Un altul, care avea și o voce bună, alege la fel de călduț să fie sunetist la un post TV. În același post TV un absolvent de regie monta reclame.

Poate ar fi ieșit toți trei la pensie fără să facă nimic notabil dacă nu **ar fi fost dați afară**. Nu le dau numele, dar unii dintre voi îi vor recunoaște după descriere.

Cine nu a lucrat într-un mediu atât de nișat ca mass-media nu știe cât de greu îți găsești de lucru după o concediere pentru că sunt puține posturi TV la care să merite să lucrezi, puține radiouri unde salariul nu e o glumă și chiar și mai puține studiourile unde nu ai clar senzația că jumătate dintre angajați sunt plătiți în cafea și țigări.

Această limitare a fost şansa celor trei. Ei nu mai aveau loc în mediocritate, aşa că au făcut, cu forţa disperării, un pas uriaş spre excelenţă. Aveau toate calităţile, motivaţia le lipsea.

Primul a câştigat deja din muzică suficient cât să se retragă, dar nu vrea. Al doilea este liderul uneia dintre cele mai cunoscute trupe rock româneşti, iar regizorul are mai multe lungmetraje premiate afară.

Ce s-ar fi ales de ei dacă, în loc să-i dea afară, angajatorii lor le-ar fi dat o mărire de salariu?

Şutul în cur are valoarea lui dacă e dat ca lumea!

Ai „noroc" de un şut ca al lui Hagi, care dădea gol de la mijlocul terenului? Cu atât mai bine.

Pentru că oamenii inteligenţi analizează prea mult situaţiile şi pe ei înşişi. Sunt destul de bun pentru asta? Ar fi cineva mai bun şi eu i-aş lua locul? E momentul potrivit?

Ei se simt ba prea tineri, ba prea bătrâni, ba prea puţin pregătiţi.

În contrast perfect, idioţii se simt mereu „numa' bine".

Ei nu vor refuza niciodată o poziţie de conducere pentru că au dubii că sunt în stare să ducă responsabilitatea. Singurul lucru pe care vor să-l ducă e salariul. Acasă.

Aşa că un nesimţit *made in* RO (şi nu numai) nu se va gândi niciodată ce au de câştigat compania sau societatea în ansamblu din „munca lui". Nici măcar ce au de câştigat cei de lângă el. Atât timp cât el câştigă... viaţa e frumoasă.

Nu te-ai întrebat niciodată dacă primarii nu merg pe aceleaşi străzi cu tine? Nu dau în aceleaşi gropi? Dau. Dar răspunsul lor nu e să le asfalteze dumnezeieşte, ci să-şi ia maşini în care să nu le mai simtă.

La fel şi politicienii dintre care alegi mereu răul mai mic. De ce nu avem, de atâţia ani, variante de bine?

De ce atunci când spunem „băieţii deştepţi" nu ne referim la nişte olimpici la mate, ci la unii care parcă au învăţat doar adunarea. Adună de la noi toţi.

Și – ultimii, dar nu cei din urmă – de ce avem „lideri de opinie“ în presa scrisă, audio-vizuală sau pe internet care n-au avut o singură idee personală în toată cariera?!

În doi ani de I WANT YOUR TEXT am descoperit ce știam instinctiv: mulți oameni absolut necunoscuți scriu mai bine decât „glorii“ fandosite. I-am instigat pe toți să-și facă blog. Spre dezamăgirea mea, mulți au renunțat când au văzut că e de muncă. Alții la primele comentarii negative. Așa e-n viață, domni și doamne. Mai ales dacă ai ceva de spus, toți cei care simt imediat diferența de valoare dintre tine și ei se vor alia contra ta.

Și ce? O să mori? Înseamnă că eu sunt la a 100-a reîncarnare! :))

Când n-am niciun comentariu negativ mă îngrijorez. :) Înseamnă că n-am spus nimic nou.

Ești gata pentru șut? Pregătită, Mili? Și cu tine vorbesc!

Dacă te mai gândești mult
la ce nu faci,
o să fie ca și când nici n-ai existat!
Pentru că…

#shareifyoudare

„SĂ TRĂIEȘTI“ NU ÎNSEAMNĂ „SĂ AMÂNI“. ASTA ÎNSEAMNĂ DOAR SĂ FII UN MORT ÎN FAZA DE NEGARE. :)

Se poate face o radiografie în care să vedem anatomia succesului? *How much is enough?* (George Michael, „Star People")

Vezi zilnic oameni bogaţi şi nefericiţi. Ce înseamnă „a reuşit în viaţă" pentru ceilalţi poate să fie doar jumătatea drumului pentru tine.

Cum ajungi acolo?

This is ten percent luck
Twenty percent skill
Fifteen percent concentrated power of will
Five percent pleasure
Fifty percent pain
And a hundred percent reason to remember the name! (Fort Minor, „Remember the Name")

Vezi la fel de des oameni fără posibilităţi care par foarte fericiţi. Unii sunt, pentru că e imposibil să-ţi doreşti ce nu ştii că există. Unii consideră un noroc că a venit tramvaiul chiar când au ajuns în staţie. Alţii nu-s aşa fericiţi că nu-şi permit o maşină şi merg cu tramvaiul.

Cei-mai-mulţi încep o carieră ca angajaţi sau vor ajunge, dacă au un pic de şansă, chiar la pensie înregimentaţi într-un sistem condus de cei-mai-puţini. Frustrările omului modern vin din cel mai dur câmp de vânătoare pe care l-a cunoscut Terra: OPEN SPACE-ul. :)

Too old to rock'n'roll, too Jung to die. Psihologia de birou

Oamenii pot blama corporațiile pentru multe, dar nu și pentru lipsa lor de caracter

Trei povești scurte fără niciun nume

Dacă omenirea ar fi fost în stare să vină cu un sistem mai bun de lucru decât corporația, acest sistem ar fi existat deja. Trebuie să admitem că 90% dintre oameni, lăsați mai liberi, nu ar fi atât de productivi.

Am lucrat în mediul corporate mulți ani. Prea mulți. Când am fost zilele trecute la medic, m-a întrebat dacă lucrez în mediu toxic. I-am răspuns sincer: Am lucrat. Nu eram expus la produse chimice instabile, ci la caractere ușor inflamabile și bârfe otrăvitoare.

Sigur că am întâlnit oameni de la care am avut de învățat. Din punctul meu de vedere, am învățat de la toți: de la unii drumurile de urmat, de la alții... pe cele pe care și astăzi le evit.

Am pentru voi trei povești. Dacă ele se potrivesc aproape perfect cu unele ale voastre, orice asemănare între evenimente sau personaje reale este pur întâmplătoare.

Vorbe

Primul caz: tip foarte tânăr. The-tot-ce-zboară-se-mănâncă-type. Ca veteran, credeam că e vina lui că lua de bune toate promisiunile. Mintea îi mergea brici la task-uri, așa că a primit din ce în ce mai multe. Știi genul. Muncește pe brânci pentru o avansare, de parcă raiul are forma unui corner office.

Avansarea a venit, dar pentru o prietenă veche a CFO-ului. Omul a clacat și s-a dus să se plângă, ca orice corporatist care crede în Zâna Măseluță de la HR. Cum spuneam, corporațiile nu sunt vinovate pentru lipsa de caracter a angajaților, așa că el a nimerit o femeie cu suflet la HR. Se mai întâmplă. Cum avansările în respectiva companie se făceau pe baza unui cross de evaluări, HR-ista a făcut ceva „ce nu se face" și i le-a arătat pe ale lui. Inclusiv pe cele de la colegi pe care îi ducea efectiv în spate. Niciuna nu era 100% pozitivă.

Te-ai întrebat vreodată, când alegi să spui că nu te interesează bârfele, cât la sută din faptul că îți vezi de treabă chiar contează?

Măcar asta e o poveste cu sfârșit fericit. Acum tânărul nu mai e așa tânăr și lucrează – culmea – tot într-o corporație. Are o poziție de conducere și o reputație bună. Cu o singură excepție: a fost dat în judecată de un angajat pentru concediere abuzivă. Ce e drept, angajatul a fost concediat după ce venise să-i împărtășească șefului o bârfă despre un coleg. Nu știa pe ce gheață subțire merge...

Cine?

Al doilea caz e tipic pentru firmele foarte mari. Se reduce personalul pe liste. Sunt doar nume. În noaptea aceea mai era lumină doar la un etaj când CEO-ul a realizat că fix acelui departament i-a cerut un raport uriaș. Înduioșat, ca orice „mare om", CEO-ul i-a a cerut șoferului să se oprească. S-a uitat la ceas. Îl aștepta și pe el cineva acasă, așa că nu a urcat. A comandat însă pizza pentru tot departamentul. Măcar să mănânce și oamenii ăia ceva, dacă tot stau peste program.

În acel departament mai erau însă doar doi oameni. Și unde sunt doi oameni, unul trebuie să fie șef, deci lucra unul singur. Una singură. La ora aia chiar nu avea niciun chef să mănânce pizza, așa că a mai băut un energizant și a trimis pizza jos, la șoferi, bodyguarzi și serviciul tehnic.

După două săptămâni de lucru în același stil, femeia a dat gata raportul și i l-a prezentat șefei, care s-a arătat îngrijorată: „Arăți rău, Doamne, ce palidă ești! Ia-ți trei zile libere..."

Chiar a doua zi șefa i-a prezentat raportul SINGURĂ șefului cel mare.

Aceasta e o poveste fără sfârșit fericit. Chiar dacă nici donatorul de pizza și nici șefa de proiect care nu lucrase deloc la proiect nu mai sunt pe pozițiile lor, femei care lucrează la proiecte și al căror merit nu este recunoscut sau care fac joburi mult mai mari decât scrie în contractele lor sunt încă foarte multe. Și bărbați.

Fidelitatea

Se pune mare accent pe ea. Echipă, familie, valori. În unele corporații chiar există. În cele mai multe, dacă nu ai avansat în doi ani, probabil nici nu o să o mai faci vreodată.

Deși politicile de firmă sunt stabilite din stratosferă, romanii aveau o vorbă: oricât de proastă ar fi o lege, dacă omul e un judecător bun, dreptatea va câștiga. Și invers: oricât de bună ar fi o lege, dacă omul e un judecător prost sau părtinitor, dreptatea va pierde.

Orice șef va avea justificări.

De cele mai multe ori nu există nicio legătură între justificări și motive.

Fidelitatea trebuie să o oferi unui om care o merită, pentru că valorile unei corporații sunt în ultimă instanță valorile celor care o conduc.

Acest ultim caz sunt eu. E doar una dintre multele lecții pentru care îi mulțumesc vieții, deși aș fi preferat să fiu scutit de ele. Cred că sunt vreo cinci ani de atunci...

Mi se oferise un job mișto în altă companie, dar l-am refuzat fără să cer vreo mărire de salariu firmei unde lucram. Șeful meu părea foarte încântat că am rămas și mi-a promis că „o să aibă el grijă de mine".

A avut. Am fost dat afară în primul val de concedieri de la începutul crizei. Eram prea bine plătit și greu de controlat. Pe undeva a avut omul dreptate.

Râdem, glumim, dar un lucru e sigur: fiecare e responsabil. Lumea începe în jurul tău. Dacă fiecare ar putea să facă doar ce crede că e corect pentru omul de lângă el, atât și nimic mai mult, lumea chiar ar fi mai bună.

Ne luptăm să ajungem într-un vârf iluzoriu fără să ne uităm dacă muntele ăsta e făcut din granit strălucitor sau din căcat.

Nu. Nu poți blama corporațiile pentru lipsa de caracter a unora. Și nici scopurile tale în viață nu justifică întotdeauna mijloacele. Dar acestea sunt simple povești. Sau nu sunt? Să începem cu începutul.

Util pentru un interviu de angajare

Oamenii de la HR nu sunt zei! Cum ajungi să verifici tu HR-ul, și nu invers. Să o luăm ușor, de la baza erorii. Trei premise sunt total greșite:

Prima: HR-ul face angajările.

Fals. HR-ul nu angajează pe nimeni!

Chiar și un șef de Resurse umane nu este altceva decât un filtru, un fel de Sfântu' Petre care, deși are cheile, nu poate decide cine intră în rai. Deciziile de angajare sunt în mâna șefilor de departamente sau – la companiile mai mici – a CEO-ului.

HR-ul nu dă afară pe nimeni. Dacă șeful tău te bate prietenește pe umăr spunând că a vrut să te păstreze, dar a primit o listă de la HR... trimite-l undeva. HR-ul ți-a comunicat cel mai probabil o decizie pe care a luat-o sau cel puțin a validat-o. De multe ori „de sus" vine doar o cifră. Trei oameni trebuie să plece din departament. Cum crezi că se transformă cifra trei în nume?

Acum, că am clarificat prerogativele extrem de restrânse în angajări și concedieri, să rezolvăm și problema cererii unei măriri de salariu. Știi bancul acela cu întreabă și dacă... să nu faci două drumuri?

Nu face nici tu două drumuri și du-te direct la șeful tău. HR-ul doar o să te cheme să semnezi hârtiile. Niciodată un HR nu o să încheie o discuție privind o mărire de salariu cu o ofertă. HR-ul diplomat va spune că ia în considerare și analizează. De fapt, îl va suna pe superiorul tău direct să-i comunice solicitarea. Nu mai bine i-o comunicai tu?

O mărire reală de salariu primești doar când anunți că vrei să pleci. Dacă nu vine nici atunci înseamnă că le-ai luat-o înainte: dacă nu plecai singur, te ajutau ei.

Tips & tricks

La angajare e bine să ții minte:

Toți sunt puțin paranoici!

Normal, de vreme ce ei știu toate verificările ulterioare prin care o să treci și se gândesc cine îi verifică pe ei. Vorbesc aici despre supravegherea de către corporații a mailurilor angajaților, a telefoanelor, a tuturor tipurilor de Messenger, camere etc. În principiu, niciun mesaj care conține un hot word nu pleacă de la tine spre alt calculator fără să se salveze undeva pentru companie. Tu nu știi și trăiești liniștit. El știe și e mai stresat. Poartă-te frumos cu el, are nevoie.

Mulți HR au atâtea interviuri, încât judecă totul mecanic.

Evită posturi fizice defavorabile, mâini încrucișate pe piept la interviu, oftaturi, ochi peste cap (indiferent de subiect) și nu-ți duce de zece ori mâna la bărbie. Merg pe ideea că știți deja de ce.

Pune întrebări. Cu cât are mai multe răspunsuri pe loc, cu atât mai sigur e că oamenii chiar au o ofertă pentru tine.

Nu crede povestea cu salariul de început care va crește mai târziu! Unele începuturi durează până la sfârșit.

Nimeni nu va angaja un actor grăbit.

Nu le spune că vrei să te retragi în Maldive peste șase luni sau un an.

Nu uita că job description-ul nu-l afli de la HR.

Nu pentru că nu vrea să ți-l spună. Pentru că nu-l știe. :)

Discută cât mai puțin despre hobby-uri și copii.

Dacă ai. Copii, că hobby-uri presupun că avem toți. Orice angajator care te vrea *long term* își dorește să ai copii, pentru că ești mai sigur, mai responsabil și mai... speriat, dar niciunul nu vrea un angajat care rupe uşa pentru că trebuie să-l ia pe ăla mic de la grădi. Lasă impresia că vrei doar să-i strângi bani pentru facultate, nu să fii prezent în copilăria lui. Te vor iubi.

Las' că văd ei după...

Resurse in+umane

În job description-ul niciunui şef nu scrie că trebuie să fie o jigodie.

Trebuie să fie ferm, uneori chiar aspru.

Trebuie să fie vizionar, dar nu de neînţeles.

Un şef care nu ştie să-şi explice viziunile nu şi le-a înţeles încă nici el. Exemplu de agenţie de publicitate: Vreau ceva outstanding! Minunat! Şi angajaţii care se gândeau să scoată un rahat, noroc cu directivele comandantului suprem.

Disciplină? Da. Teroare? NU! Un şef trebuie să ţină oamenii într-o stare de motivaţie disciplinată, dar asta nu înseamnă să încerce să-i ţină în lesă.

Corporaţiile sunt blamate pentru prea multe vicii personale. Lipsa de caracter a unui om nu este provocată de o poziţie de conducere, doar că aşa se vede mult mai bine.

Resursele umane au fost, la începuturile lor, un soi de sită fină care să-i ajute pe şefii de departamente să aleagă cine intră, dar şi cine rămâne într-o companie. Este unul dintre cel mai uşor externalizabile departamente, dovadă că orice companie mare, când caută un om pentru o poziţie foarte înaltă, NU foloseşte propriul HR, ci o firmă de head-hunting. Nu vorbim despre asta că e plictisitor, dar vă dă o imagine corectă a importanţei departamentului.

Astăzi m-a sunat un prieten bun pe care îl încurajez să-şi schimbe locul de muncă de multă vreme. Nu m-a ascultat. L-a schimbat când a vrut el. Aşa şi trebuie. Dar asta nu înseamnă că nu m-a sunat să-mi spună că şi-a dat demisia, iar eu m-am pomenit cu gura vorbind fără mine: „Felicitări!“

Dacă e să fac o analogie, firmele care nu ştiu să-şi aprecieze corect un angajat-cheie merită să-l piardă exact ca într-o căsătorie în care treaba nu mai merge din cauză că unul nu mai vede lucrurile pe care celălalt le tot face.

Și tot ca într-o căsnicie, când nu mai merge, urmează un „divorț fericit".

Să facem un pic de Teleenciclopedia pentru corporații. Sau „Lecții de supraviețuire în jungla de beton":

Știați că, în multe companii, dacă nu treci să te plângi de salariu sau nu ceri o avansare timp de 2 (doi!) ani ești considerat dezinteresat de job? Sigur că e o tâmpenie. Tu stai și ești interesat de job și de avansat, dar avansează unii interesați mai degrabă de ei înșiși.

Știați că aproape orice raport de „activitate" este cerut angajaților pentru a vedea dacă nu cumva se mai pot reduce posturi? Și arată la modul clar cât de puțin știu despre voi oamenii care vor decide să plecați sau să rămâneți, așa că nu vă felicitați prea tare dacă ați rămas și nici nu intrați în depresie dacă ați fost dați afară. O regulă nescrisă e că un șef slab va prefera un angajat obedient unuia competent.

Și încă ceva…

#shareifyoudare

ȘTIAȚI CĂ SLOGANUL HR-ULUI ESTE: NIMENI NU E DE NEÎNLOCUIT? ȘI SE APLICĂ ȘI INVERS: AȘA CUM COMPANIA POATE SĂ SCHIMBE ORICE OM, LA FEL ORICE OM POATE SĂ SCHIMBE COMPANIA.

True story:

În 2014 am fost dat afară de la ProTV. A treia oară. De două ori m-au reangajat tot ei, prima dată după mai mult timp, dar a doua oară m-a dat afară un şef de departament considerat prietenos şi m-a reangajat înainte să ies pe poartă o şefă a unui departament mult mai puternic care avea reputaţia de femeie de fier. Realitatea a depăşit reputaţia.

Omul care eram când am fost dat afară prima oară era distrus de veste.

Cel care eram la a doua concediere era surprins, dezamăgit, dar mai încrezător în sine.

Momentele proaste în viaţă sunt adesea ca un vaccin. Ne cresc încet, încet imunitatea la nesimţire.

Nu ne mai afectează la fel nerecunoştinţa, ba uneori suntem capabili să ne dăm seama dacă nu cumva a fost vina noastră şi ne putem despărţi amiabil.

O surpriză a fost chiar şi pentru mine cum am reacţionat la a treia concediere. Chiar dacă detaliile trebuie să rămână confidenţiale, o eroare de comunicare savuroasă ca un banc pot să pun ca o oglindă în faţa tuturor oamenilor care conduc oameni. Aşa nu. :)

Dintr-un val de daţi afară am fost singurul despre care şeful a spus:

— Pe tine, Radule, n-am vrut să te dau afară.

Asta într-o sală plină cu oameni furioşi.

Preţios! Adică pe ceilalţi ai cam vrut.

„Patriotismul“ la job ? O escrocherie sentimentală!

Patriotismul în general e o escrocherie: în vreme de război e ţara ta şi trebuie să o aperi cu arma în mână; în vreme de pace e ţara lor: ai dreptul să votezi şi să plăteşti taxe.

Sunt multe ţări care îşi merită patrioţii. Şi multe companii. Dar mult mai multe sunt doar cârpe negre la ochi.

„La noi e cel mai frumos colectiv." (Imediat.)

„La noi nu se vorbește pe la colțuri." (Au pus ghivece cu ficuși în toate birourile.)

„Suntem o mare familie." (Dacă luăm în calcul șeful, care și-a angajat și nevasta, și amanta.)

Da. O mare familie.

Cea mai sinceră formă de apreciere a unei munci este salariul. Ajunge să ieși puțin din România ca să-ți dai seama că bătaia de joc e generală. Și de ieșit, tot ieșim. Ne cheltuim banii strânși într-un an pe trei săptămâni de vacanță în normalitate, după care ne întoarcem în lagărul de muncă silnică pe viață.

Culmea e că uneori ne și temem că rămânem fără muncă. Lucrăm mai mult pentru că ne e teamă. Mai rar pentru că ne e bine.

E nefiresc să ți se plătească orele suplimentare, deși este evident că undeva există un profit din asta.

Managerii sunt lăudați când dau zece oameni afară pentru că au redus costurile. Dacă îi ducea cu adevărat capul nu reduceau costurile, maximizau profitul, iar pe ăia zece amărâți care nu știu acum din ce să plătească ratele îi foloseau la extinderea businessului.

Chiar, ați observat că peste tot găsești bănci și farmacii? Suntem o națiune de datornici bolnavi.

Și totul începe de la atitudinea față de job. Înainte să te gândești că marile companii ne fac așa un favor să ne dea de lucru, gândește-te ce ar fi ele fără angajați: niște cavouri supraetajate. Goale. Reci. Neproductive.

Știți deja că sunt mai bătrân decât internetul. Pe vremea mea, era o poantă care s-a viralizat prin tragere la xerox. De pe o coală albă se uita urât la tine o pisică neagră. Sub ea era un mesaj de pus la intrarea în birouri:

#shareifyoudare

> PROVERB DE BIROU DIN
> ANII 1990:
> I WORK FOR MONEY.
> IF YOU WANT LOYALTY
> GET A DOG!

Programul de lucru. Titlu de roman SF?

Mă citești cumva la job? La ora asta? Ce scrie pe contractul tău? Opt ore? Te bufnește și râsul, nu? Asta dacă ai contract. E o poveste de adormit angajații. A fost odată ca niciodată o țară în care se stătea mereu peste program. O țară unde oamenilor li se furau ani din viață cu ora. O oră astăzi, o oră mâine.

O țară unde multe firme dovedeau grijă pentru sănătatea angajaților înființând cabinete medicale a căror principală menire era să-ți spună că poți să muncești. Unde ți se verificau adeverințele date de doctori adevărați, nu cumva să stai în concediu medical fake.

O țară unde grija mergea chiar mai departe. Cu săli de ședințe pline după ora șase cu copiii angajaților. Un fel de grădinițe.

Le-ar fi făcut și grădiniță, și școală, și supermarket în firmă. Ca să nu mai plece deloc.

Poate chiar și un cimitir de firmă, dacă ar mai fi fost ceva de scos din ei și după, dar nu se fac teambuildinguri pe lumea cealaltă.

A fost odată o țară unde zmeul avea corner office, iar valea plângerii se numea open space.

Unde angajatele mai tinere, care veneau cu fuste care se terminau în ochii șefei prea repede, primeau task-uri pe care nu puteau să le termine niciodată.

Unde oamenii se uitau dezaprobator unii la alții când se trezeau niște dezertori să plece cu doar 30 de minute după sfârșitul programului.

A fost odată o țară plină de lifturi cu cartelă unde oamenii apasă repede pe butonul de închidere când văd că te grăbești să le prinzi. Aceiași oameni care știu întotdeauna perfect denumirea jobului tău, dar niciodată numele tău. Sau când e ziua ta. Sau cum o chemă pe aia mică.

O țară de iepurași speriați unde lupul cel rău se numește „grija pentru ziua de mâine". Sau „restructurări". Pentru care nu pare să fie nimeni, niciodată, de vină.

O țară unde nu ești niciodată „numa' bine". Ești fie fără experiență, fie prea bătrân.

O țară unde oamenii din companii cu renume bun nu-și spun salariul nici măcar rudelor. Nu pentru că ar fi prea mare, ci pentru că le e rușine.

O țară unde profesorii, care ar trebui să fie modele în societate, se îmbracă de la second-hand când noi ar trebui să le pupăm mâna.

Din fericire, în țară există și companii care își respectă angajații. Fie ei gulere albastre sau albe. Deocamdată sunt puține și nu se vor înmulți prin ouă. Cel puțin nu prin ale lor.

Prin ale celor care vor refuza să lingă cu contract de muncă va crește numărul lor. Că acum ar trebui să se treacă în anunțurile de angajare că, pe lângă carnet de conducere categoria B și o bună cunoaştere a limbii engleze, constituie un avantaj şi completa absenţă a coloanei vertebrale.

Mă citeşti de la serviciu? La ora asta? De ce?

True story:

Pentru curioşi. Ce s-a întâmplat după a treia concediere din ProTV? Mai precis din trustul Pro? Simplu. M-au căutat alte televiziuni şi oferta uneia mi s-a părut chiar tentantă, deşi voiam mai mult să mă desprind din sistem. Am fost la HR, am negociat şi am primit de două ori mai mult decât aveam la ProTV. O să aflaţi despre tehnicile mele de negociere în partea a doua a acestei cărţi. Mi-am dat însă repede seama că banii nu erau „de pe jos“. Mă aşteptau multe ore suplimentare! Aşa că am refuzat oferta după câteva zile de gândire. Apropo, să nu accepţi niciodată o ofertă pe loc! Arată-te interesat, chiar onorat, dar nu disperat!

Când şefa de HR m-a sunat să mă întrebe „de ce nu mai vreau să mă angajez“, i-am răspuns cu o întrebare:

— Mă suni de la job? (era aproape ora 21:00)

— Da.

— Vezi? De asta nu vreau să mă angajez la voi. Ca să nu fiu la job la ora asta.

Eşti o angajată model? Nu invidia nicio tipă office bitch cu o carieră perfectă până nu-i cunoşti bărbatul

Îmi plac oamenii aşa cum sunt: invidioşi, lacomi, inteligenţi, slabi de înger, proşti grămadă sau – mai rar – buni ca pâinea caldă.

În ciuda unei reputaţii care chiar nu ştiu de unde a apărut, mă înţeleg senzaţional cu oamenii din corporaţii. Cu condiţia să fie mulţumiţi cu viaţa lor. Fără corporaţii nu aveam nici Mac-ul de pe care vă scriu şi pe care primesc uneori zeci de e-mailuri. În multe dintre ele era vorba de acele femei care le fac altora „zile negre de lucru“. Care par atotputernice şi sunt respectate chiar dacă toată lumea ŞTIE că sunt nişte vipere.

Când vezi o femeie office bitch cu o carieră care pare perfectă și pantofi de 2000 de euro să nu te grăbești să o invidiezi până nu-i cunoști bărbatul.

S-ar putea să-l țină în sertar. Și să-i schimbe bateriile periodic.

Are pantofii, dar nu vrea nimeni să-i ajungă între ei.

Când cineva îți dă exemplul personal „eu stau până noaptea la job", n-o să dureze mult până o să afli că n-are cine să o aștepte acasă.

Am tot respectul pentru o mamă care face ore suplimentare pentru ca ăia mici să meargă la o școală mai bună, dar de cele mai multe ori nu e cazul. Astea-s fugite de acasă. Că nu le place acolo.

Singura mobilă care le aduce satisfacții e biroul. Nu patul. :))

Ai mai auzit asta. O să o citești și de la mine. Nu suntem făcuți să nu fim satisfăcuți.

Sunt mulți oameni care mă urăsc sau exersează o formă de dispreț apretat față de ceea ce ei numesc... superficialitatea mea. Li se pare că sunt ba exagerat de poet, ba mult prea concret. Sexul nu este un subiect, zic ei, care să merite atâta efort. Iar iubirea nici nu-l implică prea mult. Poate iubirea maternă... dragilor!

Chiar existența inamicilor mei ar fi fost imposibilă fără sex! Sau preferau să se înmulțească prin înmugurire? Creșteau direct din părinții lor, că tot nu reușesc mulți să se desprindă, și erau mai ușor de ținut în brațe.

Jobul și blow jobul

Părinții au impresia că generațiile mai tinere amână conceperea unui copil pentru că vor să se distreze mai mult.

Ar fi bine.

Din păcate, amână acest moment pentru că vor mai întâi carieră, stabilitate financiară și alte iluzii.

Haideți să dăm puțin timpul înapoi! Suntem în 2008 sau 2009, nu-mi mai aduc aminte exact. Lansam cât de poate de clasic *Filosofia sexului,* cartea. Nu aveam blog.

Erau trei echipe TV care aşteptau să-mi ia două vorbe, mai mult din politeţe. Punctul de atracţie era locul unde se întâmpla lansarea.

(Pentru cei care nu ştiu, prima ediţie s-a lansat într-un club, pe numele lui de fată... Twice.)

O văd pe doamna care îmi lua interviul cum se întristează ca şi când ceva din ce am spus o priveşte direct.

Dar ce am spus?

Nu există nimic mai nociv, mai anti-fericire, decât iluzia bunăstării din societatea de consum. Munceşti ca să le bifezi pe toate: casă, maşină, familie, încât nu te mai bucuri de nimic. Orele de muncă sunt atât de multe, încât în cele libere nu mai ai energie pentru viaţa personală. Ce bărbat îşi mai ia nevasta pe sus de la uşă până-n dormitor, după o zi de lucru cu ore suplimentare?

Ai noroc dacă măcar nu sforăie.

Nu sunt sigur că am reprodus exact. Ar fi culmea să-mi aduc aminte şi nu păstrez înregistrările cu mine.

Acum e mai rău. Fără să ne dăm seama ni s-a inoculat şi teama. Că pieţele merg prost, că e instabilitate în lume şi aşa mai departe.

Nu mai suntem între frică şi speranţă. Suntem între două frici.

După ce că nu mai ai energie pentru viaţa personală, nici nu ţi se mai pare atât de importantă.

Ştiu. Am trişat. Am pus un titlu amuzant şi nu râde nimeni.

Pentru că nu vreau să râzi. Vreau să schimbi. Ştiu oameni care au refuzat avansări care i-ar fi făcut să-şi vândă chiar tot timpul.

Femei care au spus că nu vor să muncească pentru viitorul copiilor lipsind din prezentul lor.

Bărbaţi care au renunţat la al doilea job pentru că preferă să înţeleagă ceva dintr-o vacanţă în Grecia, nu să zacă letargic într-un avion care zboară 16 ore către o destinaţie exotică.

Toți suntem liberi să alegem ce facem cu timpul nostru. Haideți să nu ni-l mai vindem atât de ieftin. Să nu ajungem ca un amic de-al meu care zboară de minimum opt ori pe lună. Mi-a zis că de câteva zile bune n-a mai vorbit cu soția lui. Că nici nu mai știe cine e. Îi mai cere din când în când pe copii. Să-i vadă. Pe Skype.

Se simțea divorțat fără acte.

O alegere pe care zice că a făcut-o cu ani în urmă.

O alegere pe care eu cred că o face în fiecare zi.

Actele ratate, educația și alte bazaconii pe înțelesul tuturor

Știi bancul cu „cuvinte“? **Cu vin te** fac să-mi spui adevărul.

Adevărul e… un act ratat. Minciuna e normalul!

Când Sigmund Freud a enunțat teoria actelor ratate, nu spunea o noutate nimănui. În proverbele mai multor popoare exista deja expresia: I-a ieșit porumbelul pe gură! Însemna că omul a zis adevărul fără să vrea sau și-a dezvăluit intențiile fără să aibă câtuși de puțin… intenția.

Pe scurt, actele ratate sunt adevăruri revelate din greșeală.

Nu doar prin vorbe. Gesturile ne trădează și ele, ba uneori chiar și memoria ne joacă feste pentru că nu voiam să plecăm dintr-un loc sau ne doream să ne întoarcem cât de curând.

Știți liceenii care pleacă fără palton de la meditații pentru că sunt, de fapt, îndrăgostiți de profesoară? Nu știți, dar ați fost unul dintre ei. Bun.

Știți oamenii care vin la serviciu dimineața și apasă pe butonul PARTER în lift? Credeți că e din cauză că nu și-au băut cafeaua? E pentru că abia așteaptă să plece, nu să vină.

Știți oameni care au spus într-o prezentare la job, pentru o frumoasă expată, că termenul de execuție este „five sex days“? Chiar crede cineva că un corporatist român nu știe să numere în englezește? Doar că bietul om, scos din Excel-urile anoste din cauza cărora până și cămășile și le alegea tot cu pătrățele, să semene, se găsește brusc în anticamera fericirii, i se ridică altceva mai tare decât graficul cu best case scenario și gata actul ratat!

Să sperăm pentru el că n-a ratat și celălalt act.

Chiar și acum, la mai bine de o sută de ani de la enunțarea acestei teorii și la mii de ani de când popoarele s-au prins și fără psihologi că actele ratate există, mai sunt destui care spun: Nu înseamnă nimic. Sunt simple erori de vorbire, neatenții, automatisme care preiau controlul în momente nepotrivite. Nu e însă ciudat că ele NU se întâmplă atunci când avem de făcut sau de spus ceva dificil? Atunci ne descurcăm foarte bine! Poți să faci zeci de teste de dicție! Tot nu scapi de un porumbel din când în când.

La fel de adevărat este că actele ratate NU apar nici când suntem exagerat de liniștiți. Când ești foarte calm nu ai, de cele mai multe ori, nimic de ascuns.

Bomboana de pe coliva teoriei potrivit căreia actele ratate nu sunt altceva decât simple erori de vorbire o poți pune chiar tu prin observație: există erori de vorbire, oamenii se mai bâlbâie, pronunță o consoană în locul alteia, dar cuvintele stâlcite NU ÎNSEAMNĂ NIMIC. Pe când în cazul actelor ratate, nu numai că acel cuvânt înseamnă ceva, dar în multe cazuri de la cuvântul intenționat și până la cel rostit sau scris, diferența e mult mai mare de o literă!

Era și un banc cu doi psihologi.

Primul spune: Astăzi i-am explicat fiului meu ce este un act ratat cu un exemplu clasic. I-am zis că atunci când mi-e foame spun pâine în loc de câine.

Al doilea: Mda, eu chiar am trăit un act ratat de curând pe pielea mea.

Primul: Tot cu pâine și câine?

Al doilea: Nu, cu sarea. Am vrut să-i cer nevesti-mii sarea și din greșeală i-am zis: Fir-ai a dracu' de scorpie, că mi-ai mâncat tinerețea.

Mecanismul interior al actelor ratate nu este nici acum cunoscut, doar bănuit. Oricât de interesant ar fi cum se întâmplă, ni se pare mult mai util DE CE și CE folos poate cititorul să aibă de aici.

De ce spunem alta decât gândim știm cu toții: pentru că nu credem că ar fi bine să se știe ce gândim. De la momentul când curtezi o fată doar pentru sex, dar crezi că ai rămâne fără nicio şansă dacă i-ai spune asta, şi până la interviul pentru un job care este visul tău din facultate, dar n-ai zice asta ca să nu ţi se ofere un salariu mai mic, sunt mii de situaţii în care pare mai profitabil să minţi.

Reformulăm: sunt mii de situaţii în care ESTE mai profitabil să minţi.

O mare parte din lumea ta este construită pe minciună.

Dacă este foarte clar de ce vrem să minţim sau să ascundem o parte de adevăr, atunci cum de exact în momentul în care ar trebui să ne facem numărul cădem de la trapez într-un salt mortal al adevărului?

De ce spunem cuvintele pe care vrem să le ascundem?

Psihologia pentru oameni obişnuiţi crede că asta se întâmplă pentru că în fiecare mincinos sunt două realităţi, ca două agende sau două registre de casă. O realitate pe care vrea să ţi-o vândă ţie şi o alta pe care o ştie reală.

Când discursul fals se apropie fonetic de un cuvânt-cheie din intenţiile adevărate, se produce adesea un soi de cuplaj.

Mai mult, de când o mare parte dintre discuţiile omului modern se petrec ÎN SCRIS, pe diverse tipuri de servicii de mesaje, avem şi acte ratate care nu mai sunt porumbei care zboară. Verba volant, scripta manent. Cuvântul scris rămâne.

Catalizatorii actelor ratate

Alcoolul

Dezinhibă şi creşte numărul actelor ratate. Şi natalitatea. Problema tuturor beţivilor nu este că se simt sofisticaţi şi ajung să se creadă parte dintr-o elită a intelectualităţii, dar nu mai pot să pronunţe cuvântul. Problema e că toate cuvintele pe care ar trebui să le tacă le ies PERFECT. Cu dicţie. Psihologia pentru oameni obişnuiţi le recomandă celor care vor să afle adevăruri să le facă cinste cu un vin bun celor de la care vor să le afle. Iar celor care vor să le ascundă le recomandăm… să nu-l bea.

Tensiunea

Miza mare a unei întâlniri poate să atârne greu. Încercați să vă imaginați că, indiferent ce se va întâmpla, viața merge înainte. Nu de alta, dar e adevărat. Eliberat de stres, vei putea oferi speech-ul pe care l-ai pregătit, nu informațiile pe care ai vrea să le ascunzi.

Viceversa, dacă ești organizatorul unei asemenea întâlniri și vrei să-ți crești șansele de a afla adevărul, crește artificial miza. Inclusiv prin menționarea unor sume pe care interlocutorul le-ar putea câștiga împreună cu tine. Alcoolici sunt mai puțini, dar ahtiați după bani sunt aproape toți.

Conflictul deschis

Fie că este o ceartă domestică, fie o luptă de mailuri în corporație, conflictul lasă cortexul într-un plan secund, iar instinctele ies la rampă. Cândva luptele acestea se duceau cu bâta în trib. Nici nu vreau să-mi imaginez cum arăta pe atunci un act ratat. Probabil se lăsa cu moarte de om!

Recomandarea Muzei

Urmărește cu mare atenție ce-ți spun oamenii la nervi. S-ar putea să afli mai multe într-o ceartă decât în săptămâni de terapie de cuplu.

Recomandarea lui Radu

Pentru corporatiști. NU TE CERTA ÎN SCRIS. Și dacă totuși o faci, nu trimite mailul imediat. Scrie-l, ieși la o țigară, mai citește-l peste zece minute. Punem pariu că în 50% dintre cazuri o să modifici cel puțin un cuvânt, iar în restul de 50% nu o să-l mai trimiți deloc?

Timiditatea / Aroganța

Cum? Două trăsături atât de diferite să fie catalizatori EGALI pentru actele ratate?

Da. Actele ratate nu sunt acte de curaj, ci erori profitabile pentru noi, ceilalți. Asemenea erori vin adesea din lipsa de control asupra celor două registre, asupra celor două realități despre care vorbeam că sunt în mintea vorbitorului.

La timid, adevărul scapă pentru că îi e frică.

La arogant, pentru că nu îi e.

Unul se știe nesigur și a repetat deja de multe ori minciuna sau, ca să fim mai puțin duri, versiunea oficială a adevărului.

Celălalt e atât de sigur că se va descurca, încât o comite din prima.

Un exemplu trăit și care are doza lui de amuzament a fost într-o discuție care a avut loc în fața mea între un redactor-șef și un tânăr lup de presă. Redactorul-șef i-a întins o cursă clasică și l-a întrebat pe tânăr ce părere are despre fostul lui superior. Ca o paranteză, oamenii care-și bârfesc fostul loc de muncă nu-l primesc pe următorul.

Revenim la scenă:

— Deci, tinere, ce părere ai despre fostul tău redactor-șef?

Precaut, tânărul a răspuns la început bine:

— Ne-am înțeles bine și nici nu cred că pot să-mi exprim o părere. Apoi s-a stricat vraja când a continuat: Eu sunt la începutul carierei. El e ca dumneavoastră, multiperimat.

Bietul om a vrut să spună „multipremiat", dar, ce să-i faci? Amândouă afirmațiile erau valabile, ambii șefi fiind și premiați... și perimați.

Ce dracu' facem cu ele?

Concluzia Ramonei

OK, am aflat sau credem că am aflat ceva. Ne convine sau nu ne convine? Sau, invers, ne-a scăpat ceva. S-ar putea să ne convină și asta. Poate o aveam de multă vreme și ne cam stătea pe piept.

Noi, ca doi oameni care am mințit mult, credem foarte mult în sinceritate.

Dar nu credem că oricine merită sinceritatea ta.

De apărat e destul de simplu. Celor care nu l-au citit nici pe Freud și n-au citit nici cartea de față poți să le strecori o scuză. Ești obosit, bolnav, n-ai băut cafeaua de dimineață. La fel te poți retrage cu eternul „glumesc, desigur".

Vai, tu, amuzantule!

P.S. Eu nu l-am citit pe Freud. L-am „citit" pe Radu.

Concluzia lui Radu

Cum să te aperi nu știu. Doar să minimalizezi pierderea.

Ce faci însă dacă nu tu trebuie să te aperi. Tu ești cel care a aflat.

Situațiile sunt dintre cele mai diverse, așa că există un singur numitor comun. NU LE IGNORA!

Puține lucruri sunt mai sincere pe lumea asta decât actele ratate!

Actele ratate nu sunt nici confesiuni în urma unui interogatoriu, nici măcar răspunsuri la întrebări banale. Cadrul extern în care se întâmplă are cel mult importanța unui catalizator. Ele sunt produsul CADRULUI INTERN. Reflectă universul ascuns în omul din fața ta. Este ecoul mării lui interioare în care până atunci nu știai că face cu adevărat valuri...

Să nu treci peste! Nici să nu dai sentințe dintr-un act ratat, dar nici să nu închizi ochii! Mergi pe fir dacă e important pentru tine!

Informațiile relevate de ele sunt ca soluțiile de spălat vase „magice" din reclamele TV, unde o singură picătură îndepărtează murdăria de pe zeci de farfurii. Acolo nu cred că e cazul, nu mă pricep la farfurii și nici la detergenți, dar mă pricep la oameni. Ca în reclamă, zeci de situații în care ai fost mințit ți se pot „limpezi" cu o singură frază spusă într-un moment de neatenție.

Lui i-a scăpat. Nu e un semn de prostie. Dacă lași să-ți scape ție, însă, este.

Școala în secolul al XXI-lea: educație sau dresură?

Înainte să citești în continuare vreau să te gândești la următoarea problemă. Când vrei să slăbești, ce cauți? Un antrenor PERSONAL care să-ți facă un program de fitness per-so-na-li-zat. Apoi un nutriționist care să-ți dea o dietă per-so-na-li-za-tă. Că doar nu suntem toți la fel, nu?

Nu ți se pare curios că vrei program de antrenament și dietă concepute special pentru tine, dar nu ți se pare nimic în neregulă că aproape toți copiii învață ACELEAȘI lucruri în primii opt ani de educație școlară?

Avem trupuri diferite, dar minți la fel?

Este abdomenul plat mai important decât creativitatea, capacitatea de analiză sau înțelegerea emoțiilor?

Statul, indiferent care este el, e privit ca un binefăcător pentru puținul pe care îl acordă educației. Așa puțin cum e – spun mulți – contează, nu mi-aș fi putut permite o educație bună pentru copilul meu fără acest ajutor.

Serios?

Copiii noștri sunt educați EXCLUSIV din banii noștri. Statul NU ne dă nimic de la el pentru simplul fapt că nu există nimic al lui. E doar un administrator de taxe și impozite.

OK... Atunci tot e bine, veți spune, în sfârșit niște bani folosiți cum trebuie. Cum trebuie pentru cine?

Manipularea prin sistemul de educație devine vizibilă doar la finalul unui regim. Vă amintiți cum, după executarea (a se citi asasinarea) lui Nicolae Ceaușescu, s-a scris mult despre îndoctrinarea copiilor în școală?

Pentru noi toți devenea clar că am fost manipulați.

Dar, gata! Acum suntem liberi! Chiar suntem? Am schimbat un sistem controlat cu libertatea sau am schimbat un tip de îndoctrinare cu un alt tip de îndoctrinare?

Freud a demonstrat că psihicul uman e deplin format la 14 ani. El mai dobândește doar cunoștințe, nu și trăsături de caracter. Chiar dacă nimeni nu e 100% de acord cu această afirmație, este evident că toți adulții de astăzi sunt într-o mare proporție copiii care au fost.

Cu cât dresajul începe mai de timpuriu, cu atât e mai bine.

Religiile bat toate recordurile. Ai fost botezat la trei luni, nu? :))

Tu ce crezi că învață copilul tău la școală?

Matematică, mai multe limbi străine, geografie, istorie.

Greșit.

Copilul tău învață SUPUNERE.

Învață ora fixă de venit la școală. O să aibă nevoie de acest reflex condiționat la job, să semneze condica la oră fixă, să dea cu cartela fără să se întrebe de ce trebuie să vină la serviciu și în zilele în care nu are nimic de făcut. Societățile mai avansate folosesc din ce în ce mai mult lucrul de acasă, dar asta pentru că atât angajatorul, cât și angajatul au respect față de muncă.

La noi nu se învață respectul. Se învață teama.

Ce este învățătorul?

#shareifyoudare

ÎNVĂȚĂTORUL NU ESTE
AL TREILEA PĂRINTE.
E PRIMUL ȘEF!

Exempli gratia:

El învață / copilul ascultă. Mai târziu, adultul va întâlni același pattern în ședințe!

Mai în glumă, mai în serios, se spune că în biroul șefului intri cu ideile tale și ieși cu ideile lui. La fel și din școală!

Această formă de supunere nu este una fizică. E una de tip condiționant. Cătușele ne sunt puse pe dinăuntru.

El dă teme / copilul le face. Mai târziu, adultul va primi sarcini de serviciu pe care le va executa. Asemenea copilului, pe unele le va executa acasă. În timpul lui „liber". De ce? Când timpul este cea mai importantă resursă, de ce îl dăm fără să crâcnim?

Pentru că la școală fiecare prestație a noastră era recompensată sau, din contră, pedepsită cu note. Mari sau mici.

Copilul e pregătit pentru conceptul de salarizare prin sistemul de notare și nu este recompensat când a făcut bine, e recompensat când a făcut la fel.

Să înveți nu înseamnă să experimentezi, ci să imiți.

Îți imiți profesorul.

El îți dă o bucățică de zahăr.

La rândul lui, primește și profesorul o bucățică de zahăr de la minister. Salariul lui amărât.

Normal. Cine ar plăti bine un sclav care educă alți sclavi? Să nu cumva să aibă confort financiar și timp să se gândească dincolo de programa școlară, la adevărata menire a unui dascăl.

Profesorii sunt prost plătiți ca să fie forțați să se gândească mai mult la problemele lor decât la problemele sistemului.

Tu cât îți mai aduci aminte din tot ce ai învățat?

Ți s-a încurajat un talent anume?

Ai fost trimis la o clasă specială?

Clasele „speciale" sunt pentru copiii cu probleme. Trist fel în care poți să fii special. E mai important să-i identifici pe cei submedie și să-i izolezi decât să-i remarci pe cei deasupra mediei și să-i încurajezi!

Credeți că e o întâmplare faptul că mulți oameni uriași în științe sau arte NU au terminat facultatea?

În contrapartidă, multe nulități au două doctorate!

Pentru că oamenii din prima categorie vor să conteze, cei din a doua vor să demonstreze.

Dacă adăugăm și sistemul în care părinții plătesc pentru ca odraslele să nu rămână corigente, atunci școala e o oglindă perfectă a societății care include și corupția. Să învățăm de mici că între ce e normal și ce e bine nu poți trage prea des un semn de egalitate.

De ce toate astea?

Cea mai credibilă teorie mi se pare cea logică.

Chiar credeți că oamenii care sunt la putere vor plăti pentru o educație eficientă a copiilor voștri? De ce? Nu copiii voștri urmează la „tron"! Copiii voștri nu trebuie să dispună de nivelul necesar să le poată lua locul.

Am îmbrățișat teoria logică pentru că nu sunt un mare fan al „dezvăluirilor" după mai mult de zece ani în presă.

Logica spune că orice om nemulţumit de viaţa lui va căuta să parvină (fie personal, fie cu grupul din care face parte). În acest fel avem fie o ascensiune către „înalta societate", fie o revoluţie în care „înalta societate" devine mai puţin înaltă, cam cu un cap.

Tot logica spune că aceia care conduc societatea, mulţumiţi de poziţia lor, vor căuta statu-quoul. Şi pentru că e foarte greu să urci mereu propriul nivel ca să rămâi în frunte", e mult mai simplu să nu-i laşi pe alţii să urce. Plăteşti pentru educaţia lor şi decizi ce învaţă, dar mai ales ce nu. Şi – culmea – aşa cum am arătat la începutul capitolului, chiar noi plătim şi ne forjăm chiar lanţurile care ne ţin.

Există şi cazuri minunate. Profesori care nu şi-au uitat menirea. Părinţi care nu-şi lasă copiii în maşina de tocat personalitatea numită educaţie generalistă.

E momentul să nu mai scriem împreună şi să o las pe Muză să vă spună o poveste. Povestea ei.

Ramona: Când m-au dat la şcoală eram cea mai mare pentru că eram prea mică. Să vă explic, sunt născută la şase luni, n-am fost niciodată o mâncăcioasă, iar la opt ani arătam de şase! S-a pus chiar problema dacă mă primesc la şcoală pentru că depăşisem vârsta.

Am învăţat de la o vârstă fragedă că nu există „nu se poate".

#shareifyoudare

„NU SE POATE“ NU ESTE SFÂRȘITUL UNEI DISCUȚII, CI ÎNCEPUTUL UNEI NEGOCIERI.

Mama m-a băgat la școală, acest sanctuar al bunelor maniere, cu ajutorul a două vicii. Reprezentate fizic de două pachete de Kent și unul de cafea. Aveam trei garoafe în mână, cât mine de mari. Nu cred că florile au contat prea mult. Mai bine luam trei pachete de Kent!

Au urmat cei mai urâți ani din viața mea: clasele I–IV. Nu mă regăseam decât în orele de desen, pe care le extindeam uneori și pe pereții blocului unde locuiam. Mama m-a apărat mereu în fața vecinelor spunând că sunt o artistă. Chiar și atunci când, provocată de niște băieți mai mari, am desenat un penis gigantic în secțiunea de aur. Nu știam atunci exact pentru ce se folosește secțiunea de aur, am învățat la liceul de artă, dar știu sigur că viitorul meu părea compromis.

Nu întâlnești prea multe fetițe de zece ani cu o reputație atât de proastă.

Pentru celelalte materii descoperisem o formă primitivă de barter: eu îi cedam sandviciul unei colege, iar ea îmi făcea temele. Din păcate, şi ea a realizat că barterul nu e cea mai bună variantă şi din clasa a III-a a început să-mi ceară bani.

La mijlocul clasei a V-a a fost clar că ori eram o Micuţă Picasso, ori urma să mătur străzi toată viaţa pentru că nu eram bună la absolut nicio materie. Mai corect ar fi să spunem că nu vedeam rostul niciuneia. Niciun profesor nu m-a făcut să învăţ de plăcere. Dar lucrurile aveau să se schimbe.

Mama era extrem de hotărâtă să fac o facultate. Din păcate, până acolo îmi stătea liceul în drum.

Cine-a pus liceu-n drum,
ăla a fost om nebun
noroc doar că mai departe
era liceul de arte!

Nu doar că am ajuns să învăţ de plăcere, dar începând cu clasa a VIII-a am înţeles şi ce desenasem pe pereţii blocului: începeam să studiez nudurile!

Nu cred într-un sistem de învăţământ 100% bun sau 100% rău pentru că ştiu din experienţă că un singur om, un singur profesor, poate să schimbe totul. Omul, şi nu instituţia, contează. Întrebarea este doar ce fel de sistem de educaţie creează oameni ca profesoara mea de pictură, Daniela Ţurcanu, şi dacă asemenea oameni se mai fabrică în zilele noastre.

În vreme ce profesorii mei anteriori erau, ca în teoria lui Radu, primii mei şefi, profa de pictură a fost primul lider pe care l-am văzut în viaţa mea.

Ştia să nu dea cu biciul, ci mi-a dat încredere în mine spunând că „pictez cu nerv". Poate părea ciudat, dar această încredere m-a motivat, încât dădeam singură cu biciul în mine în ore lungi în atelier şi mai apoi, în facultate, după ce m-am şi angajat, orele s-au mutat acasă.

Pot să spun că tot datorită profei de pictură am avut şi din ce să mă întreţin în facultate fără să apelez tot timpul la ai mei, nu de alta, dar m-am angajat la o firmă de arhitectură. Mâna specializată în desen mi-a fost de mare ajutor.

Ca să vedeți cât de departe merge un copil motivat de profesor, nu terorizat de el, o să vă spun că într-o săptămână în care aveam de făcut un studiu de craniu uman și femur am „furat“ cele două „fosile“ din atelierul de la facultate și am mers cu ele într-o pungă în tramvai. Femurul era lung și ieșea mai mult de jumătate din punga de plastic. Deja călătorii începeau să se agite, când a venit stația mea și am coborât.

Când mi-a deschis mama ușa i-am făcut cunoștință cu bărbatul din plasă care urma să servească postum artei. Îi știam și numele. Murise la 50 de ani.

Ați înțeles deja că mă consider un caz fericit. Încăpățânarea mamei mele și stilul de predare al doamnei Țurcanu au făcut dintr-un copil în derivă o tânără care va vorbi toată viața în imagini, pictate, desenate, fotografiate sau photoshopate. Imagini care deja au fost apreciate de mulți oameni. Și când te gândești că fără această schimbare aș fi fost doar un eșec pe care sistemul l-ar fi măturat sub preș, fără să încerce să mă înțeleagă.

Între lumini și umbre, între oameni buni și legi rele, învățământul este mai mult decât o necesitate, dar necesitatea despre care vorbesc nu înseamnă că... e necesar să-ți lași undeva copiii cât timp te duci tu să muncești, chipurile pentru ei!

Nu i se pare nimănui ciudat că muncim să le asigurăm viitorul copiilor noștri lipsind din prezentul lor?

Concluzia nu o voi trage eu. Ați uitat deja vorba lui Marin Sorescu:

„N-am timp de răspunsuri. Abia dacă am timp să pun întrebări.“

Copiii sunt educați pentru ei înșiși?

Pentru părinți?

Pentru societate?

Când te uiți la copilul tău, poți spune cu mâna pe inimă că îți seamănă și altfel decât fizic?

Sunteți ca două computere asemănătoare. Desigur, el e o generație mai nouă, dar ce vă face să nu vă regăsiți este software-ul instalat, care la el e diferit. Copilăria pe care ai trăit-o tu nu are aproape nimic în comun cu copilăria pe care o trăiește el acum, iar o mare parte din copilăria lui este... școală. Că-i spui „ore normale" sau „opționale", care, de fapt, sunt obligatorii, sau cercuri care ar trebui să fie în funcție de pasiunile lor, dar sunt făcute de oameni fără pasiune, tot școală în regim strict și departe de familie este.

Am ieșit dintr-o epocă numită „de aur" unde trăiam, de fapt, în sărăcie lucie și acum suntem în alta, o epocă a „libertății", unde nu prea ai timp să-ți exerciți aceste libertăți. Și totul începe cu educația.

#shareifyoudare

S-O SPUNEM PE AIA DREAPTĂ:
PENTRU MULȚI COPII, ORELE DE ȘCOALĂ, CU TOT CU OPȚIONALE, SUNT EGALE CU NUMĂRUL DE ORE ÎN CARE PĂRINȚII N-AU CU CINE SĂ-I LASE.

Așa ajung să fie mai corporatiști decât părinții lor. Intră la școală la 8:30 și ies la 18:00. Vreți să facem un calcul?

Ceilalți, care mai au totuși niște bunici dispuse să-i ia, tot stau departe de părinți cam la fel de multe ore. Și te mai miri că nu-ți seamănă?

Sunt 7 (șapte) cuvinte care mă vor face automat dușmanul poporului: fiica mea merge la o școală privată.

E mai bine? Nu. Sau hai să definim mai bine.

Nimeni nu o bate.

Orele se țin.

Învață trei limbi străine din care nu știe niciuna. Niciunul dintre copii nu știe. Ce e drept, mulți știu mai multă germană decât știam eu după liceu, dar nu-ți dai seama cât de artificială este învățarea „în plastic“ a unei limbi până nu ajungi pe aeroportul din Charleroi. Și ești nevoit să te cerți în franceză.

Până la aeroport ai mers cu o mașină. Mașina a făcut o pană. Puteai să o faci, dar ai ales să iei un taxi. Nu aveai timp. La aeroport ai făcut formalități. În Belgia ai închiriat o mașină.

E ceva ce nu înțelegeți, nu? De ce toată această înșiruire de banalități? Pentru că toate sunt întâmplări normale de viață și toți ne lovim de ele. Sunt de domeniul previzibilului.

Iar școala, care, chipurile, îi învață pe copii despre viață, nu le spune nimic despre toate astea.

Nu există nicio oră de „Viață – curs practic“.

Cum am avut eu șansa unor ore de „Engleză – curs practic“, în care profa ne-a pus *Pulp Fiction* (fără subtitrare) sau ne-a cerut să facem analiză pe text la „The Sound Of Silence“ (Simon & Garfunkel).

De ce nu există ore în care să înveți cum se bate un cui, cum se pune roata de rezervă la mașină?

Ajungi să disprețuiești munca atunci când ți se pare că toți oamenii deștepți „fac ceva la un computer“.

Mulți dintre ei au o inteligență mai artificială decât mașina!

De ce nu există cursuri care să-i învețe pe copii despre o seară la restaurant?

De ce nu există un curs care să-i învețe despre un interviu de angajare?

Dar despre organigrama unei multinaționale? Cum funcționează?

Să mai vorbesc despre geografie? Ce știu ăștia mici despre vecinii noștri? Punctele cardinale unde sunt situate. Atât. Cum sunt în realitate bulgarii, ungurii sau sârbii află doar din prejudecățile unor bunici care nu s-au întâlnit, de fapt, niciodată cu un ungur. Știu doar niște bancuri.

Copiii noștri ies blindați de informații nefolositoare și nu știu nimic din ce le trebuie.

Nu vorbesc de nivelul universitar, unde, har Domnului, deja copiii pot să aleagă și unde există câțiva ultimi mohicani care înțeleg că școala nu poate să te pregătească pentru viață dacă nu ține pasul cu ea!!!

De ce să le interzici să vină cu iPhone-ul la școală în loc să îi înveți care sunt pericolele?

Cum să folosești tu tehnologia în loc să te folosească ea pe tine.

Cum să dai pe site-urile de socializare numai informații care să nu te pună în pericol. Să nu ajungi să te trezești că ți-au golit hoții casa după ce a pus ăla mic pe Facebook informația că plecați în vacanță. Și unde. Și de când până când.

Bine că-i învățăm la ore de educație sexuală anesteziante la ce folosește un prezervativ. În secolul acesta un prezervativ virtual e primul de care au nevoie.

La naiba! Și sexul ăsta, așa cum se vede el din lecțiile astea scrise de frigide, pare așa o amenințare, nu o plăcere și în niciun caz modul în care viața devine din efemeră, cum este pentru individ, eternă, cum o sperăm pentru specie!

De ce îi învățăm despre sex, dacă nu există nicio oră despre emoții?

E mai important ce e aia o erecție decât ce e dragostea?

Nu. E doar mai simplu de explicat. O erecție au avut toți bărbații și au văzut toate femeile.

Dragoste în schimb...

Păcăleala cu „vârsta potrivită“

„Ești prea tânăr“ este un pumn în gură. Nu cumva să te exprimi, să-ți ceri locul la masă în funcție de valoarea a ceea ce știi să faci.

„Sunteți prea bătrân“ este un șut în cur. Cu tot cu forma de politețe. Un șut politicos în cur rămâne un șut.

Psihologia pentru oameni obișnuiți a observat că vârsta nu este doar un număr, ci devine un sistem cum era cel de caste, unde banii sunt anii. Așa cum banii au un curs valutar, la fel și vârstele au o valoare sau alta în funcție de modă, de domeniul de activitate și de ce scriu niște specialiști. Depinde, desigur, și de vârsta specialiștilor.

Psihologia pentru oameni obișnuiți a observat că nici trecutul nu mai e o certitudine, pentru că mulți uită selectiv și își amintesc doar ce vor, ce le justifică într-un mod convenabil prezentul. Este un sistem de apărare cunoscut și psihologiei de birou: „E preferabil să crezi că a fost vina mediului și nu te-ai putut dezvolta în loc să realizezi că nu ești un pom într-un parc. Nu ai rădăcini imobile în pământ și poți să schimbi... parcul.“

Prezentul este o certitudine doar în cântecele hippie. Avem ziua de astăzi. Serios? Avem clipa. Cine a citit *Faust* în loc de tabloide înțelege mai bine.

Viitorul ne interesează pe toți. Strada e prima care a căutat o scurtătură și – cum se întâmplă adesea – leneșul mai mult aleargă. Furtul îți aduce mai aproape viitorul decât un job. Clarvăzătoarele îți spun mai multe despre ziua de mâine decât o tomografie.

Nimeni nu-ți poate citi în palmă viitorul, dar ți-l poți face sau strica fix cu mâna ta. Există cel puțin o certitudine în viitor! Certitudinea aceea este moartea. Nu e de bine, dar nici de rău. E de gândit.

Cu toate acestea, deși avem O SINGURĂ CERTITUDINE, noi ne facem planuri INDEPENDENT DE EA! Încercăm să acumulăm de parcă am trăi veșnic. Îi sprijinim să se dezvolte doar pe copiii noștri, de parcă ar urma să trăiască pe o insulă pustie, nu între alți oameni! Calitatea acelor oameni va da calitatea vieții copiilor noștri mai mult decât proprietățile pe care le lăsăm. Adevărata noastră moștenire este LUMEA de mâine. Între mâine și mânie e doar o rocadă de litere.

În acest moment strada îți dovedește o mai mare prăpastie între generații decât a fost vreodată.

Cei mai în vârstă nu-i mai văd pe tineri „ca pe copiii lor". Ci ca pe niște competitori gata să le ia slujba.

Cei mai tineri nu-i mai respectă pe cei mai bătrâni pe sistemul „e de o vârstă cu tata".

Se vorbește foarte mult despre discriminarea negrilor, a femeilor, a homosexualilor, dar deloc despre una dintre cele mai întâlnite: discriminarea celor prea tineri sau prea bătrâni. Atât de „pervers" este sistemul, încât ești prea tânăr jumătate de viață și prea bătrân cealaltă jumătate!

Orice om de HR vă poate confirma că totul e o negociere și nu e nimic în neregulă cu vârsta ta. Ea e doar o carte pe care ei pot să o joace: Ești cam tânăr pentru pretenții. Ești cam bătrân pentru noi începuturi.

Discriminarea tinerilor este mult ajutată și de familiile lor. „Eu sunt mai bătrân, ascultă-mă că știu mai bine" sau „Ești doar un ciutan cu caș la gură" nu sunt formule care să contribuie nici la respectul de sine al tânărului, dar nici la relații afectuoase în familie.

Când te miri că nu vine cu nevasta și nepoțica la masa de Crăciun „în familie", întreabă-te ce-ai făcut să merite efortul!

Masa în familie ar trebui să fie o atracție, nu o obligație.

Toți suntem la fel: de obligații știm să ne ferim, dar după plăceri mergem singuri. Chiar... alergăm.

La fel de mult îi ajutăm să se lase discriminați când suntem prea protectori. Lumea nu e un loc sensibil și atent la dorințele tale! E rezultanta a foarte multe forțe. Opt miliarde ca tine, ca să fim mai exacți. Tu ești o părere. Și nu vei fi niciodată una ascultată dacă principalul tău argument este „plec la mama" sau „îl chem pe tata".

Discriminarea tinerilor nu e meritată. Indiferent cât de proști, de inculți, de superficiali sunt ei, acești tineri sunt produsul nostru. Noi am făcut lumea în care trăiesc ei.

Noi. Prin acțiunile noastre. Sau prin lipsa noastră de acțiune.

Noi. Prin cuvintele pe care le-am spus. Sau prin tăcerile în spatele cărora ne-am ascuns.

Cea a vârstnicilor este adesea justificată, dar asta nu înseamnă că nu e chiar mai tristă.

Ei au mai mult trecut decât viitor. Șansele lor de redresare sunt adesea zero.

Vina lor cea mai mare? Au făcut ce li s-a spus. Fără să se întrebe dacă e bine. Ca niște sclavi la galere care s-au născut direct legați de vâsle. Nu prea le-a plăcut, dar asta-i viața, nu? Dacă și cel din stânga ta dă la rame, la fel și cel din dreapta, înseamnă că așa e normal, nu?

Puțini dintre cei care se nasc sclavi înțeleg libertatea altfel decât ca pe o anomalie. Mulți nu-și pun nici măcar întrebarea „cine e ăsta care dă în tobe?".

Discriminarea aceasta e valabilă și în dragoste. Am simțit-o pe pielea mea când colegele de liceu preferau studenți, dar m-am și bucurat de ea de la vârste extrem de mici. Știți cum e să vă spună prietena de 17 ani: „Vai, se vede că ai 21."

Ce mai! Eram un veteran. Un bărbat pe lângă prietenii ei. De fapt, eram chiorul în lumea orbilor.

Deși mulți consideră obositor să citească Freud, să meargă la teatru sau să vadă un film european, din oricare dintre aceste surse un bărbat tânăr și neexperimentat ar afla că toate fetele aleg instinctiv bărbați care par să știe cum merge treaba la începutul vieții sexuale.

Chiar și Muza are o părere care a făcut multe valuri pe internet. Iată opinia ei și contraargumentul meu:

Muza: Aș interzice prin lege ca fetele de 20 de ani să se combine cu bărbați mai tineri de 30!

Nu gândeam aşa la 20! De fapt, nu gândeam deloc. :) Aveam senzaţia că le ştiu pe toate şi nu înţelegeam că trebuie să-i ştii pe toţi! Să-i ştim nu înseamnă să ne culcăm cu toţi, dar o discuţie la o cafea poate să îţi arate diferenţe, asemănări, plăceri necunoscute sau nervi instant, exact ca la un drive test. Nu staţi ca picturile în stil academic! Vorbiţi! Cu cât mai mulţi oameni.

Nu sunteţi Venus din Milo cea fără braţe! Atingeţi!

O fată de 22-23 de ani, când abia începe să înţeleagă ce e dragostea, că până atunci e o îndră-prosteală, are nevoie de un bărbat care să ştie să-i vorbească, să o mângâie, să o iubească.

Îi trebuie un bărbat care să ştie când să fie politicos şi când... să nu fie.

Bărbaţii se coc mai târziu, ştiu să-şi controleze trupul mai târziu şi emoţiile chiar şi mai târziu.

Femeile îşi controlează trupul mai repede, dar emoţiile niciodată.

Femeile cresc căutându-şi defecte, dar dorindu-şi complimente. Cu fiecare compliment se acoperă o nesiguranţă.

Cum ar putea să te facă să fii sigură pe tine un bărbat care nu e sigur pe el?

Îl iei să-l creşti? Toate femeile îşi doresc un copil, dar să-l nască, nu să-l înfieze major!

Femeile vor bărbaţi chiar dacă ştiu că au fost „educaţi“ de altele. Ştiu că nu sunt prima, dar chiar nu mă deranjează. Femeile vor bărbaţi chiar dacă nu totdeauna îi lasă să le plătească la restaurant, dar ştiu că aceia au cu ce.

Băieţii sunt fast-food. Mănânci încontinuu şi nu te saturi.

Eu am scris o carte de bucate. Pentru că sexul şi mâncarea seamănă: e bine să ştii ce bagi în gură.

Până la un punct sunt de acord cu Ramona, doar că nu vârsta biologică e problema.

#shareifyoudare

> „TE-AȘ FI URMAT ORIUNDE.
> DAR PENTRU ASTA AR FI TREBUIT SĂ ȘTII SĂ MĂ CONDUCI."

Este un citat aproape exact dintr-un mesaj primit de la o fostă doamnă. A divorțat anul trecut și mi-a trimis și mie un fragment dintr-o discuție. Nu discutăm dacă e o idee bună să trimiți printscreenuri aproape intime. I-am scris deja că nu e.

Mi-a răspuns amuzată: Ce-ar putea să se mai întâmple? Nici sentimentele nu pot să moară de două ori.

Aș fi vrut să fac o analiză, dar nu mi-a ieșit.

„Te-aș fi urmat oriunde. Dar pentru asta ar fi trebuit să știi să mă conduci."

Cât adevăr!

Te-ar fi lăsat să o iubești iar și iar,
dar pentru asta ar fi trebuit să o seduci.
S-ar fi îmbrăcat în toate fanteziile tale,
dar tu nu i-ai cerut niciodată nimic „anormal".
Când a zis că vrea să stea cu tine...
nu s-a gândit că va sta pe loc!
Ți-ar fi tatuat numele sub sâni,
dar tu n-ai știut să-i rămâi în inimă.

Te băgase acolo cu forța!

„Bărbatul meu“ îți spunea!

Dar tu... nu erai.

Așa e. Unele femei au un bărbat. Altele doar un soț.

Dincolo de „cancan“: „Femeia coaptă și bărbatul mai tânăr“.

Multe mi-au scris după articolul Ramonei: „Am un iubit cu șase ani mai tânăr... cu zece ani... cu... etc. Ce zici?

„Ce să zic? Felicitări?“

Deși poveștile începeau la fel, niciuna nu continua previzibil. Fericiri, nefericiri, neînțelegeri sau – din contră – lapte și miere.

Unele voiau să o contrazică pe Muză, altele îi dădeau dreptate.

Culmea, eu cred că TOATE îi dădeau dreptate fără să știe. O voi contrazice eu, dar nu în substanță, în nuanță.

Problema nu e un partener mai tânăr. Ci unul imatur.

În loc să le răspund imediat femeilor care au iubiți mai tineri, o să le spun lor, iubiților, ceva ce nu știu. FEMEIA ALEGE. Bărbatul doar propune. Și de multe ori când o femeie alege un bărbat cu zece ani mai tânăr, acesta e doar o joacă.

Nu cred că ele ar trebui să-și facă probleme. Ci ei. Și eu am fost în locul unde stați voi. De mai multe ori. Experiența mea nu are valoare de studiu general că sunt doar un om, dar cunosc mai puține cazuri în care a plâns ea și mai multe în care a plâns el. Mai pe înfundate, pe ascuns.

Dar știu și cupluri care au mers și sunt acum familii frumoase. Cu copii frumoși.

Anii dau doar vârsta. Maturitatea o dau experiențele.

Ce ne face bărbați? Poate chiar o experiență ca asta.

Bătrânii spuneau că armata. Bine că armata obligatorie nu mai există! Ce ar trebui să existe însă este educația obligatorie. Și o mare vină sau un mare merit pentru cum e bărbatul o are femeia.

Bărbații nu sunt educați de alți bărbați. Chiar și cei mai implicați tați sunt mai degrabă niște modele decât niște educatori. Suntem pentru copiii noștri fie tot ce vor să devină, fie tot ce vor să evite să ajungă.

Mama, învățătoarea, prima dirigintă, prima iubită, toate sunt femei care ne stimulează sau ne anesteziază. Femei care ne provoacă să vrem să devenim bărbați sau ne cocoloșesc de rămânem copii cu părul alb. Și nu spun asta în sensul bun.

Ramona avea dreptate că un bărbat matur știe să se poarte cu o femeie. Știe să asculte. Știe să înțeleagă. Știe inclusiv să ceară.

Dar când ajunge un bărbat la maturitate nu e întrebarea corectă. Întrebarea corectă este cum ajunge la maturitate.

Unii dau piept cu viața mai devreme, alții sunt ținuți în brațe.

Unii și-au făcut singuri banii, alții până și sărăcia o au cu împrumut.

Unii spun ce gândesc. Alții, dacă ar spune ce gândesc, ar fi așa o linișteeeee…

Și mai ales cum ajung sentimentele lui la maturitate. Când știe ce înseamnă dragostea?

Nu cred că un student îndrăgostit de o profesoară știe ce i se întâmplă. Își caută o iubită sau fuge din brațele unei mame în patul altei mame?

Nu mă va putea convinge nimeni că un bărbat care nu știe unde vrea să ajungă profesional în următorii patru ani știe de-adevăratelea că vrea o viață cu tine.

Înainte ca bărbatul să știe ce vrea de la femeie el trebuie mai întâi să înțeleagă ce vrea de la viață.

Să stabilim o vârstă atunci? Nu. Asta nu. Einstein a înțeles mai multe despre lumea în care trăim până la 30 de ani decât au înțeles alții într-o viață!

Fiecare om trebuie judecat după merite.

Nu după ani.

Nici în plus.

Nici în minus.

Hustler.
Scurt curs de autoapărare antivânzări

Hustler.
[huhs-ler]
noun

1. an enterprising person determined to succeed; go-getter.
2. Slang. a person who employs fraudulent or unscrupulous methods to obtain money; swindler.
3. Informal. an expert gambler or game player who seeks out challengers, especially unsuspecting amateur ones, in order to win money from them: *He earned his living as a pool hustler.*
4. Slang. a prostitute.
5. a person who hustles.

Aproape toate editurile care publică și cărți practice au măcar un titlu despre vânzări. Cum să vinzi și înghețată eschimoșilor, apă înecaților și șampon pentru păr creț bărbaților cu chelie.

Pe scurt: cum să înșeli un pic, în limite legale.

N-am văzut însă nicio lucrare care să te apere de agenții de vânzări!

Nu faceți greșeala să credeți altfel: orice agent bun de vânzări e puțin hustler! De la ospătari și până la samsarii de mașini, de la consilierul de la bancă și până la oamenii care îți vând mobilă, toți sunt pregătiți să-ți vândă mai mult decât ai nevoie sau chiar altceva.

E imoral? Poate, dar toți avem un pic de „mai bine să plângă maică-ta“ în noi. Combinația dintre dorința de câștig stimulată prin comisionul la vânzare și frica de a pierde un loc de muncă îl face și pe cel mai serios dintre oameni să devină din când în când un hustler.

Prima minciună din vânzări: „Ești un cumpărător deosebit"

Nu ești. Reducerea care ți se oferă s-a mai oferit și altora. Singurul lucru care v-a făcut pe voi cumpărători „deosebiți" este faptul că ați dat semne că plecați. Nimeni nu vinde în pierdere! Să rămână produsul în raft e mai puțin grav decât să-l vinzi la un preț care nu-ți acoperă cheltuielile.

Sincer, nici nu poți să-i blamezi, dar e mai bine pentru tine să cumperi știind.

Vânzătorul te tratează ca pe un cunoscător deși nu ești? Nu, n-ai făcut nimic care a lăsat impresia că ești un cunoscător, poate chiar din contră, ai făcut ceva care a lăsat impresia că ești un pește de apă dulce care a intrat accidental într-un golf cu rechini.

Ține minte că nu toți oamenii care te flatează te apreciază!

Nu există „prețul corect", există doar „prețul acceptat"

Până la urmă, adevărata valoare a unui produs este suma pe care ești dispus să o plătești pentru el. O roată de rezervă cu presiunea 2.0 când ești în pustietate și ai făcut pană valorează mai mult decât celelalte trei la un loc!

Ca să fii sigur că nu s-a întâlnit hoțul cu prostul (vezi o carte esențială numită *Proverbele românilor*) e bine să faci următorul test. Întreabă-te atât:

Chiar am nevoie de produsul acesta?

Am nevoie de el acum? (Dacă nu, s-ar putea să-l iei mai ieftin când intră la reduceri)

Există altundeva aceeași calitate? Ce preț are acolo?

Negocierea e un joc la două capete. El poate să-ți spună că mai sunt cumpărători care abia așteaptă să ia produsul, tu îi poți răspunde că mai sunt și alți comercianți de la care poți să cumperi.

Schimbă jocul din favoarea lui în favoarea ta. Un produs în stoc înseamnă şi nişte bani blocaţi. Ai tăi umblă liberi în buzunarul din spate de la blugi. Un portofel plin e o formă de libertate.

Shoppingul impulsiv e pentru proşti. Foloseşte evaluarea amânată!

Reţelele de socializare sunt pline de mesaje de genul „Viaţa e scurtă, cumpără, dracului, pantofii ăia".

Serios? De ce nu „Viaţa e scurtă, du-te la facultate"? Sau „Viaţa e scurtă, fă ceva important?"

Aproape toate erorile din viaţă le comit „filosofi de mall" pe sistemul „viaţa e scurtă". Inclusiv erori care o fac să fie şi mai scurtă.

Nu cumpăra 100% emoţional decât foarte rar, iar atunci când nu eşti sigur/sigură că îţi place nu cumpăra niciodată.

Iar plăcerea pe care spui că ţi-o produci când cumperi ceva impulsiv... cât durează? Dacă nu te ţine „fericirea" cel puţin la fel de multe zile câte eşti nevoită să lucrezi la corporaţie pentru o pereche de pantofi stiletto înseamnă că poţi merge şi în bascheţi!

Orele de muncă prestată pentru banii necesari achiziţiei unui produs nu trebuie să depăşească durata estimată de folosire a acelui produs! Scurt pe doi!

Cumpăraţi acum, că e ultimul!

Ultimul de unde? Din magazin? De pe planetă?

S-a dat o lege care îi interzice producătorului să mai fabrice modelul? Era coadă în faţa ta?

Dacă eşti într-un magazin în care sunt mai mulţi asistenţi de vânzări decât cumpărători (nu-i pune aici pe gură-cască) înseamnă că ai de-a face cu un hustler.

Scopul lui este să te facă să intri în alertă. Emoţia inundă judecata, dar, dacă într-adevăr acel produs e ultimul, chiar acesta ar trebui să fie motivul SĂ NU-L CUMPERI!

De ce?

Dacă este un produs care se probează e foarte probabil să fi suferit mult până ai venit tu să-l salvezi.

Dacă nu este, e pe final de modă, așa că o să apară altceva foarte repede. Păstrează-ți banii! Banii nu se demodează.

Moda este un fel de uniformă. Dacă vrei să fii original, ieși din rând!

Moda este o invenție.

Nu una a artiștilor, dornici să aducă mereu ceva nou, ci una a economiștilor, care și-au dat seama că vând prea puțin dacă oamenii cumpără lucruri doar de nevoie.

Oameni mult mai deștepți decât mine, dar în cele mai multe cazuri deja morți, au remarcat schimbarea de la „îmi satisfac o nevoie" la „îmi fac o plăcere" și mai apoi chiar „îmi satisfac un capriciu".

Din păcate, nu era suficient, pentru că funcționa doar la păturile mai înstărite (burghezie, aristocrație).

În a doua jumătate a secolului al XX-lea a avut loc o nouă deplasare a motivației. Ați ghicit! Înapoi la nevoie. Doar că nu mai era o nevoie naturală, ci una indusă: vrei să fii în rândul lumii? Ai nevoie de noul televizor, noul tip de telefon, haine din noua colecție!

V-ați întrebat de ce se schimbă mereu culorile la modă?

De ce anul acesta „se poartă platforme", iar anul viitor se poartă talpă joasă?

Pentru că trebuie să fie foarte ușor de identificat oamenii care poartă noua modă și cei care sunt... demodați.

Demodații sunt motivați să facă eforturi să prindă turma. Fără să-și dea seama că motivația lor nu vine de la oile din față, ci de la lupii care le mână din urmă.

Cumpărați, că îl folosește și vedeta cutare!

De când am intrat în social media am refuzat zeci de contracte care nu mi s-au potrivit pentru că nu foloseam produsele respective. Câteva dintre firmele pe care le-am refuzat sunt literalmente IMENSE. Am scris cu majuscule pentru că uneori și eu mă mir de unde atâta tupeu.

Din păcate, pentru ce fac eu pot să garantez fie şi numai în faţa mea. Pentru ce fac alţii nu numai că nu pot, dar, lucrând atâta vreme în marketing, pot să dau zeci de cazuri cu persoane care nu numai că nu folosesc produsele la care fac reclamă, ci le şi dispreţuiesc un pic. Culmea, chiar şi atunci când produsele sunt bune. Şi ştiţi de ce? Dacă nu ţi le permiţi înseamnă că pentru ei sunt prea ieftine.

Dacă vrei să fii ca actriţa aia sau ca rapperul ăla
nu-ţi trebui şampoane, haine sau telefoane ca ale lor!
Îţi trebuie o carieră ca a lor. Pe asta încearcă să o ai.

Lucrurile second-hand care sunt „ca noi"!

Nu sunt. Dacă erau, nu le vindeau.

În mod special atunci când cumperi electronice la mâna a doua sau maşini trebuie să ştii că nimic nu e cum ţi se spune. E cum se vede.

Legenda maşinii „ţinute în garaj şi cu care a mers o bătrână din joi în marţi doar până la serviciu şi înapoi" este un banc.

La fel, tot un banc este şi „are probleme foarte mici care se rezolvă ieftin la orice service". Un banc care te va costa banc-note. Multe. Dacă se rezolvau ieftin şi repede şi la orice service, le rezolva vânzătorul înainte. Şi-ţi spunea celălalt banc, cu baba.

Preţul mai mare garantează un produs mai bun.

Nu. Dar un preţ foarte mic garantează o păcăleală pe cinste! Orice preţ mic se explică prin cheltuieli mai mici. Fie cu materiile prime, fie la manoperă. În lumea asta ultracompetitivă cheltuielile de marketing şi publicitate nu mai pot fi evitate, aşa că există riscul ca o campanie de imagine pentru un produs să coste mai mult decât produsul în sine.

Nu le plânge oamenilor de milă, spoturile de la TV le plăteşti tot tu.

Din păcate, cam toată lumea s-a prins că oamenii aleg produse din zona medie, aşa că soluţia este să ridice preţul până la nivelul unor produse decente fără să ridice şi calitatea.

Nu există „dragoste la prima vedere“ cu clientul!

În mod special la vânzătorii de mașini, sfaturile bine intenționate sunt bullshit. Vorbim aici de clasicul showroom cu mașini noi, strălucitoare, echipate și mai ales despre care nu știi nimic chiar dacă te-ai informat.

Ce noroc pe capul tău că ai dat peste un om bun care te sfătuiește să nu alegi nu știu ce motorizare că „nu ține“ sau să eviți nu știu ce culoare că vei avea probleme la revânzare.

De cele mai multe ori explicația e că n-au culoarea aia pe stoc! E păcat să ai timp să te răzgândești...

„Prietenul“ tău îți va arăta și alte mașini, mai scumpe, dar nu te va sfătui să le cumperi, deși ți le laudă, „pentru că ar însemna un efort financiar prea mare“. Orice bărbat e puțin cocoș: „Cum? Da' nu-mi permit eu?!“

Ba da. Îți permiți. Alte lucruri însă n-o să-ți mai permiți pentru că ți-ai permis asta. După ce cumperi mașina poți să te mai întorci de curiozitate la showroom și să întrebi care e mașina „prietenului“ tău. Nu-i așa că nu sunt uneori nici măcar aceeași marcă?

Sentimentele sunt pagubă la casa omului. Mai ales cele negative.

Ca o regulă generală, chiar dacă n-ai văzut în viața ta un hustler pe vânzări, îți vei da ușor seama dacă ești manipulat. Discuția te face să te simți fericit sau – dimpotrivă – rușinat? Probabil ești manipulat să cumperi! Simți o stare de anxietate, viața are brusc alt ritm? Ești manipulat! Te simți afară din zona ta de confort? Într-un magazin? Păi, ce? E al Doilea Război Mondial? Ieși și liniștește-te!

Inclusiv muzica din magazine este aleasă să accelereze pulsul și implicit viteza de decizie a clienților. N-aș merge până la subliminale, dar o să vă pun o întrebare simplă: de ce nu e muzică de chill-out în majoritatea magazinelor de haine?

Nu cumpăra „de jenă“! Această jenă ți-a fost indusă. Nu recompensa cu banii tăi această stare care e – să nu ne ferim de cuvinte – o umilință.

Dacă tot e să te lași manipulat, măcar lasă-te de cineva care te face să te simți bine!

Ai grijă când primești un favor de la un hustler! S-a gândit deja ce să-ți ceară în schimb.

Frecvent primești lucruri de care nu ai nevoie. Eu evit mesele la care plătește altcineva, mai ales când nu prea cunosc persoana. O singură dată în ultimii trei ani n-am respectat această regulă și m-a sunat după două zile să mă întrebe cum au fost pastele. :))

Chiar dacă le digerasem deja în cele 48 de ore, am simțit brusc că-mi stăteau în gât.

Poveștile comune? Sunt gogoși. Calde. Tocmai ce le-a inventat!

Cât de fain e când descoperi oameni ca tine! Pasiuni comune, liceul, sunteți din aceeași generație, aveți aceeași mașină. Uau! Eu zic să-l întrebi și dacă o știe pe nevastă-ta! Și cât de bine...

E o tehnică foarte des întâlnită la vânzări să ne descoperim interese comune pentru ca recomandările care ți se fac să aibă relevanță. Gândim la fel, nu? Culmea tupeului este când îți spune că și el cumpără acel produs sau l-ar cumpăra, dar nu-și permite din salariul de asistent vânzări. Ți-e milă de el? Ți-a luat banii!

Hustlerul telefonist

S-a ieftinit în așa măsură minutul de convorbire pe mobil, încât orice firmă își permite să facă „push“. Mai grav este că SE VÂND BAZE DE DATE cu numele, numărul tău de telefon și alte date personale pentru sume derizorii. Ai fost la un târg de nunți? Ești într-o asemenea bază.

Ai câștigat o brichetă în supermarket cumpărând chiar pachetul de țigări pe care l-ai fi luat oricum? Bravo! Ești deștept! N-ai câştigat nimic, ţi-ai pierdut intimitatea şi până să aprinzi tu trei ţigări cu bricheta aia deja ai primit cinci SMS-uri.

Ce trebuie să afli tu este că hustlerul telefonist știe că face ceva la limita legii. Așa că poți să ridici puțin tonul la el, chiar dacă în general e urât să fii agresiv cu un biet pion. Dacă vrei o variantă mai fină, acum, când toată lumea folosește un smartphone, poți să blochezi numărul.

Vorbă lungă, sărăcia omului.

Din fericire, spamul pe e-mail e din ce în ce mai ușor ținut în frâu. Aveam și acolo hustleri.

Și totuși? De la cine cumpărăm?

În primul rând de la oameni cu care ne mai putem întâlni. Ceva interesant și „bio" la marginea drumului? Care e certificatul? Dacă arzi totuși după niște roșii românești de la marginea drumului, uită-te la mâinile celui care ți le vinde! Dacă sunt nemuncite, urcă-te în mașină și fugi!

Relațiile de lungă durată sunt cele mai bune

Întreține câteva legături cu oameni care s-au verificat în timp. Tatăl meu s-a tuns aproape toată viața la același frizer. „Să n-ai surprize", zicea el.

Mi se părea o lipsă de imaginație. Mai târziu am înțeles.

Un service cu care ai o relație de durată va fi mai atent la nevoile tale, dar țintește mai departe și încearcă să ai o relație cu un singur angajat.

La fel și într-un restaurant în care ești „regular", e normal să ai tratament preferențial. Dacă nu-l ai, e cazul să te duci regulat în altă parte.

Despre cum văd eu menținerea unei relații de business, fie mică, fie mare, în partea a doua a *Psihologiei pentru oameni obișnuiți*! Acesta e dedicat doar începuturilor.

Recomandările prietenilor sunt în 80% din cazuri mai bune decât cele ale oricărui specialist!

Toţi mai avem şi prieteni idioţi! Paradoxul este că până şi prietenii noştri idioţi au o calitate pe care mulţi specialişti nu o au: sunt bine intenţionaţi! Nu ne-ar recomanda ceva doar pentru că li s-a băgat o sumă de bani în buzunar. Nu şi-ar vinde prietenii nici unei firme de pastă de dinţi, nici uneia de electronice îndoielnice.

De la filme şi până la case, poţi să crezi mai degrabă ce îţi spune un prieten decât ce citeşti în reviste, vezi la televizor sau citeşti chiar şi pe forumuri! Trăiesc din social media şi pot să-ţi garantez că multe comentarii pozitive ale unui produs sunt plătite de firma care îl fabrică. Iar cele negative sunt plătite de concurenţă.

Toţi avem în grup pe cineva pasionat de fotografie. Toţi avem măcar un prieten pasionat de maşini. Chiar şi atunci când consultanţii sunt bine intenţionaţi, pasiunea bate meseria şi un amator poate să ştie mai multe decât un profesionist, mai ales când e vorba de lucruri de fineţe.

Mai vrei un argument pentru valoarea recomandărilor prietenilor? Ţine cont că mereu „cine se aseamănă se adună". E tot din *Proverbele românilor.* Asta înseamnă că şi gusturile prietenilor tăi seamănă în cele mai multe cazuri cu ale tale şi produsele alese de ei s-ar putea să-ţi placă şi ţie.

Şi nu în ultimul rând:

Cumpără la alegerea ta! Când ţi se face o ofertă pe care n-ai cerut-o, nu eşti tu cel care alege. Eşti doar un peşte care ia sau nu momeala!

Radu: Nu se mai poartă documentarea. Pe vremea mea, te gândeai, ascultai şi comparai zeci de sisteme audio până dădeai banii pe unul. Acum am mers la o companie destul de mare care vinde echipamente Hi-Fi şi când am cerut să ascult o pereche de căşti mi s-a spus: „Nu se poate! E în cutie."

Nu erau nişte căşti tocmai ieftine, dar am cumpărat din altă parte, de la Bang&Olufsen România, unde au fost şi mai scumpe, dar am ascultat tot ce aveau pe stoc și la final mi-am decis și culoarea finisajelor.

Ramona: Știi când intri în supermarket să cumperi pâine și ieși cu un bon de câteva sute de lei? Noi, femeile mai ales, știm că nu există cumpărături de bunăvoie într-un loc unde sunt mii de produse decât dacă ai venit cu o listă. Doar de acelea ai nevoie! Pe restul le iei pentru că sunt acolo, au ambalaje frumoase sau sunt la reduceri. Radu mi-a spus mereu că e mai bine să dai dublu pe ceva de care chiar ai nevoie decât să dai la jumătate pe ceva care nu-ți trebuie și pe care uneori nici nu te-ai fi gândit să dai banii dacă era la preț întreg.

Teoria o înțeleg perfect. Practica mă omoară.

Mereu promit că nu mai fac.

Psihologia și tehnologia

Cum influențează conexiunea la internet conexiunea cu alți oameni?

De obicei mai mult de doi. Nici nu începuse bine psihologia să înțeleagă ce vor oamenii că oamenii s-au... răzgândit! Și se vor mai răzgândi de câteva ori pe generație de acum pentru că:

- **Doi oameni care trăiesc pe aceeași scară pot să fie în același timp ÎN ALTĂ LUME!**
- **Prietenii virtuali sunt relații mai reale decât familia.**
- **Infidelitatea virtuală devine regulă pentru câteva sute de milioane de oameni, poate chiar spre miliard.**
- **Viteza comunicării atinge normele unui test psihologic cu întrebări contracronometru!** Lipsa răspunsului la un mesaj de WhatsApp este considerată un răspuns în sine (erai activ la 23:39, dar mi-ai răspuns la 23:45!)

  Și:
- **Pentru că oricine se poate ascunde pe internet, toți vor să se expună! O generație de exhibiționiști?**

  Le vom lua pe rând.

Oamenii nu se mai întâlnesc pe stradă. Fac cunoștință pe... newsfeed

Nu e curios? Că dacă vine cineva să te întrebe ceva nevinovat pe stradă nu-i răspunzi, dar dacă îți face direct avansuri pe Facebook are o șansă bună să-i dai accept și să te vadă fără sutien pe plajă în Corfu?

#shareifyoudare

DACĂ UN TIP ȚI-AR CERE SĂ-I ARĂȚI SÂNII ÎN STAȚIA DE METROU APĂRĂTORII PATRIEI, AI STRIGA CA O APUCATĂ DUPĂ AJUTOR, DAR PE INSTAGRAM ÎI AI ȘI ALB-NEGRU, ȘI COLOR.

Apropierea fizică ne tulbură comunicarea și asta nu de astăzi sau de ieri. Mereu un băiat și-a căutat cele mai bune cuvinte să intre în vorbă cu o fată până când aia se și mărita. Întotdeauna a existat câte o frumușică rămasă fată bătrână pentru că părea arogantă și își făcea dușmani chiar și când zâmbea: „Ai văzut ce zâmbet superior are?"

Acum stăm în spatele ecranelor ca apărați de un scut. Putem fi complet dezbrăcați când vorbim cu șeful sau cu un pahar cu vin când vorbim cu o femeie pentru care chiar avem nevoie de curaj.

Doi oameni care trăiesc pe aceeași scară pot să fie în același timp ÎN ALTĂ LUME, dar doi oameni care locuiesc la 1 000 de km distanță unul de celălalt se pot întâlni la Sibiu! Ați cam ghicit orașele.

În plus, înainte să se întâlnească, ei știu deja mai multe unul despre celălalt decât știam eu după șase luni de relație. În fine, când nu mă plictiseam după trei…

Psihologia trebuie să-și revizuiască metodele pentru că în acest moment se întâmplă o revoluție comportamentală cu mai mare impact decât revoluția industrială.

Te-ai întrebat vreodată, când ești pe pagina unui influencer, politician sau artist, dacă textele de pe pagina lui de Facebook sunt scrise chiar de el?

Te-ai întrebat vreodată dacă ar fi la fel de ușor pentru cineva să te mintă față în față? Dar să-ți spună adevărul?

Deși oricine poate să fie oricine pe net, totuși cei mai mulți aleg să fie ei înșiși cu lux de amănunte!

E un factor pozitiv de care psihologii nu profită absolut deloc! A văzut cineva psihanaliză online? Nu. De ce? Pentru că nu o predă nimeni. În psihologie, ca în orice alt domeniu, există inovatori și imitatori. Până nu vine un nebun ca Sigmund Freud, care a transformat psihiatria și a dat naștere unor idei complet noi, nimic nu se va schimba, iar unul dintre motive este explicat tot de... psihologie. E nevoia de apartenență. Freud a fost atât de contestat, încât Carl Gustav Jung mărturisea că i-a venit la un moment dat ideea drăcească să-și publice ideile care semănau cu ale lui Freud FĂRĂ SĂ-L CITEZE în lucrarea lui. De ce? Pentru că nimeni n-ar fi zis „sunt ale lui Sigmund Freud". Atât era de „invizibil" acest om de geniu în cercurile înalte ale medicinei vremurilor lui; și ține cont că atunci când spun „vremurile lui" nu discutăm de Evul Mediu. Freud a murit în 1939.

Psihologia trebuie să folosească tehnologia sau să moară. Gata cu canapeaua, cu consilierea de cuplu în care amândoi sunt așezați unul lângă altul atât de inconfortabil. Aproape silit. Apropierea trebuie dorită.

Laptopul este canapeaua omului modern.

Laptopul este masca din spatele căreia poți să fii tu însuți.

E ca acum, când citești această carte. Îți poți permite să recunoști că am dreptate pentru că nu suntem față în față și nimeni altcineva nu ne vede.

Intimitatea secolului al XXI-lea nu mai înseamnă un grup restrâns de oameni, nici măcar un cuplu. Intimitatea secolului al XXI-lea e un hibrid:

#shareifyoudare

ÎNTREAGA LUME
E CONECTATĂ
ÎNTR-O REȚEA
DE OAMENI SINGURI.

Prietenii virtuali sunt relații mai reale decât familia

Prietenii în general sunt relații mai strânse decât familia în prima parte a tinereții unui om. Pentru că nu cred în eufemisme, o să vă spun direct că e o tâmpenie. În cea mai mare parte a cazurilor, condiționarea genetică îi face pe cei din familia ta să țină la tine mai mult decât o vor face prietenii vreodată și asta pentru că nu la tine țin, ci la ei înșiși!

Părinții tăi te iubesc cum iubesc viața pentru că tu ești o continuare a lor. Prelungirea existenței lor în realitate când ei se vor odihni la soare sub umbra a două cruci.

De asta te iubesc. Și niciun prieten nu te va iubi mai mult.

Pentru că își doresc o prelungire cât mai fidelă, părinții fac eforturi inconștiente să te transforme în mini-ei. Paradoxul este că nu te vor o copie a ceea ce sunt, ci a ce și-ar fi dorit să fie.

Inevitabil apar problemele, iar copilul, la fel de inconştient ca părinţii lui, îşi caută o altă „familie“ . Una care să-l accepte aşa cum e. La început erau prietenii de la bloc şi colegii de la şcoală, dar baza de selecţie era mică şi problemele celorlalţi nu semănau neapărat cu ale tale. Pasiunile lor nu erau neapărat aceleaşi. Mai găseai doi sau trei rockeri de exemplu din 30 de colegi. Sentimentul că sunteţi o minoritate, nişte ciudaţi, era foarte puternic. Liceele seamănă puţin cu nişte spitale de nebuni unde unii se cred Napoleon, alţii cred că pot să zboare etc. Nu au toţi acelaşi fel de nebunie.

Imaginaţi-vă însă un spital în care toţi nebunii se cred în secolul al XXV-lea. Într-o lume a viitorului. Întâlnind numai nebuni CA TINE ţi se va părea că eşti într-o normalitate perfectă.

Asta fac reţelele de socializare.

Mark Zuckerberg, CEO-ul Facebook, a spus-o direct: fiecare pagină personală de Facebook este ca un club în care tu selectezi cine intră, pe cine dai afară, ce se discută şi aşa mai departe.

Riscând să-l analizez un pic pe miliardar (Mark are mai multe miliarde decât ani), o să spun că Facebook a apărut tocmai pentru că Zuckerberg era un neadaptat. Un nerd care nu se integra şi avea probleme de relaţionare directă. Facebook a fost modul în care un sigur om a realizat că nu se poate schimba ca să se integreze şi a schimbat lumea făcându-ne pe toţi să ne integrăm... în a lui!

Un reputat psihiatru care l-a tratat pe tatăl meu, doctorul Botez, mi-a spus când aveam doar 19 ani că sunt mai puţini nebuni în spitale decât în guverne. Tot el mai spunea că nu există oameni sănătoşi din punct de vedere psihiatric, echilibrul acela din cărţi nefiind ceva ce omul poate să atingă! Ce mai, un om sănătos este un om insuficient investigat!

Mark Zuckerberg nu avea de unde să ştie când i se părea greu să se integreze că toţi suntem ca el!

Inclusiv nesiguranţa femeilor care s-au aranjat de sute de ori pe ideea că „nu ştii când te întâlneşti cu bărbatul pe care vrei să-l dai gata" s-a rezolvat minunat cu... poza de profil. Rețelele de socializare prezintă lumii cea mai bună versiune a noastră. Suntem mereu aranjați țiplă. Suntem mereu activi și, din păcate, mulți dintre noi suntem mereu fericiți. Mai ales atunci când nu suntem.

Una dintre cele mai importante motivații pentru care vrem să ne integrăm este cea sexuală. Milioane de nebuni și-au găsit perechea în online. Unu din patru cupluri care se căsătoresc anul acesta în SUA s-a cunoscut online.

Nu mai există „the girl next door". Există „next click – next chick".

Înainte aveai nevoie de ani să găsești o fată care să știe ce-i ăla cuzinet elastic, iar când o găseai, te însurai cu ea și gata!

Acum e imposibil să nu realizezi cât de multe ca ea există. Și cât de mulți ca tine. Paradoxal, în loc să ne afecteze, această evidență că suntem niște furnici fără importanță, gândul celor mai mulți a fost: După invenția alcoolului, rețelele de socializare sunt cel mai mare ajutor! Acum chiar oricine poate să facă... sex!

Infidelitatea virtuală devine regulă pentru câteva sute de milioane de oameni, poate chiar spre miliard

Infidelitatea virtuală nu a apărut în același timp cu internetul. A existat mereu. Să vorbim ca la Teleenciclopedia: „Una dintre primele atestări documentare ale infidelității virtuale apare în Biblie."

Evanghelia după Matei. Cap 5. Vers. 27–28

„Ați auzit că s-a zis celor de demult: «Să nu săvârșești adulter».

Eu însă vă spun vouă că oricine se uită la femeie, poftind-o, a și săvârșit adulter cu ea în inima lui."

Nasol!

Pe cât de rigid și de imposibil omenește de evitat, pe atât de multă dreptate are evanghelistul în 90% dintre cazuri! Curat psiholog!

Femeile ȘTIU asta și se enervează când ne văd uitându-ne după altele. Te-ai întrebat însă de unde știu femeile ce gândim când ne uităm după altele? Pentru că și ele o fac! Doar că sunt mult mai rar prinse. Aici mulți psihologi intră într-o explicație savantă despre cum ele văd periferic mai bine și noi trebuie să focalizăm cu vederea tunel. Eu cred că adevărul este altul: noi nu credem că ne afectează imaginea publică dacă ne uităm după femei, așa că începem să ne ascundem abia când suntem într-o relație. Ele s-au uitat pe ascuns încă din școală. Nu cred că ne putem compara expertiza!

Din fericire am o veste bună pentru noi!

Bărbații nu mai au de ce să se uite după altele pe stradă. Se uită după ele pe Facebook sau Instagram. Și cu puțin noroc acolo le văd direct dezbrăcate!

În fiecare zi treci pe stradă pe lângă cel mult zece femei care merită atenția, pe Facebook sunt disponibile... toate. Dacă intri pe Tinder, afli și care sunt chiar mai disponibile.

Mai mult, femeile de pe stradă nu au datele de contact scrise citeț pe poșete! Cele de pe rețelele de socializare au chiar mai multe date decât poți să ceri, de nu mai lasă loc imaginației.

O capcană totuși există: Photoshopul!

Photoshopul de stradă se numește machiaj și are limitele lui.

Photoshopul pozelor de profil nu are absolut nicio limită, iar atunci când femeia simte că, în ciuda tuturor îmbunătățirilor, tot este sub medie, nu ezită să „împrumute" o poză a altcuiva.

True story:

Într-o zi mi-a cerut prietenia o tipă care avea la profil o fotografie înfățișând o femeie așezată pe o bancă în parc, picior peste picior. Coapsele îi formau o curbură elegantă, rochița în buline lăsa să se ghicească un funduleț obraznic, chiar și așa cum era, așezată. Tânăra din imagine privea în telefon și părul strălucitor îi ascundea cumva fața.

O singură problemă avea poza: era o fotografie a soției mele! Chiar eu i-o făcusem în Parcul Carol din București!

Avea deja comentarii la fotografie, multe dintre ele de la foști colegi de serviciu lăudând-o pentru cât a slăbit.

Pentru mine a fost amuzant.

Dacă ai fi invitat-o în oraș... pentru tine cum ar fi fost?

Știu sigur cum e pentru ea. Greu. Ca să recurgi la asemenea metode trebuie să fii nu interesată, ci disperată.

Cât de real e înșelatul virtual?

Uneori deloc, alteori mai mult decât ți-ar conveni să crezi pentru că e greu să spui dacă omul de lângă tine se uită și atât pentru că nu vrea mai mult sau pentru că nu crede că poate mai mult. Încearcă marea cu degetul (a se citi încearcă fata cu un like) și, dacă nu iese nimic, înseamnă că n-a făcut nimic.

Este o problemă despre care psihologia de salon se va exprima, probabil, când nu va mai fi de actualitate.

Psihologia noastră, de oameni obișnuiți, spune atât:

Este OK ca iubitul tău să urmărească pe Facebook și Instagram câteva zeci de femei? Sute?

E în regulă ca iubita sau soția ta să mai schimbe două, trei vorbe „nevinovate“ pe WhatsApp și să șteargă conversațiile „pentru liniștea ta“?

Bărbații pot să învețe de la femei să se ascundă, pentru că și femeile o fac, dar multe la serviciu, în mașină, la metrou, pe unde mai sunt ele singure, butonează pe telefon de mai mare dragul, însă nu o să găsești comentarii și like-uri de la ele decât la poze cu bebeluși, pisici și lansarea Cărturești!

Elegaaaaant!

Tu în schimb ai amărâtul acela de Like dat unei colege. Ce e drept, poza e în costum de baie dintr-o vacanță în Thassos.

Mai bun decât un program spion este următorul exercițiu:

În timp ce te uiți după bunătăți pe rețelele de socializare imaginează-ți partenera sau partenerul făcând același lucru. Salivând după alții, cântărind din ochi forme. Dacă ți se pare OK, continuă. Dacă nu...

Viteza care schimbă tot!

În perioada în care a luat naștere psihologia nu exista comunicare rapidă la distanță. O scrisoare avea nevoie de zile, o telegramă, de minute. Acum un e-mail, un SMS sau un mesaj pe WhatsApp ajung instantaneu și ne așteptăm la un răspuns imediat. Unele aplicații de mesaje forțează această comunicare afișându-i celui care ți-a trimis mesajul ora și minutul când l-ai primit! Scopul este să te țină cât mai mult pe acea aplicație având în vedere că un răspuns generează de cele mai multe ori o altă întrebare sau chiar se răspunde cu o întrebare. Cei care au venit cu ideea informării celui care trimite mesajul despre faptul că destinatarul l-a primit au sigur cunoștințe de psihologie și mai lovesc un iepure cu același foc: îți dau senzația că aplicația respectivă e foarte rapidă.

WhatsApp, de exemplu, afișează și faptul că mesajul a fost livrat, că a ajuns în telefonul destinatarului, pentru ca apoi să îți spună și când e citit.

Manual de sexting. Ce să faci, dar mai ales ce să nu faci când flirtezi online

Lumea se schimbă, dar oamenii rămân la fel. Ne dorim fericire, doar că o vedem altfel decât părinții noștri. Ne dorim aventură, pe care o vedem cam la fel. O obținem altfel.

Ne dorim prieteni, iubiri, exact ca ei. Doar că ei nu aveau internetul.

Așa a apărut comunicarea pe care americanii o numesc de vreo zece ani... sexting. Da, în loc de texting.

Eu sunt mai old school, așa că am ignorat complet Mirc-ul și Hi5, chiar dacă erau la modă. Blogul a deschis însă o cutie a Pandorei și miile de mesaje pe care le-am primit m-au condus către niște concluzii amuzante și care pot să pară ușor răutăcioase, dar care vă vor folosi cu siguranță.

Nota bene: Aceste ponturi nu sunt pentru „rechini“, ci pentru „peștișorii și peștișoarele de aur“ care trebuie să știe ce riscă.

Sextingul se întâmplă cel mai frecvent de la job

Pentru că rareori amândoi protagoniștii sunt liberi. DE CE E GREȘIT? Te ascunzi de al tău și riști să știe toată lumea. Tot ce scrii poate să citească și IT-ul. :) La fel și colegii își pot face o părere destul de bună despre ce faci, chiar dacă nu știu și detaliile. Încearcă să nu folosești calculatorul companiei pentru „dirty writing“.

PONT DAT DIN CASĂ: scrisul nu are și calitățile comunicării nonverbale. De-asta există emoticoanele, dar sunt incomplete. Aşa că o aluzie poate să fie mai mult decât crezi. Sau mai puţin.

Tot ceea ce scrii, „că rămâne doar între noi",
rar rămâne doar între voi

Aşa că ai un pic de grijă. Oricum, încă n-a reuşit nimeni să facă dragoste online. :)) Aşa că e o tâmpenie să mergi cu discuţia unde n-ai ajuns încă măcar cu mâinile. Fenomenul dublei masturbări la distanţă via Skype este doar o dovadă că oamenii pot ajunge să facă orice tâmpenie când hormonul bate neuronul. Voi chiar credeţi că nu vă vede nimeni?
Fotografiile. Bărbaţii cer fotografii hot de la femei. Femeile reuşesc să le obţină de la bărbaţi.
De cele mai multe ori ajung pe net sau, dacă protagonistul e fotbalist, direct la TV. :) Sunt sigur că ştiţi cazuri. :) Nu-i aşa că nu vreţi să ajungeţi unul dintre ele? Pe vremea mea vedeai sânii fetei DUPĂ prima întâlnire...

PONT DAT DIN CASĂ: bărbaţii oricum nu ştiu să pozeze sexy. Mai bine se abţin.

Deleting history e bullshit. Există programe care îţi descoperă orice

Să vă spun că eu am recuperat chiar şi POZE pe care le ştersesem? Cine vrea să ştie cum să caute pe Google. Programul ăla de 40 de dolari chiar face treabă bună.

Nu oricine este... cine scrie că este!

Gâsculiţele care cred că au de-a face cu un bărbat rasat şi dau la întâlnire peste un dobitoc sinistru ar face bine să afle că sunt mii de femei care au fost aburite cu texte copy/paste de pe net. În unele cazuri chiar de la mine, ceea ce aş îndrăzni să recunosc că nu-i aşa rău. Dacă te-a sedus personalitatea din texte, dă-i şi-un telefon. E mai greu să copiezi în timp real.

WhatsApp-ul e o aplicație favorită pentru extraconjugale, dar atunci când te vede că ai fost activ la ora 3 noaptea... soția nu mai are nevoie să știe și ce-ai scris...

PONT DAT DIN CASĂ: Ramona are o glumă, că la WhatsApp ar fi dezastru dacă în loc de „Last seen at..." ar apărea „Last seen with...".

True story:

A fost odată ca niciodată o fată cu un profil frumos. Profil de Facebook. Ea a inventat o poveste, a furat niște poze ale unui fotomodel de afară, mai puțin cunoscut. Apoi a început să învârtă pe degete mai mulți bărbați. Unii dintre ei au ajuns să-mi scrie pentru că nu înțelegeau de ce nu se văd cu ea, ci doar cu o prietenă care era un fel de om de legătură. Cum prietena era mereu aceeași, n-a fost greu să-mi dau seama. Pentru ei a fost mai greu să accepte că se întâlniseră deja cu Miss America, dar n-au recunoscut-o. Cum ar fi putut? :))

Din păcate a doua poveste e mai puțin fericită și nu mi-ar fi ajuns la urechi dacă nu lucram atâta vreme la știri. Fete frumoase, dar mai puțin dotate cu experiență și, de ce să nu o spunem, creier, erau agățate pe net de un tânăr. Frumușel și chiar el. Omul părea un intelectual de viitor care nu mai suporta această fundătură numită România. Tuturor le-a propus să meargă în Spania sau Italia. Să aibă un viitor. Viitorul fetelor era însă decis de niște domni mult mai puțin prezentabili, cunoscuți în general drept traficanți de carne vie.

Poliția a făcut atunci o întreagă campanie pentru ca mai multe tute să realizeze că n-ar fi bine să mergi în altă țară cu un tip pe care l-ai cunoscut pe net acum două luni. E posibil ca multe să nu fi văzut campania pentru că vorbeau pe Facebook chiar cu asemenea oameni.

Nu faceți sondaje de opinie!

Îți place un bărbat sau o femeie? Nu face turul prietenilor să le-o arăți! Se poartă, culmea, chiar și când fata e într-o relație. Lumea e mică și nu știi ce se poate întâmpla.

PONT DAT DIN CASĂ: în fiecare lună cel puțin un bărbat îmi dă link cu profilul de Facebook al amantei. Să-mi dau o părere. Voi vă imaginați ce se întâmpla dacă intimitatea lor nu mă interesa? În contrast, femeile nu mi-au dat niciodată poze sau linkuri.

Evită stereotipurile!

În dragoste nu există nici prea târziu, nici prea devreme. Fiecare iubire are ritmul ei. Poți să decizi să te vezi cu un om cu care flirtezi oricând. Dar…

Când te întâlnești cu un necunoscut, alege un loc public!

Pe unii îi supără atât de tare când lucrurile nu merg cum vor ei, încât se ajunge departe.

Flirtezi cu o soție? Vezi să nu vorbești cu soțul :)

Multe cupluri au acces fiecare la telefonul și laptopul celuilalt. În multe cazuri chiar femeia se amuză și în același timp risipește orice suspiciune în familie arătându-i soțului ce mesaje a primit.

PONT DAT DIN CASĂ: dacă soțul are un pic de drac în el, cum am eu, le și răspunde. Eu am făcut-o și e savuros. Mai greu a fost să scriu fără diacritice, să nu se prindă. :)

Pontul DEFINITIV. Crezi că te place cineva, un om pe care-l cunoști și te cunoaște, dar nu face niciun pas? Atunci chiar merită să mergi online. Mulți capătă curaj dacă nu privesc omul, dacă nu sunt față-n față. Am o singură problemă cu asta… Dacă vorbim de o femeie, timiditatea nu e un lucru rău, deși e din ce în ce mai rar întâlnită. Dacă vorbim însă de un bărbat care nu poate să te privească în ochi, dar ești pe jumătate convinsă, cum o să privească el în față VIAȚA? Care, se știe, e o cățea ranchiunoasă… :)

MEN ONLY

O dragoste nouă. Ce vrei să schimbi de mâine și ar fi trebuit să schimbi încă de ieri

Să nu te mai trezești cu ea în gând, să faci ceva să te trezești cu ea în brațe. La unele uși care nu se deschid trebuie doar să bați mai tare.

Să nu mai asculți de vocile din cap, ci de cele din inimă. Iar pe cele care-ți spun de ce nu poți să faci un lucru, un pas, un gest, o schimbare… ei bine, la vocile astea nu e un defect să fii surd.

Niciun bărbat nu se află dincolo de alegeri. Femeile așteaptă ca niște Penelope care înșiră și deșiră relații fără sens, una pe față, una pe dos, din țesătura tot mai destrămată a speranțelor la tine.

Nimic nu durează veșnic. Nici sentimentele, nici noi. E un foarte bun motiv să le trăim astăzi. Să ne trăim astăzi-ul. Nu mai sta cu ochii pe pagina ei de Facebook, bate-i la ușă! Închide cartea și deschide gura!

#shareifyoudare

PRIMUL PAS NU SE FACE CU UN LIKE PE INSTAGRAM.

Dacă vrei să fii bărbatul ei trebuie mai întâi să-i demonstrezi că eşti bărbat, că nu vrea nuntă de lesbiene.

N-ai scris niciodată un haiku, dar ai putea să-i spui: hai cu mine.

Nu ştii ce vin îi place? Vin pe la tine diseară. Mă uit la calendar. E vineri, iar vinerea e pentru weekend ce e lunea pentru săptămână. Un început. Vezi să n-ajungi să-l urăşti, începutul ăsta, când o să-şi pună poze cu altul. O versiune mai îndrăzneaţă a ta. **Suntem bărbaţi! Nu citim horoscopul ca să vedem cum ne merge în dragoste!** O seduci şi pe Neti Sandu dacă e nevoie, te culci cu psihologa care vrea să te vindece de dependenţă de sex, îmbeţi doctoriţele de la dezalcoolizare, contaminezi viaţa cu chef de viaţă!

Când eram mic şi Miţă voia să mă înveţe să mă bat, mă încuraja mereu în faţa oricărui adversar: Are tot două mâini şi tot două picioare. Să continuăm şi cu alte părţi ale corpului? Vorbele tale sunt o armată, dar niciun verb-colonel nu poate să ajute un general fricos. Ordonă-le să treacă tăcerea minată dintre voi!

Femeilor le plac învingătorii.

Firesc, doar sunt şi ele o luptă.

Cum se cuceresc femeile?

Psihologia feminină e lucrul dracului!

Unele ar trebui să aibă două telefoane că două feţe au deja. Să răspundă fiecare personalitate la numărul ei!

Altele au atâta putere de sacrificiu, încât străbat pentru lucrurile în care cred distanţe care depăşesc forţa unui bărbat.

Unele te iartă, altele te acoperă cu reproşuri cum acoperă porumbeii statuile de găinaţ. Şi cam aşa te şi simţi.

Cele care se ştiu dorite dezvoltă o formă de aroganţă care cere o adevărată îmblânzire a scorpiei.

Celelalte nu sunt modeste. Modestia e aproape necunoscută femeii. Să nu iei niciodată nesiguranţa drept modestie! Sunt demoni diferiţi.

Poți să le cucerești fără să le înțelegi. Să le păstrezi fără să le înțelegi însă e mult mai greu.

Psihologia clasică spune că interesul pentru femeie începe încă de când sânul mamei îți atinge gura. E una dintre ideile cu care psihologia pentru oameni obișnuiți nu e de acord, că și fetele tot de la mamă sug. Să nu confundăm instinctele! Și chiar dacă ar fi așa... când începe interesul femeii pentru bărbat?

Când alți copii se rugau pentru o bicicletă sau forțați de părinți, eu mă rugam să fiu iubit. Fizic, carnal, 100% erotic. Partea platonică nu era pentru mine.

Desigur, și cei care-și doreau bicicletă voiau același lucru ca mine. Bicicleta era un soi de precursor de decapotabilă.

Eram la o școală bună, așa că fetele erau aproape fără excepție urâte. Fetele frumoase dezvoltă un răsfăț timpuriu, o aroganță alimentată de băieții care le fac să se simtă și mai frumoase decât sunt. Așa că nu învață.

Mereu m-a interesat, ca pe alchimist, formula transformării plumbului în aur, acea formulă din cuvinte care să transforme orice femeie dintr-un cub de gheață în napalm arzând.

Eram sigur că napalmul era acolo. În gheață. Cum să-l scoți?

Colegele mele păreau să nu-l dezvolte. Napalmul ăsta.

Apoi a venit liceul. Un liceu chiar mai bun decât școala. Aici însă erau fete frumoase, dar și foarte deștepte, ceea ce făcea jocul și mai greu.

Toate aveau prieteni mai mari. Nu știu ce păzeau tații lor, dar aveai impresia că nu și i-au făcut după ce-au dat treapta și că au venit mai degrabă cu iubiții decât cu familia la admitere. Concluzia era că ar fi trebuit să mai cresc. Simt că nimic nu s-a schimbat.

Într-o noapte, când eram foarte lipsit de chef și am stat cu o fată oarecare sub un clar de lună (sau poate era doar un bec de pe stâlp), am avut o revelație.

Eu, fiind într-o stare de lehamite deplină, am stat cu capul la ea în poală și n-am scos niciun sunet. Ea, în schimb, a vorbit continuu. Jur că nu-mi aminteam la finalul „discuției" niciun cuvințel din ce a zis. Eram cu gândul departe.

În fine, nu exagerat de departe, mai precis în blocul de peste drum. La alta.

Una dintre cauzele pentru care n-am deschis gura e că noi, bărbații, nu prea putem să vorbim despre lucrurile care nu ne interesează, iar pe mine mă interesa creața din blocul de vizavi. Era o prostie să vorbesc despre ea în context, nu?

De altfel, acesta e unul dintre motivele pentru care bărbații care au o amantă sunt mai ușor prinși decât femeile: ei nu mai vorbesc! Bărbatul e vânător și trebuie să strige din gura peșterii ce a vânat astăzi. Dacă a doborât o colegă de serviciu nu poate să vină să se laude cu asta la nevastă! E posomorât și răspunde la întrebarea „Ce ai?" cu „Nimic". Din secunda aia s-a fript.

Să revenim la liceu.

În text e mai simplu, în viață mai greu.

După atâta tăcere mă așteptam să fie supărată. Mereu spunea că vrea un băiat cu care să poată comunica. Spre surpriza mea, mi-a trântit un sărut fenomenal și mi-a spus cu ochi mari de „Moartea căprioarei":

— Ești minunat! Simt că seara asta ne-a apropiat enorm! Simt că am găsit pe cineva cu care pot să discut probleme importante.

O parte din mine se revolta: Să discutăm? N-am scos un cuvânt toată seara!!! Apoi m-am luminat!

#shareifyoudare

PENTRU FEMEIE, SĂ COMUNICE CU UN BĂRBAT ÎNSEAMNĂ SĂ VORBEASCĂ EA!

Pentru un bărbat, să știe să comunice cu o femeie înseamnă să știe să asculte! O femeie nevorbită e chiar mai nefericită decât una nefututā, scuzați-mi engleza.

Închideți cartea, puneți-o pe foc, dar mâine încercați măcar o dată să lăsați impresia că ascultați cu atenție. N-o mai întrerupeți cu soluții!

Ea nu vrea soluții mai devreme de două ore!

Și încercați să înțelegeți de ce femeile se declară mulțumite de ședințele la psiholog, iar bărbații cred că e o pierdere de timp.

Pentru că noi vrem de la o conversație soluții. Ele vor atenție.

Nu, încă n-ați învățat cum se cuceresc femeile, dar ați făcut un pas ca al lui Neil Armstrong pe lună.

„That's one small step for man, one giant leap for mankind."

Complimentele. Mod de administrare / Dozaj / Efecte adverse

O femeie frumoasă s-a cam plictisit de vrăjeală, iar una urâtă nu o crede. Urmăreşti tu ceva! Sigur că urmăreşti! Să-i scoţi prostiile din cap, că doar ea se vede urâtă, tu vezi alt film.

Mai ales când de-abia ai aflat cum o cheamă nu prea ştii ce să zici. Sigur că îţi plac sânii ei, dar nu e recomandabil să spui asta. Îi complimentezi cu ochii până să ajungi să o faci cu mâinile.

Nu-i spune că are un păr frumos. Toate ştiu că asta zici când nu găseşti absolut nimic altceva la ea.

Şi totuşi problema cea mai mare cu complimentele nu este la început.

Înainte să se culce cu o femeie toţi bărbaţii sunt poeţi! După... sunt contabili. Ţin cont de toate prostiile.

Problema e după. Nu poţi să-i spui mereu cele două cuvinte. Te iubesc, te iubesc... şi? Mai ce? A scris unu' pe blog că e mai complicat să ai alt compliment pentru aceeaşi femeie decât invers. :))

E mai simplu decât pare. Minţi. Asta în primele două săptămâni. Dacă aţi trecut de ele deja devine mai complicat. Începem să ne ataşăm un pic. Îi luăm apărarea fetei chiar şi atunci când nu e oficial că suntem împreună, se vede că ne deranjează orice afirmaţie care nu e „ce trebuie".

Uite... ăsta e primul compliment adevărat pe care i-l faci!

Îţi pasă!

Vrei să te aşezi pe umerii ei ca o manta de vreme rea. Să te deschizi ca o umbrelă. Să o aperi.

O piţipoancă nu o să aprecieze asta, dar cine ar vrea o relaţie de lungă durată cu o piţipoancă nu mă citeşte. În plus, aşa se mai triază şi femeile. Cele care nu ştiu să aprecieze un bărbat galant NU-L MERITĂ.

Apoi mai trece timp. Ştii ce-i place. Îi faci surprize, uneori chiar cadouri. Nu mai greşeşti florile, deşi ea se bucura şi de cactuşi. Că aşa e ea, drăguţă.

Să faci de bunăvoie și nesilit de nimeni gesturi frumoase pentru o femeie care este deja a ta e al doilea gen de compliment adevărat. Sigur, mai glumind, mai nu, unul foarte sincer e și erecția, dar ăsta nu ține de noi.

Mergeți mai departe și afli foarte clar CE NU-I PLACE!

Ei, aici e un hop. Să schimbi ceva la tine e unul dintre cele mai frumoase complimente. Dar are două tăișuri. **Dacă trebuie să te lași de fumat e OK. Dacă trebuie să schimbi cine ești... ăsta nu mai e compliment. Vezi că s-a abolit sclavia.** :)

Și seria continuă frumos cu alte complimente pe care uneori nici nu le vedem, dar sunt mult mai mari decât un „ce frumoasă ești". Trei cuvinte, mare brânză! Dar atunci când ne mutăm împreună, când te căsătorești cu ea, când îi faci un copil. Astea complimente. Totul e ca noi să avem cui să le facem, că nu le merită oricine. Noi să le facem și ele să le înțeleagă! Despre acest gen de complimente, în partea a doua a cărții.

Ce se întâmplă după... țigara de după?

Bărbatul adoarme. Așa spun mai ales femeile care n-au mai fost iubite cu drag de multă vreme. Ce să-i faci? Și fericiții în dragoste sunt o minoritate sexuală.

Generalizările strică mai mult decât neștiința. Când nu știi, poți să înveți. Când ai două-trei idei preconcepute nu mai intră nimic. „Lasă că știu eu mai bine."

Noi suntem în inferioritate netă în pat în fața femeilor!

Uno: Femeia poate să mimeze orgasmul. Bărbatul nu poate să mimeze erecția.

Due: Comunicarea de orice fel nu e punctul nostru forte, așa că ea își poate da lesne seama ce vreau (o fi și greu :))) chiar dacă eu n-am nici cea mai vagă idee ce vrea ea. Cum nu putem să ne oprim să-mi explice, s-ar putea să dau ca surdu-n clopot.

Tre: Pentru bărbat e o descărcare de energie. E una dintre rarele situații în care natura a zis că noi suntem generoșii. Femeia primește. De-asta ea nu poate să doarmă, iar noi nu putem să ne mai ținem ochii deschiși. Ca atare, aproape orice vină ar avea bărbatul e pe jumătate și a partenerei. Am scris mai demult un post despre

#shareifyoudare

CE-L FACE PE UN BĂRBAT
SĂ FIE BUN LA PAT:
O FEMEIE BUNĂ LA PAT.

O mare parte din potența bărbatului e dată de senzualitatea femeii. Și asta stă mai puțin în cum arată (deși e foarte important) și mai mult în atitudine.

Până și Ginghis Han a spus că o amantă nu se alege în funcție de ce vezi, pentru că nu ochiul se va bucura de ea, iar privirea adeseori înșală. Nu bag mâna în foc că e un citat exact, dar e adevărul gol-goluț ca să rămânem în zona de Night Reading.

Să zicem că a fost. Bărbatul crede că a cucerit-o pentru că s-a culcat cu ea. Ea crede că l-a dat gata pentru că a terminat.

Amândoi greșesc.

Femeia greșește pentru că noi terminăm întotdeauna. Bărbatul greșește pentru că ea i-a mai lăsat și pe alții. Cuceritul ăsta are multe etape, iar la inima femeii trebuie să ajungi și prin vagin.

Tu crezi că ești angajat. Eu știu că ești în teste. Prima țigară de după îți poate spune și dacă vrei să mai ajungi și la a doua, dar și dacă mai ai șanse. :)

Țigara de după este doar începutul unui nou tip de cucerire.

Ține minte că o femeie își deschide mai ușor picioarele decât sufletul, iar pentru un bărbat am stabilit deja ce ar spune ca să se culce cu femeia pe care o vrea: orice. :)

Pentru că urmează un alt tip de penetrare, mult mai important. Să te lase să intri în viața ei secretă și în planurile ei de viitor. Iar acolo nu ajungi cu 20 de centimetri.

Fii tu însuți! Dacă voia pe cineva care să-i semene era deja lesbiană. :)

Eu cred că e suficient de rău că femeile vor să-i schimbe pe bărbați după căsătorie. Mi se pare patetic să încerci să te schimbi încă dinainte să ai o relație cu ea pentru că altfel crezi că nu o să ai nicio șansă!

În *Filosofia sexului,* la o pagină pe care n-o știu nici să mă tai, am scris o chestie care a atras multe controverse începând cu prietenul meu, Cristi Tabără. Mai precis am spus: O femeie știe din prima dacă vrea să se culce cu tine sau nu.

Liniște.

Adică acțiunile mele nu ajută? Ba da. Ele confirmă sau, din contră, strică tot. Mai ales când nu te prinzi. Și atunci de ce nu poți să te duci pur și simplu și să zici: Știu că vrei să te culci cu mine, ce mai pierdem timpul?

Pentru femeie, orice poate să fie preludiu. Și orice preludiu un test.

Problema e că noi am fost învățați că trebuie să mințim la teste!

Încă din școală răspundem cum am învățat, nu ce credem noi despre subiect. Asta se întâmplă (dacă ai noroc) abia la facultate. Tu nu vrei să rămâi la grădinița sexului și să te joci cu ea în praf. Ce trebuie să faci ca să atragi cele mai frumoase femei?

Wrong question.

Asta e o promisiune gogonată de care e plin netul. Cum e plin de „mai bogat în zece zile", „slăbirea care sperie medicii" sau „muncești doar două ore de acasă și câștigi 5 000 de euro pe lună".

Eu nu pot să mint în halul ăsta și de câțiva ani am decis să nu mai mint deloc. N-a fost greu. Memoria nu mă mai ține ca la 20 de ani și nu-mi mai aduceam aminte ce-am mințit. Și pe cine.

Da. Cum să atragi cele mai frumoase femei e o întrebare stupidă.

Tu nu le vrei pe cele mai frumoase. O vrei pe cea care ți se potrivește perfect.

Cea mai dintre cele mai!

Și cum ai putea tu să știi care ți se potrivește perfect dacă nu o lași să vadă cine ești?

Tu nu ești prietena ei cu ceva în plus.

Ești bărbat.

Mai dur? Așa și trebuie! Doar n-o să vă luați amândoi poșete de la același creator de modă!

Mai direct? Slavă Domnului, așteaptă pe cineva care să o ajute să ia decizii, nu să despice în șaisprezece firul care e deja în patru!

Încearcă să te ridici la înălțimea așteptărilor tale și nu le vei înșela nici pe ale ei!

Un afrodiziac numit îndrăzneală

Nu e un produs de cumpărat pe care să-l mai găsești și sub alte denumiri comerciale. De exemplu „tupeu", în magazinele din cartier.

Orice femeie iartă mai degrabă un bărbat îndrăzneț decât unul indecis.

Bonusul îndrăznelii e repetiția ei.

Pe bărbați insistența îi plictisește, pe femei le flatează. Le place să simtă că nu e o toană, că sunt dorite cu adevărat.

Îndrăgostitul care nu e cel mai mare admirator al femeii iubite nu e îndrăgostit.

Da. Fii bărbat și recunoaște că ești fanul ei!

Că îți plac până și defectele ei mai mult decât calitățile altora.

Că viața ta avea sens și înainte să o cunoști, dar acum se împlinește frumos.

Pare greu de crezut, dar un bărbat e cu adevărat puternic când își recunoaște o slăbiciune. În cazul acesta, pentru tine. Și nu vrea să scape de ea.

Îți trebuie îndrăzneală pentru că e ca un salt în gol.

Toți bărbații detestă să piardă. E motivul pentru care mulți dintre ei nu joacă.

Astăzi citeam că nu mai puțin de 40 de milioane intră pe un hub porno. Probabil că toți par în viețile lor oficiale niște învingători. :))) Nu i-a văzut nimeni pierzând. :))

Fapt: cele mai frumoase femei primesc cele mai puține oferte. Cei mai mulți bărbați sunt intimidați. Cele mai puțin frumoase par mai accesibile, deci e mai mare concurența. :)

Poate că dau suficiente ordine la job. Acasă nu vreau să fiu șef. Vom lua decizii împreună.

Poate sunt eu de modă veche, dar, pentru mine, bărbatul e cel care face primul pas, care conduce femeia în viață cum o conduce în dans. Nu împotriva ei. Spre satisfacția ei.

Poate sunt eu de modă veche, dar pentru mine bărbatul face complimentele. Chiar și când femeia nu e a lui. Nu e a lui încă. Jobul ei e să le merite. Iar al lui să insiste un pic. Sunt prea mulți indeciși sau mitocani. Avem nevoie de bărbați care să știe să-și dozeze îndrăzneala pentru că femeia nu caută la un bărbat delicatețe și frumusețe, ci forța pe care ea nu o are. E preferabil să o faci să țipe de plăcere, nu de nervi. :)

Bărbații văd totul ca o pradă.

Viața ca o pradă. (Marin Preda)

Banii ca o pradă.

Femeia ca o pradă.

Doar că e o diferență între o pradă pe care strămoșii noștri o doborau cu toporul de silex și femeie, pe care o capturăm, n-o ucidem :))... O vrem vie. Sper că nu vă pasionează necrofilia.

Am cucerit-o.

Am dus-o acasă.

Am trecut cu brio de faza complimentelor.

Am trecut de testul cu sexul la fel de bine.

Am bifat toate poziţiile din primele cinci episoade din *Cum se cuceresc femeile.* Suntem campioni! Putem să stăm acum liniştiţi

Nu.

Eroare.

Şi campionii la box au câte un challenger.

Şi de faza cu complimentele nu treci niciodată. Nici de testul cu sexul. Nimeni nu stă cu tine zece ani pentru impresia minunată pe care ai lăsat-o în prima lună!

E valabil şi la bărbaţi. Femeile care nu cred sunt rugate să se îngraşe 20 de kilograme. Mai vorbim apoi despre „legătura indestructibilă dintre două suflete". Eu scriu despre relaţii adevărate, cine vrea telenovele găseşte la TV în engleză, spaniolă şi turcă.

Toţi bărbaţii care cred că sexul nu e important într-o relaţie habar nu au cine munceşte în locul lor la fericirea familiei.

Toţi masculii care nu se lasă până nu câştigă într-o ceartă cu femeia lor „ca să demonstreze cine e cocoşul" nu-şi dau seama că acasă e echipa.

Cu ea trebuie să te înţelegi. Dacă eşti bărbat, în faţa lumii trebuie să te impui.

Dar e mai greu, nu-i aşa? E mai uşor să fii şeful unei amărâte în timp ce lingi pantofii boss-ului la job.

Pe ea n-o pupi nicăieri, deşi pupatul în cur la figurat e mereu dezgustător, în vreme ce pupatul fizic poate să fie foarte plăcut. Depinde de materialul clientei. :))

Fiecare serie de ţipete la nervi vă desparte.

Fiecare strigăt de plăcere în pat vă apropie.

E greu de înţeles?

Fă-o să ţipe de plăcere, nu de nervi. Şi va striga mereu numele tău. Că nu o să aibă cu cine să te confunde.

Aici am avea nevoie de o pauză de cafea, dar nu se potrivește cafeaua cu textul. De ce există coffee break, și nu wine break?

Pune-ți un vin!

Wine reading

Vinul vechi.

Femeia nouă.

Nouă, și tulbure, și înțepătoare, și obraznică.

Suspendată între dorință și rezervă:

— Vreau să-mi trăiesc prezentul fără să-mi distrug viitorul...

— Pe al tău sau pe al nostru?

— De când există al nostru?

— Există. Începând de acum.

— Avem și trecut?

— Cam de două pahare.

#shareifyoudare

BĂRBAȚII ÎȘI PĂSTREAZĂ SECRETELE.
FEMEILE DOAR AMÂNĂ SĂ LE MĂRTURISEASCĂ PÂNĂ GĂSESC PE CINEVA CARE SĂ LE MERITE.

— Vrei să-ți spun un secret? zise ea. Am făcut multe greșeli. Nu-s o virgină.

— Asta ar fi fost o greşeală. Dacă erai.

— Ești ciudat. Toți vor să fie primii. Primul iubit. Primul sărut. Primul orgasm. Tu ce vrei?

— Eu vreau să primul pe care să nu-l părăsești.

— Par genul care pleacă?

— Toate femeile sunt genul care pleacă. Doar că unele pleacă și în același timp rămân. Pentru că trebuie să rămână. Sunt nefericite și sufletul le zboară, doar trupul se mai mișcă prin casă. Le dă copiilor să mănânce. Spală. Calcă. Trupul nu are voie să plece.

— Mă sperie ce zici. Parcă vorbești de mama.

— I-ai spus că divorțezi?

— Nici n-a vrut să audă! Când i-am spus că nu sunt fericită știi ce mi-a zis? „Da' tu ce crezi? Că io am fost fericită cu tac-tu?!" Oricum, fericirea e de moment.

– La fel ca viața. E o clipă de lumină suspendată între două morți: cea de dinainte de a te naște și cea de după. Tu ce vrei? O moarte continuă?

— Nu contează ce vreau eu.

— Pentru mine contează. Mai vrei un pahar?

— O să te văd dublu și nu vreau să simt că te înșel cu tine. Nu vezi că încerc să mă las?

— Toți vrem să bem același vin, dar să avem mereu altfel de beție. Aceeași femeie, dar altfel de orgasm. Dar sfârșim având aceeași viață, dar altfel de scuze.

— M-am plictisit de scuze, spuse ea. Și să le aud, și să le prezint. Vreau să trăiesc în mine însămi!

— Și ce-ți trebuie pentru asta?

— Nu știu. Am așteptat.

— Ce? Unii așteaptă să li se întâmple ceva, alții să li se întâmple cineva. Dar cei fericiți construiesc ce își doresc. Și nu așteaptă. Cuceresc. Eu nu te așteptam, dar tu m-ai cucerit. Jumătate din treabă e făcută. Deci, ce-ai așteptat? Să crești? Să te saturi? Să te sperii? Toamna?

— Poate că am așteptat: un bărbat ca un anotimp după care nu mai urmează nimic. Poate că pe tine te-am așteptat. Să mi te întâmpli.

Te uiți la soacră-ta ca să știi cum va arăta nevastă-ta peste niște ani? Mai bine uită-te cum se poartă cu socrul tău. Să știi cum vei arăta tu. :)

Q: Viitoarea mea soție va arăta în 20 de ani ca viitoarea mea soacră? Ce fac dacă nu-mi place „viitorul“?

Simplu: cu mici excepții, întrebările semănau cu asta și se tot repeta „viitorul“. O grijă mai puțin masculină. Noi suntem convinși că o să fim veșnic tineri sau cel puțin o să îmbătrânim frumos și o să putem agăța puștoaice de liceu.

Poate cu umbrela.

„Vai, domnișoară, îmi cer scuze.“

„Nu-i nimic, eu sunt de vină că nu v-am cedat locul.“

Grija pentru cum o să arate femeia de lângă tine peste niște ani ar trebui să fie ultima pe listă.

Prima e dacă vă puteți înțelege și altfel decât în pat și dacă ați avea ce să vă mai spuneți peste ani (unde „Du-te dracului că mi-ai mâncat tinerețea“ nu e cea mai bună idee).

A doua grijă ar fi dacă poți să faci cu ea o echipă. Uită-te la socrul tău! Dacă vorbește mult despre realizările din tinerețe înseamnă că viața lui s-a cam oprit după căsătorie. :) Ai grijă să nu se oprească și a ta.

Ultima, dar nu cea de pe urmă, vezi dacă între ei dragostea s-a păstrat, s-a rafinat în respect, s-a blegit în camaraderie sau sunt doi străini în aceeași casă.

Primul care strigă că „nu contează greșelile părinților“ să-și dea singur block. :)

Greșelile părinților sunt cea mai puternică educație pe care copiii o primesc!

Nu ce fac bine. Nu sfaturile. Exemplul.

Ţine minte că există doar două tipuri de copii: unii care vor să fie exact ca părinţii lor şi ceilalţi care ar da orice să nu fie ca părinţii lor.

Raportarea se face tot acolo. Deci? Contează cum o să arate peste 20 de ani?

Contează cum o să se poarte peste 20 de ani! Iar aici şi tu vei avea o parte din merit.

Sau din vină.

Femeia extemporal. Scoateţi o foaie de hârtie :), sau De ce li se urăşte cu frumosul?

Trebuie să mai lupte şi ea, dar el nu ştie asta. El e mereu acolo. Chiar şi când nu e. Mai dă câte un mesaj. Mai face un compliment.

Ea?

Ea se uită pe geam.

Cu fostul turba că nu-i răspundea la mesaje.

„Ăsta" îi scrie prea des.

Nu-i răspunde ea.

Face exact ce i s-a făcut, dar atunci i se părea nasol. Acum e ceva normal.

Nu cred că sunt prea mulţi bărbaţi care să nu se fi întâlnit cu o asemenea femeie.

Din păcate sunt şi destul de mulţi care nu doar s-au întâlnit. Au şi rămas cu ea.

Ei i se urăşte cu binele pentru că ajunge la el prea uşor. E suficient să vrea.

Unele nu-s nevoite nici să ceară. O fac voalat.

Ea: „Iubi, ce colier frumos!"

El: „Îl vrei?"

Ea: „Bine, dacă insişti."

Şi tot aşa de vreo zece ori pe lună.

Hai, recunoaşteţi că tipul şi-o merită! Ţi s-a întâmplat şi ţie? Nu e nimic rău în asta? Şi tu ţi-o meriţi. Data viitoare când îi iei la mişto pe prietenii tăi care se duc la prostituate, abţine-te! S-ar putea ca tu să ai una în casă.

Nu cred că se va scrie vreodată o carte despre copiii de miliardari ca studiu psihologic de grup, dar pot să risc o afirmaţie din perioada în care eram la ştiri: e al dracului de greu să te naşti într-o viaţă perfectă. Să nu mai ai pentru ce să lupţi.

Indiferent de educaţia care ţi se dă, mai ales dacă ţi se mişcă mintea, realizezi repede că diferenţa dintre zece miliarde şi o sută nu există! Totul e abstract, nu se mai poate reflecta în confortul tău. Unde să mergi mai sus? Bine, ştiu, Trump e preşedinte. :)

La o scară mult mai mică (scara pe care stă ea la etajul al doilea), şi în cuplu trebuie să mai ai pentru ce să lupţi.

Ea, trofeul? E cupa, iar tu, campionul care o ţine în braţe?

Vezi că marii campioni au o vitrină plină de „trofee“ de-astea.

Şi ea trebuie să te vadă pe tine ca un premiu. Pentru că orice cuplu fain e mai întâi de toate o frumoasă echipă.

Ca la tenis dublu mixt: o jucătoare bună nu se combină cu un băiat de mingi.

Nici tu n-ar trebui să rămâi cu una care nu ştie să „servească“.

O să fiu puţin golan, dar e men only: Habar nu ai, măi, Novak Đoković, câte îţi admiră din tribune... tenisul. :)

Iubitei mele i se fac propuneri zilnic! Ce să fac? Întrebarea corectă ar fi fost: ce să nu fac?

Beau un Cuba Libre. Parte rom, parte Coca-Cola. Dacă ar fi ţuică şi Coca-Cola ar fi România Liberă? Mă uit la Muză, cum stă ea dezamăgită că n-a câştigat subiectul ei favorit. Pentru 2 (două!) voturi diferenţă la Blogging democracy. Păi, dacă n-a votat? Sloganul meu favorit din tot ce am văzut în piaţă la proteste rămâne: „Ne-a fost lene să votăm / Acum stăm şi îngheţăm.“

Nu. Nu-l ştii. Că la TV apar imaginile alea de sus. Parcă suntem nişte pixeli.

Chiar în Piaţa Victoriei la minus 10 grade un pixel mascul a cerut un pixel femelă de nevastă. Aşa se vede de sus.

Dar noi eram la câțiva metri de ei când o prietenă a Ramonei a zis: Uite, el a cerut-o de nevastă aici.

Nu erau pixeli. Erau doi tineri superbi. Atât cât se vedea din ei în trei rânduri de haine.

Ce să facă el când ea, în plină vară, va fi acoperită doar de două batiste pe o plajă?

Ce să facă el când ea va primi pe Facebook zeci de cereri de „prietenie“ că nu s-a inventat încă un „fuck request“?

Cum să o păzească? El nu o să o păzească deloc. Nu că n-ar vrea, dar știe că nu se poate. Nu putem noi să păzim legile din Codul Penal, cum să putem să ne apărăm de legile atracției?

Singurul lucru care se poate opune forței de atracție pe care o are orice om nu este un zid. E... o atracție și mai mare.

Domnul care mi-a scris (care n-are nicio legătură cu cei doi din piață, dar am mers pe reducere la absurd) ar trebui să știe că el și iubita lui cea mult cerută au o poveste. Pretendenții? Doar o erecție. Ce ar trebui să facă el? Nimic din ce n-a făcut până acum. Să continue această poveste, că nu trăim șase luni de aventură și 30 de ani de epilog! Să uite că sunt într-o relație oficială și să își dea în continuare întâlniri cu ea. Să-i facă surprize. Nu, să și-o tragă cu alta nu intră în categoria surprizelor la care mă gândesc.

Mai important e ce ar trebui să nu facă:

Să nu fie exagerat de gelos. Un pic de gelozie e condiment. Prea multă e faliment. Să nu o verifice. Unde a fost. Ce a făcut. Cine e la telefon.

Nu contează cine e la telefon.

Contează cum îi răspunde!

Singurele complimente sincere (de la alți bărbați care nu-ți sunt prieteni) în ce privește frumusețea iubitei tale sunt încercările lor de a ți-o fura. Restul e politețe fadă.

Știu. Nu e genul de complimente pe care orice mascul poate să le ducă.

Tocmai de asta când ieși din pizda mă-tii ți se trece M în certificat, și nu B, pentru că:

#shareifyoudare

DE SEX MASCULIN TE NAȘTI. BĂRBAȚI DEVIN NUMAI UNII.

Uită că ești căsătorit!

O doamnă mi-a scris că oricum bărbații uită mai mereu că sunt căsătoriți și alimentează și la alte pompe. Nu e adevărat! Când alimentăm în altă parte nu uităm deloc că suntem căsătoriți! Avem grijă să nu alimentăm prea aproape de casă, să nu ne lase semne și să nu primim telefoane de la „serviciul clienți" cu sondaje despre „gradul de satisfacție".

Și mai e ceva: bărbații nefericiți în căsnicie sunt mult mai discreți decât femeile care se plâng mai ușor și lasă impresia că nefericirea lor e mai frecventă. Nouă ne e mai ușor să ne lăudăm decât să ne plângem. Și totuși primesc destule mesaje private de la bărbați (fie ei „în devenire" sau trecuți prin viață).

Unul dintre ei m-a întrebat dacă știu povestea cu borcanul. O știam. V-o spun și vouă pe scurt. Se zice că mai multe cupluri au făcut un test: au pus câte un bob de fasole într-un borcan de fiecare dată când au făcut sex în primul an de dragoste. Apoi au început să scoată câte unul de fiecare dată când făceau dragoste după ce s-au căsătorit. Niciunul dintre borcane nu s-a golit. Niciodată.

Poate sunt eu defect, dar mereu m-am întrebat cine ar pune câte un bob după fiecare partidă de sex?! Trebuie să ai ceva la cap. :) Şi dacă încolţesc? :))

Viaţa reală nu e ca-n poveştile astea. Nu există „bobul de după". :) Poate boul de după...

Există însă bărbaţi care au senzaţia că imediat ce şi-au pus verigheta sunt „stăpânii inelului" şi nu mai e nevoie să facă nimic. Din contră, sunt puţin bosumflaţi că li s-a „răpit libertatea". Ce femeie ar mai arde de dor să ajungă în pat cu tine când simte că-ţi cam stă în drum?

Pe care femeie n-ar apuca-o o durere de cap REALĂ când tu îi reproşezi că în ultima vreme aţi făcut sex cam rar? Ştii ce rezultat au aceste reproşuri? VEŢI FACE ŞI MAI RAR.

Uită că eşti căsătorit şi... flirtează cu soţia ta!

Uită că eşti trecut în acte. Certificatul de căsătorie nu e talonul de la maşină!

Nu-i mai spune ce vrei să-ţi gătească şi du-o la un restaurant din când în când!

Uită că eşti căsătorit şi ieşi la alergat! O să-ţi facă mai bine decât să ieşi la bere. Femeile au învăţat că pot să scape de burtă cu tot cu posesorul ei. Iar fotbalul, care îţi aduce atâţia nervi când te uiţi la TV, îţi poate aduce adrenalina şi vâna din tinereţe dacă îl joci.

Uită că ai cucerit-o cândva, mai ales dacă asta s-a întâmplat în facultate şi acum aveţi copiii la liceu.

Uită că i-ai spus că e frumoasă şi ştie. Uită că i-ai spus te iubesc şi mai spune-i o dată.

Uită multe, dar nu uita când e aniversarea voastră şi câţi bărbaţi ar fi vrut să fie aniversarea lor cu ea!

Aminteşte-ţi de rivalii din trecut şi nu face greşeala să crezi că nu ai unii şi în prezent.

Uită că eşti căsătorit. Aminteşte-ţi cum se cuceresc femeile!

Și cucerește-o în fiecare zi! Altfel!

Ce înseamnă „Vreau să luăm o pauză“?

Academic?

Definiție – formulă prin care ești mințit 100% și care poate să însemne:

ULTIMATUM – My way or the highway. Dacă nu-ți convine cum sunt, plec! Deocamdată plec de probă. O să vezi în zilele astea de pauză cât de dor o să-ți fie! Știu că nu poți fără mine și îți iau drogul. Să intri în sevraj!

Ce-aș face eu? Dacă aș fi sigur că e un joc de putere, i-aș spune „Donna-Meta-Dona, dacă tu crezi că sunt dependent...

Poți să pleci oricând, dar nu te mai întorci niciodată.“

De ce? Pentru că îmi place egalitatea într-un cuplu. Altfel, decât sclav în iubire, mai bine o ură de la egal la egal.

CACEALMA – Ca la poker. Nu vrea nicio pauză. Vrea atenție. Aș răspunde la fel. Chiar dacă n-am nimic în mână pretind că sunt „servit“. Poate am full de dame în loc de careu de prieteni și nu o să beau de dorul ei.

De ce? Vreau să o fac geloasă? Nu. Dar bărbatul ușor de dus de nas este o rușine națională. TOTUȘI mi-ar da de gândit. De ce să recurgă la o manevră atât de categorică pentru atenție? Poate chiar nu i-am oferit cât merita.

„Vreau să luăm o pauză“ în traducere de cartier de data asta:

1. O pauză temporar-definitivă. Multe femei au în codul genetic ideea că bărbatul reacționează prost când e părăsit, așa că te părăsesc în etape. O despărțire în rate, că tot se ia totul cu credit. Tocmai credit ar trebui și tu să nu-i mai dai.

Ca ultima dată la piscină, când vara cam trecuse și era apa cam rece. Îți amintești? Mai întâi ți-ai băgat... picioarele.

Să nu te miri dacă nu-ți mai răspunde la mesaje. Era normal să se dea la fund. :)

2. Ești mult prea prezent. Nu reușește fata să-l testeze și pe „ăla nou“. Tot timpul o iei de la job, o aduci la job, știi când are libere. A reușit ea o cafea, o discuție, poate și o mozoleală, dar

n-ar vrea să dea vrabia din mână pe cioara de pe gard. Dacă se întoarce totuși înseamnă că n-a fost mai bun ca tine. Dacă atunci când se întoarce îți propune o poziție nouă poți să consideri că a fost la o... specializare. Din când în când ajută un schimb de experiență.

Sunt cazuri în care niciuna dintre variante nu e valabilă?

Da. Așa cum aproape toate femeile nu știu dimineața cu ce să se îmbrace, mai sunt și unele care nu știu cu cine să se dezbrace. Seara.

Bărbătește, tu n-ai ezitat niciodată? Nu te-ai gândit cum ar fi cu două? Dintre care una să fie prietena ei cea mai „bună"? Ba da. Dar în cazul acesta n-ai făcut nicio afacere că ai greșit și tu pentru că știi deja de ce îți greșește ea.

Pentru că nu e sigură.

Iar dragostea e ca râia. Poți să o ascunzi, dar nu poți să nu știi că o ai.

Sigur, nu doar femeile o fac. Și pentru că e absolut sigur că toate vor citi partea de MEN ONLY pentru că e mai fain ce nu-i pentru tine, o să le spunem și lor: Bărbații spun „hai să luăm o pauză" când vor să se desprindă mai puțin dureros. Totuși iese pe dos, ca un bandaj lipit de rană cu sânge închegat, care doare mai puțin când tragi repede.

Am mințit de multe ori în relațiile mele trecute.

Cred că am spus lucruri mai rele decât „hai să luăm o pauză".

Răspunsul meu nu judecă pe nimeni.

E o confesiune.

Dacă nu îți este bine într-o relație din motive care crezi că se pot schimba, vorbește cu partenera ta!

Spune-i ce nu-ți place!

Un pic de curaj îți trebuie ca să-i zici că nu ești fericit și un pic de inteligență nu-ți strică, altfel nu știi ce te-ar face fericit.

În loc de o pauză singur, mai bine o discuție sinceră cu ea. Chiar și atunci când îi dai papucii pentru că te-ai îndrăgostit de alta. E mai nasol să o lași să se gândească oare ce dracului a greșit când e foarte simplu: a greșit că te-a crezut. Uneori te-ai crezut și tu, dar, vorba Ramonei, când oamenii se schimbă, promisiunile se rup. Pentru că și bărbatul care erai când ai făcut promisiunea, dar și femeia căreia i-a fost făcută s-ar putea să nu mai existe.

Ramona: Eu cred că e o formulă folosită de lași. Vrei să-l lași... dar n-ai tupeu să i-o spui în față.

Nu cred să fie ceva mai trist decât să-ți fie frică de un bărbat cu care te-ai iubit, dar de multe ori e cazul pentru că am văzut cum bărbatul care era lapte și miere la început a vrut să fie și proprietarul nostru, și profesorul nostru, și dictator în casa „noastră". Ciudat e că alte meserii nu i-au plăcut, că se plângea mereu când ne ducea undeva că el nu e șoferul nostru, când curgea o țeavă la baie nu era instalatorul nostru și nici electrician, că-i era frică să schimbe un bec.

Poate de asta am dat de carnet de 3 (trei!) ori. Ca să mă duc singură inclusiv la dracu' fără să trebuiască să-mi chem un taxi.

Vreau să luăm o pauză înseamnă în 50% dintre cazuri s-a terminat, iar în restul de 50% ceva chiar mai dureros. Înseamnă că nu e sigură ce vrea, nu e sigură dacă te vrea sau chiar te compară cu un alt bărbat și, dacă ieși pe plus, te va alege pe tine cum aleg românii la prezidențiale între doi candidați nesatisfăcători.

E greu pentru un bărbat să accepte asta, așa că e mai bine... să nu știe!

Tata și-a dorit un băiat, dar n-am pretenția că știu cum gândește unul. Ca femeie, dacă m-aș prinde că sunt pusă ca un cal de curse să alerg, ca să aleagă aș alege eu. Să plec.

Cum aș pleca? Scandalul nu e o soluție, dar am sânge de moldoveancă, așa că nu răspund de faptele mele când sunt nervoasă cu toată psihologia pentru oameni obișnuiți! Depinde cum e relația. Dacă acum trei zile am făcut dragoste și a fost minunat aș crede că a intervenit ceva sau a intervenit cineva și aș începe să sap. Mor de curiozitate, cred că aș muri și de draci. Dacă, în schimb, nouă nu ne mai e bine de trei luni sau de șase sau de un an, atunci poate că i-aș mulțumi.

Măcar unul dintre noi a avut curajul să recunoască...

Ce ar trebui să știe un amant și nu-i va spune niciodată femeia?

— Ramona, ce ar trebui să știe un amant și nu-i va spune niciodată femeia? Am primit întrebarea asta de sute de ori.

— Al câtelea este. :) Asta în primul rând. Bărbații pot să fie și jucării sexuale, dar egoul lor IMENS nu-i lasă să vadă această posibilitate. Pur și simplu nu se prind. Bărbații nu-și dau seama nici când sunt agățați, nici când sunt înșelați, cum și-ar da seama că nu sunt prima victimă?

— Poate nu ne interesează!

— Sigur că vă interesează! Poate nu te interesează al câtelea iubit ești într-o relație normală, dar atunci când ai o amantă preferi să știi că tu ai corupt-o, nu că are o agendă plină cu nume și numere de telefon. E ca și când ai merge la Counter-Strike înarmat doar cu un cuțit și ea e expertă în AK-47.

— Ai jucat mult Counter-Strike?

— Da, mi-au furat și geaca de la Internet Cafe, practic de lângă mine, pentru că eram foarte concentrată să elimin un antitero.

— Teroristă de mică...

— Da, auzi? Tu ce vrei de fapt să afli?

— Doar ce-am întrebat!

— Voi nu vă puneți niciodată problema DE CE vrea femeia aceea un amant? Poate să fie un viciu de caracter, poate să fie o nevoie de fugă din propria viață, care i se pare prea plictisitoare, sau poate să fie pur și simplu NF.

Vouă nu vă pasă, tot ce contează e că stai. De ce îl vrea? Pentru ce îl vrea? Ce caută la el? Ce calități? Cele care îi lipsesc soțului. Amanții sunt în general un contrast și e vorba doar de sex. Dacă vreau să vorbesc, îmi caut o prietenă sau un psiholog, nu un amant. Și totuși se mai întâmplă să vrea un amant pentru că are nevoie de tandrețe, de atenție, de tot ce avea la începutul relației și nu mai are. Dacă iubirea ta pentru o asemenea femeie este interzisă, dar reală, atunci poți să te bucuri pentru că s-ar putea să fie a ta cu normă întreagă într-o zi și să te poți uita sub fusta ei legal, cum zice Loredana într-un cântec. Pentru că femeia aia nu vrea să cârpească cu un petic de sex o relație care nu mai merge, ea caută o relație nouă și tu ești în probe. Caută o dragoste nouă, iar tu, în loc să o judeci, ai putea încerca să o convingi. Toate avem dorințe ascunse, gânduri mai puțin curate care ne trec prin cap la vederea unui trup bine făcut, glume din care s-ar putea să dăm în ceva serios, dar, spre deosebire de bărbați, noi nu renunțăm la ce avem decât pentru ce ne-am dorit toată viața, iar asta înseamnă un bărbat care să se ridice la înălțimea așteptărilor.

Ultimul pont: însemni mai mult decât o simplă distracție pentru ea atunci când, deși e nevasta altuia, îți gătește și ție. În pat e normal să vină, dar de hrănit, poate să te hrănească și maică-ta. Dacă-ți face măcar o supă de roșii, să știi că ai dat lovitura.

Cum aleg femeile un bărbat? Depinde pentru ce

— Mai am o întrebare la care am răspuns parțial în *Filosofia sexului*. Se pare că nu a fost suficient, pentru că întrebarea revine: Cum aleg femeile un bărbat, Ramona? Revistele spun că vor unii cu simțul umorului...

— Ce bine că nu citesc reviste! Înseamnă că Mister Bean ar fi fost cel mai dorit bărbat de pe planetă!

— Eu cred că vor putere. Și în pat, dar și în carieră.

— Pui, tu n-ai nici acum o carieră, donezi bani în loc să-i investești, deci îți mai rămâne doar patul? :) E mai complicat și aici vorbesc și în numele femeilor pe care le cunosc: Așa cum zic filosofii că există un timp pentru toate, noi, femeile, credem că există un timp pentru toți. Pentru un rebel când ești adolescentă, un tip ca un prof, mai în vârstă, tot cam pe atunci, pentru unul care îți este interzis și altul căruia îi ești tu interzisă.

Sunt femeie, dar nu sunt feministă și feminismul mă obosește cu toate supărările lui, și nemulțumirile, și pretențiile de parcă ar mai exista încă zece porunci pe lângă cele din Biblie, cele zece porunci ale femeii. Cum trebuie să fie, cum trebuie să se îmbrace, cum trebuie să se poarte civilizat în societate, cum trebuie să se poarte obraznic în pat, ce prieteni să aibă şi până la ce vârstă să se mărite.

Unele spun că e degradant că femeile fac curat şi mâncare, dar uite că mie îmi place să fac mâncare şi sunt o maniacă a curăţeniei. Nu feminism vreau, ci libertatea să fac ce doresc.

Aşa ne-feministă cum sunt, la alesul bărbaţilor recunosc că dau în foc când aud că masculul are dreptul la „păcatele tinereţii", dar femeia îşi strică reputaţia. Parcă îi şi văd, mieluşeii, cum cad ei în ispitele noastre! Noi îi „stricăm", că suntem nişte „stricate". Aţi auzit vreodată expresia „bărbat stricat"? Ei ce sunt? UHT? Sunt pasteurizaţi de nu se strică? Sau de bărbat de moravuri uşoare aţi auzit? Nu e drept!

Cum să aleagă femeile bărbaţii dacă nu-i gustă?

Doar n-o să mă obligi să mănânc toată viaţa o mâncare doar pentru că am apucat să pun gura pe ea. Vreau şi eu o mostră din ce-ar fi viaţa cu tine! Nici aşa nu e sigur că după bărbatul în faza demo o să-ţi placă acelaşi bărbat în anii care vor urma, doar toţi sunt atât de drăguţi cu noi la masă până ne bagă în pat.

Băieţii răi sunt ca mâncarea condimentată şi ai senzaţia la început că sunt minunaţi, dar mai târziu trebuie să bei ca să scapi de gust, în general alcool.

Băieţii cu planuri de viitor puse la punct stil contabil sunt ca un meniu pe viaţă, în care ştii deja şi ce colivă o să ai, aşa că te plictisesc.

Cei pe care îi întâlneşti când eşti rănită sunt un fel de ceai de plante medicinale. Cine mai bea muşeţel după ce i-a trecut?

Cum altfel să ne alegem noi, femeile, bărbaţii dacă nu în funcţie de ocazie? Unul se asortează cu dorinţa de a experimenta a fetei de liceu, care îşi doreşte mai mult să cunoască senzaţiile decât să cunoască bărbaţii. Altul se asortează cu dorinţa de răzbunare după ce primul s-a dovedit a fi un porc. Pentru multe, cel puţin un bărbat din viaţa lor se asortează cu poşetele, adică poate să le cumpere. Până găseşti unul care să se asorteze cu un căruț de copil și lângă care să nu-ți fie teamă să te îngrași cinșpe kile în sarcină mai ai de gustat.

Cum am ales eu? Și mai bine și mai rău.

— Freud spunea că femeile tind să aleagă bărbați cu experiență...

— I-aș fi dat o bere pe chestia asta! Eu așa sunt! Mă gândeam acum niște ani că aș vrea un bărbat care să fi avut femei câte stele văd eu pe cer. Ce e drept, nu văd foarte bine la distanță, mi-am stricat ochii în 15 ani de pictură și alți 10 de grafică pe computer, dar uite că așa mă gândeam: bărbatul ăla a avut câte ceva de învățat de la fiecare stea!

– Poetică exprimare, dar unul care a avut o singură relație?

– Vai steaua lui!

– O să-ți faci mulți dușmani, Muzo!

– De ce? Eu nu spun că e bine, spun doar că așa sunt eu. Și majoritatea femeilor pe care le cunosc. Nu vrem un bărbat pe care să-l creștem. Nu e suficient că vom crește un copil? Și bărbatul ce vrea? O iubită sau un fel de mamă mai tânără? Eu nu vreau s-o înlocuiesc pe mă-sa și cred că acesta e secretul dacă vrei să te înțelegi bine cu soacra ta. Nu ne batem pe același job! Treaba ei a fost să-l crească și să-l educe, a mea e să-l fac fericit.

La ales bărbați, dorința mea secretă a fost însă mereu să nu aleg, să fiu aleasă.

Totul pare așa de inexplicabil uneori, încât ai senzația că nici bărbatul nu-și alege femeia, nici femeia nu-și alege bărbatul, alege iubirea pentru amândoi.

Nu e adevărat că femeia vrea de la bărbat să-i fie și psiholog, și bodyguard, și inginer de calculatoare, și expert montaj mobilă și guru în tantra yoga.

Femeia vreau un singur lucru de la bărbat, să o facă fericită! Dar, ca să faci asta, nu-ți strică să fii un pic din toate.

Dar tu cum crezi că-i alegem?

Când e chimie, alegi doar cu inima. Femeile îndrăgostite dorm și pe jos, li se pare suficientă o garsonieră și nu contează ce maşină are bărbatul. Nici măcar dacă n-are. Când ai tot aşteptat, ai tot încercat şi ţi se pare că ar trebui să alegi totuşi pe unul, atunci îl apreciezi după resurse şi după stabilitate. E mai important să te iubească el decât să-l iubeşti tu. Din păcate, golul acela din suflet nu poate să fie acoperit cu cardul, aşa că femeia, când e îndrăgostită, se mulţumeşte cu orice, dar când i-a trecut sau nu a fost niciodată îndrăgostită de tine ajunge într-un punct când nu o mai mulţumeşte chiar nimic.

— Ce bărbaţi îţi plac?

— Cei care dimineaţa mă întreabă ce avem la micul dejun şi nu pregătesc ei, ca să nu avem surprize neplăcute.

Îmi plac bărbaţii care lasă dopul de la pasta de dinţi nepus. E semn că folosesc des pasta şi periuţa.

Îmi plac bărbaţii care n-au timp să trimită mesaje mai lungi de două cuvinte, dar le nimeresc fix pe acelea.

Îmi plac bărbaţii care scriu, spun şi arată că TE IUBESC.

Recunosc că prefer bărbaţii care laudă în dormitor, chiar dacă uneori mai critică în bucătărie.

Îmi plac bărbaţii care mă domină.

Din păcate sau din fericire, s-a dovedit că nu-i chiar aşa de uşor.

Nu-mi plac căţeluşii, tu nu-mi cari poşeta, deşi uneori e mai grea decât geanta ta de sală!

Nu mă dau în vânt după bărbaţii care mor de foame de dragul pătrăţelelor, cei obsedaţi de propriul corp şi pentru care un vin bun nu e „plăcere la pahar“, e doar un calcul de calorii.

În ultima vreme îmi plac bărboşii, dar nu-mi plac cei neîngrijiţi.

Mi-au plăcut pe rând:

aventurierii,

dependenţii de viteză

şi chiar aroganţii.

Acum mi s-a pus pata pe unul căsătorit.

Aventura pentru el e să trăiască fericit cu mine, dependența lui sunt eu, iar aroganța supremă este să creadă că e combinat cu cea mai frumoasă femeie din lume. Știu că nu sunt. Dar tu mă faci să mă simt.

Unde-ți stau picioarele îmi va sta și capul

Bărbații nu fac niciodată primul pas.
Femeile îl fac…
de când își aleg pantofii.
Bărbații nu întreabă niciodată. Nimic.
Frumusețea femeii e întrebarea.
Iar noi răspundem.
pentru asta
cu capul.
Vai de capu' nostru!
Bărbații nu aleg.
Ei doar își depun candidatura.
Fac curte
Cum fac politicienii campanie
electorală!
Femeile aleg.
Din păcate, puține promisiuni
se mai respectă după ce-ai pus… votul.
Apoi tot bărbații se plâng
că ți-au intrat în pat
cam tot atâția ca-n Senat.
Ai tot ales răul mai mic
visând la binele cu doi centimetri mai mare...
Bărbații sunt sexul tare,
dar leșină când văd sânge.
Noi, bărbații, vrem să facem ordine în lume
da' nu știm nici unde ne-am pus ciorapii.
Nu contează!

Noi facem munca grea!
Noi învârtim lumea
În timp ce femeia ține casa.
Noi vrem să aflăm secretele vieții pe pământ
Înainte să ajungem sub pământ...
cu toate astea, femeia
face viața să continue.
Și, uneori, face ca
lumea,
pantofii,
alegerea,
întrebarea
și viața...
să și merite.

Fapt demonstrat: jocurile și jucăriile erotice ale norocoșilor nu se vând la sex-shop

Bărbate, tu de ce crezi că se numește sex-shop, și nu love-shop? Pentru că e mai ușor să fim satisfăcuți decât fericiți, iar femeile pot face multe ca să ne stârnească dorința și nimic să ne facă să le iubim.

Stai liniștit, nici invers nu se poate. N-ai văzut câte frumoase au lângă ele niște bădărani?! Pentru că una e să apreciezi un bărbat în funcție de calitățile lui și alta să-l iubești indiferent de viciile și defectele lui!

Cele mai puternice jocuri erotice n-au nevoie de cătușe. Te legi de bunăvoie. Dorința te reține ca un câmp gravitațional.

Gelozia, în doze mici, poate să fie un splendid joc erotic. Oare colegul care îi dă târcoale știe că e o jucărie care vă face să vă iubiți și mai intens?

Oricât de interesante ar fi fanteziile în care ea se îmbracă în asistentă, polițistă sau stewardesă, fantezia noastră încă din liceu este să o vedem îmbrăcată cu ceva al nostru.

În liceu era tricoul cu Guns. Acum e o cămașă Sarto.

#shareifyoudare

DACĂ NU SIMȚI NEVOIA SĂ O MÂNGÂI CÂND SPALĂ VASELE, DACĂ N-O GĂSEȘTI IREZISTIBILĂ CÂND SE APLEACĂ SĂ BAGE CEVA LA CUPTOR, POATE SĂ-ȘI PUNĂ DANTELE ȘI SATIN. DEGEABA.

De prea multe ori diferența dintre femeia pe care o ai și cea pe care o vrei e dată de faptul că pe prima o ai, iar pe a doua nu.

Condimentele n-au rost când nu-ți place mâncarea.

Nu se reaprind decât pasiunile care nu s-au stins.

Să o cuprinzi când nu se așteaptă.

Cum mi-a zis cineva… tu muști… nu scrii.

Uneori nimic mai plăcut.

Să ai 18 ani la orice vârstă.

Să nu speri. Să nu faci planuri. Să trăiești!

Bărbatul întreg nu iubește femeia. O trăiește. Ca pe toate pasiunile.

Fiecare noapte are ritmul ei. Nu vrea să-i citești poezie, vrea să o faci să rimeze cu mișcările tale. Nimic nu e indecent când nu există public.

Bărbatul vrea ca femeia să-i strige numele de parcă și l-ar face tatuaj. De parcă ar vrea să-l țină minte și pereții, și masa din bucătărie, și patul.

Și dacă vreodată dragostea va muri, să se pună o placă. Comemorativă. Aici s-au iubit cutare și cutare. Cum sunt casele memoriale, acela să fie un pat memorial.

Să nu o ții de mână când vrea să-i mângâi sânii. Să nu o săruți când vrea să îngenunchezi. Să nu te întorci din drum când spune nu mai pot și înseamnă vreau mai mult. Ești stăpân pe ea când nu mai ești stăpân pe tine.

Cu ce vrei să mă îmbrac?

În lumină.

Trupurile să ne fie goale.

Și sufletul plin.

Niciun bărbat n-a auzit vreodată un compliment mai frumos decât strigătul unei femei dincolo de omenesc. Să bată vecinii în țeavă. Geloși pe fericirea de care îi desparte un zid. Un zid și multe alegeri greșite, dar mai ales multe alegeri pe care nu le-au făcut niciodată.

Atât.

Cum salvezi o relație

Îmi scriu mulți bărbați despre ce ar putea să facă să fie iar bine. Mă uit înapoi. Parcă fiecare întrebare are răspunsul într-o poveste a cuiva. Care seamănă cu alta. A altcuiva. Care seamănă cu mine.

Pe cât de mult îmi place dorința lor, pe atât de puțin cred în succesul încercărilor. E ca și când te uiți la TV după ce au dat ceilalți gol sperând să rateze la reluare!

Știu cazuri de sentimente resuscitate?

Da. Multe. Dar de multe ori cred că sentimentele erau binemersi. Aparențele înșală. Iar femeile sunt maestrele aparențelor.

Nu există rețete, dar e bine să știi:

E un gest frumos să-i iei flori, dar dacă nu o dau pe spate nu înseamnă că n-ai luat buchetul potrivit, ci că nu de la tine le aștepta.

E bine să o ajuți la curățenie, să speli vase, că și eu spăl vase. :)

Dar dacă speli vasele în care tot tu ai gătit, și asta zilnic, dacă faci curățenie și ea vine „din urmă“ și spune „uite ce urme ai lăsat pe parchet“... nu înseamnă că nu faci curat cum trebuie, ci că nu faci pentru cine trebuie.

E frumos să-i dai libertatea ei, dar dacă în 70% din cazuri și-o exprimă cu prietenele, e bine să știi că oamenii, când sunt liberi, aleg să stea cu oameni care le plac. Mi-e teamă că nu mai ești pe listă.

Oamenii care se plac aleg să stea de ziua lor „liberă“ tot împreună.

Am văzut femei care s-au dus înapoi la bărbații care le pălmuiau zilnic și femei care au plecat de la bărbați care le aduceau flori zilnic.

Am primit zeci de telefoane la care n-am răspuns ca apoi să mă sune la interfon: sunt la ușă.

La fel cum am dat zeci de telefoane la care nu mi s-a răspuns ca în momentul în care am ajuns cu un buchet de trandafiri să-mi vină să-l mănânc! Că era cu altul. :))

Dragostea nu e după merit. Singurul merit pe care trebuie să-l am este să te atrag.

Dragostea e o enigmă, un demon, o boală psihică, un dictator, un joc de cuvinte încrucișate din care lipsești sau nu în funcție de o literă!

Wake the fuck up!

Nu poți să faci pe nimeni să se îndrăgostească de tine dacă nu s-ar fi îndrăgostit ORICUM!

Crezi că e ceva ce i-ai spus?

Ceva ce ai îmbrăcat în seara aia?

Oamenii care se doresc ajung în același pat în pielea goală și au gura prea ocupată să scoată două cuvinte! Sunt dezbrăcați și muți.

Tu nu arăți (pentru ea) nici în cel mai bun costum la fel de sexy cum e altul doar în șosete!

Pentru că dragostea chiar este așa cum am descris-o mai devreme.

N-ai fost atent?
o enigmă,
un demon,
o boală psihică,
un dictator,
un joc de cuvinte încrucişate din care lipseşti sau nu în funcţie de o literă!

La început te-a vrut exact aşa cum erai.

Acum nu te mai vrea oricât te-ai schimbat.

Sau nu te mai vrea PENTRU că te-ai schimbat?

Unii bărbaţi îmi scriu doar când sunt la serviciu, dovadă că acasă chiar sunt nişte probleme. Ce fel de relaţie e aceea în care ne ferim unul de celălalt chiar şi când luptăm unul pentru celălalt?

Lapte şi miere am auzit că ar curge în rai. Nici eu, nici Muza nu suntem îngeri. La noi curge vin, mai curg şi lacrimi, le mai şterg, mai curg vorbe, pe unele le mai uit.

Ne-am despărţit de mai multe ori „definitiv".

— Muzo, îţi mai aduci aminte de domnul care ţi-a scris şi te-a întrebat ce părere ai despre oamenii care „o zi se ceartă, o zi fac dragoste".

— Da, i-am răspuns foarte serioasă: „Cred că pierd timpul, noi ne certăm şi facem dragoste în aceeaşi zi."

Ce-a funcţionat pentru mine?

Am iertat ca să fiu iertat. Când lucrurile merg prost într-o relaţie, cei mai mulţi ne uităm la ce greşeşte ea. E mai uşor de văzut. Din secunda în care te gândeşti la ce s-ar putea să greşeşti şi tu... deja ai făcut un mare pas.

Nu m-am grăbit. Deciziile luate la nervi sunt cocoşisme. Sunt ca promisiunile făcute când eşti beat, nişte tâmpenii. Problema e să-ţi dai seama că eşti beat. Un prieten spunea că momentul în care realizezi că eşti prost e prima secundă de inteligenţă care ţi se oferă. :) I-am dat inclusiv timp fără mine, fără să las impresia că o fac special. I se face un dor de se rezolvă totul, dar trebuie să ai nervi, că doar eşti bărbat şi vrei totul să fie clar. Uite că aici nu e.

Am lăsat competiția la ușă. Mă bat cu lumea pentru femeia mea, nu cu femeia mea pentru cine știe cine sau ce! Nu faultezi un om de la tine din echipă și nu-ți dai autogol. O casă dezbinată e de râsul curcilor. Până și săraca mama, care a avut zile negre și nopți albe din cauza lui tata, avea grijă să păstreze senzația de familie.

M-am asigurat mereu că nu sunt singurul care vrea să salveze situația. Nu poți să rezolvi problemele unui cuplu la individual. Ne bucurăm împreună, de ce aș suferi singur? Poate unora dintre cititoare n-o să le placă acest „sfat“, dar cine le-a pus să citească? Am scrie „men only“.

Am preferat mereu o vacanță sau o ieșire în oraș unei „ședințe de terapie de cuplu“. Probabil am ieșit și mai ieftin. :)) Se fac mulți bani din nefericire, așa că mulți „experți“ caută să nu ți-o rezolve prea repede. Logica mea e însă alta: dacă în situații ideale, frumoase, cum e o vacanță, nu ne mai înțelegem, atunci chiar știm că nu mai avem ce să salvăm.

Am avut grijă să promit doar ce puteam să fac. Uneori s-a dovedit mai greu decât am crezut, mi-a venit să renunț, să-i spun: am încercat, n-am putut. N-am făcut asta niciodată. Pentru că niciun bărbat nu e ce spune. E ce face.

3 (trei) greșeli pe care trebuie să le... faci! Dacă vrei să te numești bărbat!

Prima greșeală: să alegi prietenii în locul femeii iubite

Să-i pui înainte și deja ai nevoie de flori cu număr par. Cum de ce? Pentru că ești mort! Iar de data asta trebuie să-i dăm dreptate ei. Tu ce ai zice dacă prietenele ei ar fi mai importante decât tine?

Prietenii unui bărbat și iubita lui nu trebuie să fie niciodată în concurență pentru că nu joacă în aceeași ligă și nici același sport. Un singur lucru împart: același TIMP. Al tău.

Când ești tânăr, ai impresia că o masă animată e mai importantă decât un pat cald. Prietenia între bărbați e supraapreciată pentru că pare eternă. Și eu am scris cel puțin trei texte care demonstrau inclusiv că prietenia între femei nu există, iar cea între bărbați reprezintă forță. Viața a avut grijă să-mi dea peste nas. N-ați văzut că e strâmb? Nu mi-l îndrept. E ca un reminder când mă văd în oglindă.

O relație nu poate să dureze dacă iubita nu-ți devine unul dintre cei mai buni prieteni.

Dacă nu are calitățile necesare pentru asta, las-o! Dacă le are, ia-o de nevastă! Se vorbește mult despre geloziile dintre iubita oficială și flame de moment.

Despre cele între cea iubită versus grupul de prieteni nu se vorbește deloc. De ce? Nu ni se pare politically correct? Viața nu e din cale afară de corectă. Dacă nu o fuți tu, te fute ea. Dacă nu îi ceri tu 100 de lucruri, nu-ți dă nici măcar 10.

De ce crezi că băieții buni se aleg cu scorpii? Pentru că nu pot să le cântărească! Li se pare că au prins peștișoara de aur când ea e piranha.

Fac o paranteză. Doamna care a îngrijit *Necenzurat* și pe care o respect enorm mi-a sugerat să elimin niște cuvinte cu p și f. Că eu sunt așa poet, de parcă nu-s tot eu cel care le-a scris. Parcă e cineva care a mâzgălit peretele blocului Domniei Sale.

Am insistat să le păstreze cu următorul mesaj: Doamnă, îmi e teamă că și golanul care a scris pe bloc sunt tot eu. Mama ei de contradicție!

A acceptat punctul meu de vedere.

De asta ai nevoie și de la o femeie pe care să o iubești: să te ia așa cum ești.

Senzația e pe dos. Ea vrea să te schimbe, prietenii te lasă cum ești tu. Serios?

Ea vrea să te schimbe pentru că vede potențialul.

Ei nu vor, pentru că îi doare în cur de potențialul tău. Fiecare pentru el.

Asta se schimbă când ești într-o relație care are un înțeles. Nu mai e fiecare pentru el. EU și EA nu mai sunt două pronume personale separate. Suntem noi.

Îmi iubesc prietenii, dar când am leșinat pentru că am făcut prea mult efort, tot Muza a sunat la salvare. Desigur, a greșit numărul. A sunat la 911. Prea multe filme americane. Din fericire, 911 e redirecționat spre 112.

Prietenia și dragostea nu sunt mutual exclusive. Un băiat alege. Un bărbat are loc, și timp, și inimă pentru amândouă.

Pun pariu că multe femei tinere care se lovesc de problema asta le vor trimite textul iubiților lor. Și ei mă vor detesta astăzi, dar îmi vor da dreptate peste cinci ani.

Oricât de dragi îți sunt prietenii, ține minte că nu mergi cu ei în pat!

A doua greşeală: să încerci să faci dintr-o scorpie... femeie de casă

În esență, toate femeile sunt un cocktail cu câteva picături de venin. Uneori pişcă plăcut în ironii, alteori, când doza e mai mare, devin toxice.

Diferența dintre îmblânziri reușite și ani pierduți stă în abilitatea bărbatului de a înțelege în ce ligă e. Iar aici am o viziune complet diferită de restul lumii. Psihologii spun că oamenii (indiferent dacă sunt bărbați sau femei) tind să aleagă parteneri din aceeași ligă: la fel de atrăgători ca ei sau din aceeași clasă socială sau cu preocupări comune.

Eu cred că toate aceste „ligi" sunt doar în capul nostru.

Liga „financiară"?

Chiar sunt curios să văd femeia care preferă un bărbat din aceeași ligă financiară cu ea și refuză să-i dea o șansă unuia capabil să-i ofere tot ce a visat. O tâmpenie! Sunt sigur că și voi cunoaşteți zeci de cazuri, iar casnicele de pe vremea lui Ceaușescu ce-ar fi trebuit să aleagă? Șomeri?

Liga frumuseții?

Când pentru fiecare înseamnă altceva, cum merg ierarhiile astea? Poate pentru mine Muza e tot ce vreau și pentru altul e invizibilă! În plus, dacă bărbații nu și-ar încerca șansele la o femeie pentru că e prea frumoasă, cabinetele de chirurgie plastică ar fi pline de femei care și-ar dori sâni mai mici și nas mai mare! :))

Liga pasiunilor comune mi se pare la fel de idioată. Dragostea nu e un hobby.

Eu cred că singurul clasament în care s-ar putea ca o femeie să nu fie de nasul tău (dar ai fi un prost să nu încerci măcar o dată în viață) este cel în funcție de nivelul de egoism. Acolo s-ar putea să nu faci față.

Sunt femei drăcoase, sălbatice, ale naibii și sunt femei pur și simplu rele.

Sunt femei libertine în declarații, libertine în pat și unele care au aceeași incapacitate pentru relații de lungă durată ca mulți bărbați. Le numim generic „curve“. Cum noi, bărbații, am împărțit etichetele astea, ce este la ele peiorativ la noi e admirativ. Taur comunal. Tot un fel de bou.

Și totuși se întâmplă frecvent să vezi bărbați mișto cu niște „persoane de sex feminin“ (că femei nu pot să le zic) care îi storc de viață. Îi vezi, parcă nu mai au încredere în ei înșiși. Sunt mereu nervoși cu toată lumea, dar gata să-i împlinească ei orice dorință.

Un scenariu de film de groază. *Psycho* filmat în trei camere plus baie și bucătărie. De ce spun atunci că e bine să faci o asemenea greșeală?

E bine dacă înveți din ea, nu dacă te însori cu ea.

E bine pentru că realizezi că dragostea se întâmplă atunci când oferi fără să ceri înapoi. Dar moare când celălalt nu răspunde la fel. Când nu ți se oferă ceea ce nu ceri, dar de care ai nevoie.

E bine pentru că nici măcar un număr de telefon nu poți să bagi în agendă dacă nu poți să recunoști un zero.

E bine pentru că apreciezi mai ușor o femeie care știe să ofere după ce ai avut una care știa doar să bată din picior.

Cine ar aprecia la justa valoare o vară dacă n-am avea cu toții parte de câte o iarnă atât de rece, încât atunci când pleci de la ea îți iei și câinele?

Aici tot femeile pot să ne ajute cu o vorbă pe care nu m-am priceput s-o întorc, deși s-ar putea aplica și bărbaților. Mi-a spus-o o ploieșteancă acum foarte mulți ani: Una e să fii „fată de casă“ și alta să fii „fată în casă“.

Să crezi că, dacă ești rece cu ea, se încinge și mai tare. E greșeala numărul trei. În multe cazuri… fatal error!

De ce? Pentru că e pe jumătate adevărat și e foarte greu să știi când o să râzi tu și când se va râde de tine.

E ca la bancuri: sunt unele la care nu toată lumea râde. Ce mi-ar plăcea o selecție naturală în funcție de simțul umorului!

O femeie deşteaptă ştie că în fiecare zi trebuie să mai fie ceva de cucerit. Ca Franţa sub ocupaţia germană. Acolo Rezistenţa făcea mai multe victime decât atacurile aeriene ale aliaţilor. Mai un sabotaj. Mai un raid de noapte. Mai un asasinat... E „moartea pasiunii" să nu întâmpini niciun pic de rezistenţă.

Dar femeia alternează. Ba e toridă, ba e aridă. Ba vrea să-i dai pace, ba vrea să-i dai hainele jos.

Bărbatul are de multe ori impresia că echipa câştigătoare nu se schimbă. Ca la fotbal în anii 1990. Apoi se miră că nici n-a apărut bine un atacant şi ea a şi sărit la cap.

O femeie nu trebuie nici sufocată, nici îngheţată.

Poate că ţi se pare macho să se tot roage ea de tine, dar, ca să continuăm analogia cu fotbalul, habar nu ai câţi sunt pe banca de rezerve!

Ce e drept, ăştia îşi cam fac încălzirea la vestiare pentru că nu bagă joc de glezne, ci altfel de joc...

Problema e că femeia neglijată nu e ca o femeie singură. Ea e o femeie jignită. Şi vede sexul cu un alt bărbat ca pe o răzbunare.

E o femeie confuză şi caută în vorbele altui bărbat certitudini.

E o femeie nesigură pe puterea ei de atracţie... şi caută atenţia altui bărbat asemenea bolnavului când cere altui medic o a doua opinie.

Desigur, tu, cu egoul cât casa, vei spune că, dacă a plecat, nu era ea ACEEA.

Cu riscul de a face femeile să mă urască, la noi, la bărbaţi, nu prea există ACEEA, ci ACELEA. La fel cum nici la ele nu există, că altfel de la cine ar cere a doua opinie.

Nu poţi să spui că destinul e de vină că o floare se usucă neudată. Nici că se îneacă atunci când o „iubeşti" prea mult.

Fumătorul crede că decizia lui de a fuma nu are nicio legătură cu un posibil cancer pulmonar. Dacă e să fie, e oricum.

Beţivul crede că ficatul e un fel de mâncare. Ce? Au trăit alţii până la 100 de ani şi beau zilnic.

Să găsim scuze ne consumă energia la fel de mult ca atunci când găsim soluții. Diferența e că în primul caz pare că ne va costa mai puțin o cârpeală.

Și atunci? Rece sau cald? Atâta vreme cât te gândești cum ar trebui să pari nu o să reușești niciodată să afli cine ești. Și atunci pe cine vrei să iubească?

Înainte să o găsești pe EA, trebuie să te găsești PE TINE.

Tu nu ești o atitudine decupată. Ești un om, dar până învățăm asta dăm vina pe alții și jucăm tot felul de jocuri pentru că SINCERITATEA NI SE PARE PREA RISCANTĂ.

Viața după moarte și relația după relație. De ce te grăbești?

Femeia nu prea are relație după relație fără să fi fost puțin și relație peste relație (100 de mimoze au dat deja unlike paginii mele de Facebook, nu-i nimic, oricum au nimerit-o din greșeală).

Femeia e ca maimuța, nu dă drumul unei ramuri până n-a prins-o bine pe următoarea (încă 100 de unlike-uri).

Bărbații însă pleacă (și) din prostie și nu se întorc... din orgoliu.

Adică tot din prostie.

Bărbații pleacă pentru că le-a ajuns, fără să știe unde pleacă.

Uneori credem și noi că avem un back-up... câteva numere (în cazul acesta de telefon). Experiența dovedește că ele sunt ocupate când ai nevoie. Sau nu sunt ce-ți dorești. Că, dacă erau, nu rămâneau doar numere de telefon. Nu erau doar în lista de contacte...

Femeile vor să plece de la unul la altul.

Bărbații vor să plece de la una la altele. Multe. Să ne distrăm, să ne trăim viața în stânga și-n dreapta.

De cele mai multe ori însă, nu poți să înlocuiești o jumătate cu două sferturi. Nici cu trei. Nici cu patru.

De cele mai multe ori, noi, bărbații, experimentăm cu adevărat singurătatea.

Nu ştiu de ce vorbesc tocmai eu, poate pentru că am fobie de singurătate şi am fost singur aproape o zi.

Vorbesc ca să mă fac de râs. :) Şi „fraţii mei" să realizeze că nu sunt singuri.

Când te urci în maşină, ai un loc gol în dreapta.

Când te aşezi în pat, ai prea mult loc.

Vrei să le umple cineva.

Nu ştiu câţi vor recunoaşte, dar un bărbat tocmai ieşit din relaţie îşi pierde rapid cheful să iasă cu băieţii.

Asta e fun când ai pe cine să laşi acasă.

Normal, vrei să ieşi CU FEMEI. Prietenia lor ţi se pare sigură. Aşa că ieşi, treci cu vederea defecte, mai puţin pe cele pe care le avea fosta.

Cauţi la o femeie tot ce n-avea ea.

Dar îţi scapă un amănunt: erau şi lucruri care îţi plăceau la fosta şi pe care nu le găseşti aşa uşor la alta. Cum ar fi comunicarea. Joaca. Flirtul continuu cu vorbe ca un cod secret.

Pentru toate astea ai nevoie de timp.

De experienţe.

Poţi să te culci cu 20 de femei pe săptămână şi să nu înţelegi nimic DIN NICIUNA. Să ţi se pară toate partidele la fel.

De proaste.

Apoi să-ţi aduci aminte că te culcai cu aceeaşi de 20 de ori şi era MEREU ALTFEL.

Tu asta cauţi, dar nu-ţi laşi timp.

Viaţa după moarte nu e relaţia după relaţie.

E dragostea după dragoste.

Şi asta, domnilor, nu se obţine la fel de uşor ca sexul. Care în 2017 reprezintă mai puţin decât reprezenta o strângere de mână în 1990... şi pentru noi, şi pentru ele.

Ce gândeşte o femeie după un one-night stand?

— Cui îi pasă?

— Celor care ţi-au scris, Radule!

— Atunci subiectul e pentru tine sau cel mult pentru amândoi.

Teoria Muzei:

Ce gândește o femeie după un one-night stand? Dacă a fost bine pentru femeie, dar nu e sigură cum a fost pentru bărbat și dacă pentru el a însemnat ceva, ea se gândește: „La naiba, să vezi că dobitocul n-o să mă mai sune!"

Dacă n-a fost bine pentru ea, dar el a plecat de la hotel cu un zâmbet tâmp pe față... ea se gândește: „La naiba, să vezi că dobitocul o să mă sune fix când nu trebuie."

Eu nu prea mă potrivesc, nu-s genul, dacă există un gen pentru one-night stand.

Mereu mi-am dorit, pe lângă sex, și emoție. Sentimente. Am spus „pe lângă sex" că m-am săturat de mimoze care zic că noi, femeile, suntem niște sfinte. Zici că ne-am înmulțit prin semințe!

Vrem sex! Uneori și după ce el a adormit sau după ce lui i-au adormit poftele de parcă suntem scaune, nu femei, și știe că se poate așeza oricând. Așa ajung de se mai așază și alții...

De cele mai multe ori femeia nu vrea de la un one-night stand să fie doar atât și ceea ce gândește e: „La naiba, credeam că ăsta ar putea să fie, dar nu-i!"

Suntem un fel de Cenușărese mai perverse care îl tot caută pe ăla potrivit doar că noi nu ne bagăm picioarele, doar le depărtăm un pic.

Versiunea mea

Hai să precizăm întâi niște lucruri, dacă, vorba Ralucăi, e NFHH, nu se cheamă one-night stand, se cheamă resuscitare.

O aduci înapoi la viață și nu prea contează cine ești. Ați văzut vreodată un pacient în stop cardiac să spună: Nu vreau să mă defibrilezi tu, poate colegul?

Femeia e în faza „one size fits all". Nu se pune.

One-night stand e atunci când s-a cam lăsat de iubire, dar nu și de iubit. Când nu mai are inimă de investit, că i s-a cam ars, dar vrea să întrețină motorul și nu poate să țină mașina în garaj.

One-night stand e atunci când e soție și mamă și știe EXACT cât vrea să calce pe lângă. Nu de tot. Tu ești ca piperul, dai gust mâncării, dar nu ești, amice, felul principal.

One-night stand e atunci când te știe foarte bine, ești pe lista aia, dar tocmai pentru că te știe nu vrea mai mult.

Altfel sunt, într-adevăr, ce zice Muza. Un fel de interviuri de angajare. Un fel de povestea Cenușăresei în care pantoful e la ea și picioarele noastre nu se potrivesc. Sau se.

Într-un one-night stand adevărat femeia face ce n-a făcut niciodată sau ce n-a mai făcut de mult. Spune ce n-a mai spus niciodată, dar nu „te iubesc". Asta a mai spus și n-a ieșit mereu bine după.

Ea stă în genunchi, dar tu ești învinsul.

Nu-i lăsa vânătăi, n-o mușca. Oricum mulți i-au lăsat urme pe trup. Mai puțini în suflet.

Paradoxul face ca aproape orice bărbat să nu se simtă chiar confortabil când știe că ea vrea doar o dată. Adică, ce? Nu-s bun de mai mult?

Doar n-oi vrea să te prezint și părinților, râde ea.

De ce nu?

Poți să mergi singur, sunt la Bellu.

La naiba, îți spui, replica asta cu cimitirul a fost... moartea pasiunii.

Nu termini aproape niciodată înăuntru. Doar în trompeta aia din care ies sunete care dezvăluie sau ascund gândurile.

Niciodată nu te interesează ce o să gândească după tine.

Tu faci tot posibilul să te țină minte pentru că vrei să crezi că ești unic. De cele mai multe ori nu ești. Rar am întâlnit o femeie la care one-night stand-ul să nu se fi repetat, doar bărbatul se schimbă.

Muza a spus „dobitoc". E un cuvânt pe care îl spune cu drag. Pentru ea, dobitoacele în general sunt peste oameni. Vacile sunt niște doamne! Pentru ea, dobitocul e sincer: câinele care nu te place îți arată colții. Omul îți zâmbește...

Eu o să-mi spun inclusiv mie, pentru câteva cazuri când am crezut că-s deștept: Prostule! Femeia, în oricare dintre cele trei situații anterioare, spune **un singur** lucru după un one-night stand reușit sau nereușit. Același pe care îl spune și medicul când iese din operație: „Sper să nu apară complicații."

Q&A

Unde nu e specificat altfel, răspunsurile sunt comune și au rezultat din discuții terminate noaptea târziu. Sau dimineața devreme. Să nu ne purtați de grijă, că ne-a fost bine.

Q: Poți să testezi prietenia?

Prietenia și dragostea au multe în comun.

La fel ca în dragoste, nu există prietenie la prima vedere. Există atracție sexuală în primul caz și simpatie în al doilea. Dar e nevoie de timp, pentru că prieteniile se construiesc.

Deși am făcut pictură, nu pot să fac portretul prietenului perfect. Dar am câteva întrebări la care poți să dai tu răspunsurile așa cum sunt ele în relațiile tale de prietenie. Dacă ai o majoritate de DA, atunci poți spune că ai un prieten. Felicitări! După ce faci „testul", pune-te în locul prietenului tău și răspunde la aceleași întrebări ca și când tu ai fi el și s-ar gândi la tine. Vei vedea în felul acesta dacă și el/ea are în tine un prieten. Mulți ne dorim de la alții prietenia pe care nu știm să le-o și oferim.

Dacă îl suni de două ori dimineața, te sună înapoi în aceeași zi?

Întrebarea „Ești bine" face parte dintr-un dialog obișnuit?

Îți lasă timp să răspunzi?

Este alături cu soluții când îți e greu, nu doar cu „vai, ce rău îmi pare"?

Se bucură de bucuriile tale fără pic de invidie sau gelozie?

Spune despre tine altora doar ce ți-a spus și ție în față?

Îți păstrează secretele?

Te acceptă așa cum ești?

Te iartă fără să-ți ceară prea multe scuze?

Te-a apărat vreodată în fața cuiva când ai fost nedreptățită?

Explicația testului. Care e răspunsul conținut de întrebare.

Toți suntem ocupați, dar timpul fiecăruia e o problemă de priorități. Dacă sun pe cineva de două ori înseamnă că am ceva de spus. Dacă nu mă sună înapoi în aceeași zi înseamnă că pentru el/ea nu e o prioritate să asculte ce am de spus.

Interesul pentru starea de spirit a altcuiva e un semn de empatie foarte important pentru orice om, cu atât mai mult pentru un prieten. Nimeni dintre cei care nu s-au interesat niciodată de soarta ta nu îți este prieten. Ce? Ești Wonder Woman și n-ai ce să pățești?

Oamenii care nu se mulțumesc cu un simplu răspuns „Bine" o fac de cele mai multe ori pentru că te cunosc suficient să știe că în spatele acestui răspuns poate să fie doar o dorință de a nu încărca pe nimeni cu problemele tale. Un adevărat prieten nu se face că n-a observat. Mai ales femeile sunt foarte atente la detalii. Cele care spun că n-au observat n-au făcut-o pentru că, de fapt, nu le-a interesat.

Să vii cu soluții înseamnă să te gândești la ele. Înseamnă timp și energie. Să spui „vai, ce rău îmi pare" nu costă nimic. E un reflex. Și oamenii care nu te cunosc ar spune la fel.

Explicația este că oamenii sunt mai ușor alături de tine la greu decât la bine. Răul tău, oricât de rău, le este exterior. Dacă lor le e bine pot avea chiar un sentiment de superioritate față de tine, nefericita. Dacă însă se pot bucura de realizările tale chiar și atunci când ei/ele nu au ceva asemănător în viață, asta chiar înseamnă prietenie și caracter.

Justificările pentru bârfă sunt multe. Inclusiv „nu i-am spus că nu vreau să o supăr", dar orice spui despre cineva când nu e de față e un pic bârfă dacă nu-l vorbești de bine.

Sunt mai ales femei care pur și simplu nu pot să păstreze un secret. Cu toate acestea, dacă înțeleg că aflarea acelui secret ți-ar putea afecta cariera sau relația, chiar și cele mai vorbărețe se vor abține. Dacă nu o fac, nu-s prietenele tale.

Nu înseamnă să te lase să te autodistrugi sau să nu-ţi spună niciodată părerea despre ce faci. Dar după ce ţi-au spus ce aveau de spus, dacă te critică non-stop, e puţin probabil să-ţi fie prieteni. S-ar putea să se considere profesorii tăi. Sau şefii. Mai ales la bărbaţi există ideea de şef de gaşcă. Eu prefer democraţia.

Orice om îşi calcă puţin pe orgoliu când îşi cere iertare. Nu e cazul să speli cu el pe jos. Dacă nu-l storci bine e posibil să lase urme. Foloseşte mai bine un mop.

Mai ales dacă te-a apărat în faţa unui prieten comun este, poate, gestul cel mai mare de curaj şi prietenie. Nu se poate să nu ajungi într-o viaţă în situaţii de conflict când pur şi simplu trebuie să alegi. Oamenii care „nu se bagă" trebuie scoşi. Din viaţa ta. Pentru că tocmai ai aflat că eşti singură chiar şi atunci când sunteţi împreună.

Q: Bărbaţii vor mai mult sex decât femeile?

Radu:

Biologic, da. Însă psihicul bate fizicul şi din momentul în care ne-am separat de animale totul e în continuă schimbare. Facem sex de plăcere, noi şi delfinii. N-am stat la coada niciunui delfin ca să fiu sigur că face sex de plăcere, din păcate despre oameni ştiu că NU întotdeauna plăcerea are treabă cu sexul.

Femeile îşi doresc mai puţin decât bărbaţii să facă sex atunci când nu-l asociază cu unele dintre cele mai bune momente din viaţă.

Poate să fie vina ta, poate să fie vina celor care au fost înaintea ta, poate să fie vina ei, că nu şi-a luat un frumos să-i ţină de urât, ci un bărbat care să-i asigure viaţa pe care şi-a dorit-o. Viaţa amoroasă nefiind inclusă.

Pentru cele mai multe însă, se potriveşte „n-o ia somnul, ia-o tu", visul secret al oricărei fete bune este sexul neprogramat. Nici ca loc, nici ca timp. În unele cazuri nici ca persoană, dar atunci cred că „fete bune" nu se mai potriveşte în ecuaţie!

Un barman pe care am avut norocul să-l cunosc și treaz, și beat, și high (și eu, și el) avea o vorbă prin 1999 sau 2000, că apoi a fugit în Asia și nu s-a mai întors. El zicea:

Nu există fete bune, doar fete rele care n-au fost niciodată prinse.

Râd și acum, dar nu e adevărat.

Există fete bune care se pretind rele de teamă că imediat ce-și vor arăta punctele sensibile o să le faci teatru de păpuși și o să le joci cum vrei tu.

Există fete rele care se pretind bune pentru că e mult mai comod să înșiri bărbați cu garda și pantalonii jos.

Și există fete proaste, fie ele bune sau rele, când se îndrăgostesc.

Visul secret al oricărei fete bune care-și pierde două ore din viață cu o comedie romantică este să-i închidă cineva televizorul și s-o facă să trăiască în filmul ei.

Visul secret al oricărei soții plictisite nu este să găsească un amant care s-o facă să se simtă ca la 25 de ani, ci să-ți aduci aminte că la 25 de ani de-abia te cunoscuse și oricare al treilea era în plus. Amantul e un bandaj, un supliment alimentar :), că tot se administrează și oral, amantul e o fugă, dar visul secret e să facă dragoste ca la început cu tine.

Visul secret al oricărei fete cuminți este să o respecți pe stradă, nu în pat. În public îi deschizi ușa, în intimitate picioarele. N-am întâlnit o femeie care să nu aprecieze o palmă pe fund, doar momente prost alese să faci asta. Bărbații se uită la porno, femeile vor să-l trăiască. Da, cu tine, norocosule, dar tu nu știi de ce nu o ia somnul!

Ia-o tu!

Muza:

Femeile mai încearcă adesea într-o relație de lungă durată să nu facă dragoste prea des. Dacă e prea des, te plictisești, cred multe dintre noi.

Bărbații vor fi dezamăgiți că nu-i apăr: nu doar dacă e prea des se duce totul dracului, ci și dacă e prea ușor!

Problema oamenilor căsătoriţi este că nu mai fac o legătură între flirt şi sex. După căsătorie, sexul e ca mâncarea semipreparată: fără efort, dar şi fără gust. E normal ca visul oricărei fete bune să fie ca soţul sau iubitul oficial să-i acorde atenţia pe care i-o acordă alţi bărbaţi.

O duci la Starea Civilă o singură dată, dar o relaţie e mai bună sau mai rea în funcţie de ce faci în toate celelalte zile.

Pentru că:

Visul oricărei fete bune nu mai este să fie căsătorită. Ci fericită.

Mai mult despre relaţii pe la mijloc, în partea a doua.

Sexul nu trebuie să fie nici garantat, nici programat, nici la fel. Dacă eu i-am spus lui Radu că zona mea erogenă cea mai sensibilă este...[1], asta nu înseamnă că vreau să fiu sărutată doar acolo! Dacă iubita îţi mărturiseşte că adoră o poziţie nu trebuie să înţelegi că AIA E!

Vreţi voi mai mult? Eu cred că da. Bărbaţii vor mai mult sex, iar femeile vor mai bine.

În pat bărbaţii preferă cantitatea, femeile calitatea.

Noi nu bifăm, savurăm. Poate acesta este şi motivul pentru care bărbaţii vor mai des! E ca la mâncare: ei fac sex pe nemestecate.

Q: De ce nu te mai sună?

Răspunsul Muzei a fost extrem de scurt, aşa că-l punem primul:

Dacă abia v-aţi întâlnit, eventual aţi făcut şi dragoste şi face pe magicianul (dimineaţa dispare), nu are niciun fel de importanţă de ce nu te mai sună! Poţi să-ţi satisfaci doar curiozitatea şi parcă nu asta era ideea, nu?

Răspunsul meu: Da' tu de ce mai aştepţi? Pentru că fără telefonul lui nu înţelegi că eşti la fel de liberă cum erai şi înainte? Voiai sex pasager, dar te enervează să fii „pasageră". El trebuia

1. Nu cred că vă aşteptaţi să vă spun unde este...

să fie o bornă în viața ta. Kilometrul 10. Când colo, ești Mila 23. Stai la mila lui? De ce nu mai sună? Asta a fost tot? A vrut să se culce cu tine și atât? Și? A fost rău?

#shareifyoudare

> PRIMA ÎNTÂLNIRE NU E O RELAȚIE.
> PRIMA ÎNTÂLNIRE E UN INTERVIU DE ANGAJARE.

Prima noapte de dragoste nu e o relație. Nici a doua. La job cum ai avut o lună de probă? Bărbați sau femei... prea ne așteptăm să fim plătiți din prima zi. Interesul nostru cu interesul celuilalt. Greșit! Nu v-au spus de la Resurse Umane? Într-o relație trebuie să intri VOLUNTAR.

Altfel e prestare de servicii.

De ce nu te mai sună, când a fost așa bine? Poate a fost bine pentru tine. Și atât. Poate tu ai crezut că ai comunicat CU el, când, de fapt, I-AI comunicat ce vrei. Cât ai vorbit ultima dată? Cât ai ascultat? Cât l-ai iubit? Cât te-a iubit? Și bărbații vor femei care să-i facă să zâmbească. Femeile vor prea mult. Bărbații vor prea multe. Și telefonul nu mai sună. Sau sun eu și ea nu răspunde. Nu cred că trebuie să mai sun încă o dată. Nu din orgoliu. Și nici tu nu trebuie să mai aștepți. Nu înseamnă că ești fidelă, că nu ţi-am zis să mă aştepţi. Culmea nopţii de amor, să te las cu ochii-n soare.

Ştii de ce nu se culcă femeile cu magicieni, nu? Caută bancul pe Google. Dar nu mai căuta pe Facebook să vezi unde şi-a dat check-in şi cu cine.

Bărbatul insistă doar când femeia lasă lumina aprinsă. Dacă nu e acasă... degeaba încearcă uşa.

Femeia aşteaptă doar când are de ce. Când şi dorul de tine o umple mai mult decât atenţia altora.

De ce nu mai sună chiar nu contează.

De ce mai aştepţi e altceva. De fraieră. Că nu înţelegi că, indiferent de sex, oamenii vor să repete experienţele plăcute şi să le evite pe celelalte, dar „plăcerea" asta nu e neapărat meritul tău şi nici lipsa ei nu e neapărat vina ta.

Până la urmă, oamenii apreciază doar ce pot înţelege.

Q: Ce să fac să se întoarcă?

Răspuns la comun:

Să mergi înainte!

Simţi că fără ea/el „ţi-ai pierdut nordul"? Mai există puncte cardinale. :) De ce să nu mergi spre vest?

Tu nu eşti destinaţia mea, eşti partenera mea de drum. Dacă ai fi destinaţia ar trebui să mor. Că nu mai am ce să fac. Eşti raiul! Şi în rai ajungi în mod tradiţional după ce ai dat ortul popii.

Eu sunt viu.

Tu eşti frumoasă.

Nu mă tem, pentru că frica nu există decât atunci când îi dai voie să existe. Pericolele însă... există de capul lor.

Gândurile îmi sunt atrase de tine ca acul busolei de nord, dar dacă de mâine nordul nu ar mai exista, acul acela n-ar mai tinde către nimic?

Nu vrea şi acul acela o fericire a lui?

Fericirea că există.

Că e din metal tânăr.

Că e... magnetic!

Nimeni nu e de neînlocuit.

Așa cum multe nu pleacă pentru totdeauna și se întorc când nu te aștepți.

E logic, nu? În cazul acesta, DACĂ VREI SĂ SE ÎNTOARCĂ TREBUIE SĂ NU MAI AȘTEPȚI!

Cine ești tu fără ea?

Ce întrebare tâmpită!

Ești cel care erai și înainte.

De ce nu te întrebi cine e ea fără tine?

Pentru că știi cine e ea pentru tine.

Și dacă tot știi... de ce nu-i spui într-o limbă pe care să o poată înțelege.

Când un bărbat își pierde nordul, el trebuie să facă gestul final de bărbăție: să lase vrăjeala și să-și recunoască sentimentele. Intensitatea lor. Importanța lor. Să o facă pe aceea care a plecat să simtă că s-ar bate și cu zeii pentru ea. I-ar lua de beregată pe regi și le-ar bea sângele albastru. Ar contrazice legile fizicii.

Desigur, mulți vor spune că e o nebunie.

Dar unul singur a nimerit-o.

Dacă dragostea nu e nebunie... atunci nu e dragoste.

Pedro Calderon de la Barca. :)

Q: Fostul care revine după șase luni, un an. Și-a dat seama că toată viața o să te iubească sau n-a avut cu cine să te înlocuiască?

Sau fosta.

E o problemă unisex. Puțin dezamăgită? Voiai să spălăm cu bărbații pe jos? Vai, îmi pare rău. Eu nu țin partea femeilor, țin partea adevărului. Și adevărul e că porcării facem toți, doar că bărbații sunt mai des prinși. :)) Ipocrizia salvează România. Oamenii se întorc când plecarea nu a fost chiar ce au sperat.

Mi-ar plăcea să vă pot spune că am ajuns la concluzia asta în urma unor ani de studiu. Nu pot să vă mint în halul ăsta. O să fiu sincer cu voi şi o să vă spun o poveste. Da, una personală.

True story:

Eram îndrăgostit prosteşte (eu nu spun nebuneşte) de una dintre cele mai frumoase fete din oraş. Nu Bucureştiul, unul mai mic numit Ploieşti. I-am acceptat inclusiv preferinţele muzicale, deşi pe atunci erau jalnice. Încercam să fiu mai mult cu ea decât cu mine. Şi totul părea să meargă minunat.

Până într-o zi când a plecat şi dusă a fost, dar nu singură. A fost ca un pumn în figură că putea să mă înlocuiască atât de uşor.

S-a dovedit ulterior că nu era chiar aşa. S-a întors, nu după şase luni, ceva mai repede. Vreo 14 zile. Fiind foarte sigură pe ea, nu s-a obosit să mintă.

De ce te-ai întors?

Răspunsul a fost: Celălalt nu era la fel de bun...

Nimic de zis, măcar a fost sinceră. Tocmai când ipocrizia începea să rimeze cu România.

Recunosc şi eu că am făcut, mult mai târziu, asta. De cele mai multe ori nici nu mă interesa să intru din nou în viaţa femeii pe care o sunam după ce dispăream cu lunile. Să intru altundeva era singurul gând. :))

Şi bărbaţii, dar şi femeile se despart gândindu-se că merită ceva mai bun. Apoi realizează că aveau deja! Târziu. Prin comparaţie.

Mai ales bărbaţii căsătoriţi şi-o fură rău de tot când cred că singurul lucru care le-a îmbătrânit e... soţia. La 20 de ani e fain să alergi după fuste, la 50 s-ar putea să nu mai poţi să le prinzi.

O să mai fac o afirmaţie riscantă: chiar şi amantele se tem de bărbatul pe care îl iubesc în momentul când divorţează pentru ele. Ştiu că jurămintele n-au valorat prea mult pentru tine. Şi mai ştiu că dintr-odată, în loc să se ascundă, trebuie să ghicească dacă nu cumva i se ascunde ceva.

Ştiu. E nasol. Deci? Ai înţeles de ce te sună după multă vreme ca şi când nimic nu s-ar fi întâmplat?

Pentru că fix așa a fost. Nimic nu s-a întâmplat. Nimic din ce a sperat să i se întâmple. Lumea nu l-a luat în brațe. Lumea i-a întors spatele.

Indiferent că ești bărbat și ai o fostă care corespunde descrierii sau ești femeie și tocmai te-a sunat fostul, întreabă ce-a făcut în tot timpul cât a lipsit din viața ta.

N-o să-ți placă răspunsul. Și deja îl știi.

#shareifyoudare

OAMENII REVIN ÎN VIEȚILE NOASTRE CÂND N-AU AVUT LOC ÎN VIEȚILE ALTORA.

Q: Prieteni „cu beneficii“. Chiar sunt numai beneficii?

Prieteni cu beneficii și șaorma cu de toate. Ar fi bine, dar aici ai o șaorma din care lipsește tocmai carnea. Cafea fără cofeină. Bere fără alcool. Și sex fără dragoste.

În limba vorbită pe stradă există termenul NF. V-ați întrebat vreodată de ce nu există și NI? Care să însemne Ne... Iubită?

Știți de ce nu există? Pentru că despre lipsa de sex îți mai vine să glumești, dar despre lipsa sentimentelor nu prea. Cu dragostea nu-i de glumit.

Ai un prieten cu beneficii? N-ai decât un singur lucru bun, care stă în calea tuturor celorlalte. Voi sunteţi călâi. Cum e mai rău. Nici rece, nici cald.

Sexul cu o femeie pe care n-o iubeşti e doar masturbare asistată.

Aşa cum sexul cu un „prieten“ e doar satisfacerea unei nevoi situate între picioare. Când nevoile cele mai mari ale femeii sunt între urechi. :)

Voi faceţi sex cum fac alţii masaj medicinal, să scape de durerile articulare. Ar trebui să existe staţiuni balneo pentru d-ăştia ca voi pentru că sunteţi nişte pensionari ai amorului! Nişte tineri-bătrâni care nu mai au curajul să rişte. Vorba lui Gabriel García Márquez: „Trebuie să ştii în viaţa asta cum e să ţi-o tragi din dragoste.“ Iar cei mai mulţi dintre voi ştiu. Şi nu găseşti asta la celălalt. Nici el la tine. Amândoi aşteptaţi ceva mai bun. Şi, în lipsă de altceva, v-o trageţi în anticamera fericirii!

Psihologic, o asemenea relaţie continuată prea mult e un dezastru. Amândoi îşi pierd încrederea în sine. Atâta cred că eu că pot! Desigur, nu e adevărat, dar cine să-mi spună? Doar toată lumea ştie că mai binele e duşmanul binelui! Te crezi deştept, joci cool, eşti liniştit, dar treci ca un somnambul prin viaţă. Ai timp de linişte pe lumea cealaltă!

Nu e suficient că poate nu ai serviciul pe care l-ai vrut?

Nu ajunge că poate nu ai recunoaşterea pe care (poate) o meriţi?

Să nu ai nici omul pe care îl vrei cu adevărat, asta chiar mi se pare o ratare deplină.

Ştii ce sper pentru voi? Să fiţi genul acela de proşti. Da, proşti care cred că e mai sigur să nu mărturisească deschis că le bate inima mai repede decât la sală când văd numărul celuilalt pe telefon. Proşti care cred că numai proştii se îndrăgostesc. Proşti care chiar la finalul acestui text vor deschide profilul celuilalt decis să-i scrie o declaraţie de dragoste, dar îi vor da doar un like. De proşti ce sunt!

Și tot sunt mai deștepți decât ceilalți, care stau unul în viața celuilalt doar pentru că nu pot să intre în ale altora.

Dacă te mulțumești cu o imitație de dragoste ești doar o imitație de om.

Q: Cum să părăsești „ușor"? Poți să-i dai în cap cu blândețe?

Știi bancul ăla cu Ion care era în comă, totuși a avut noroc? Da! Mare noroc!

Că l-a lovit ambulanța. Îți dai seama ce repede a ajuns la spital? L-au luat imediat, în regim de urgență. :))

Așa e și cu poți să părăsești pe cineva „delicat"!

Cam cum? Îi tragi una și apoi tot tu îl pansezi? Îi prezinți situația în cuvinte frumoase? Ca un chirurg care te asigură că operația a reușit... doar pacientul e mort.

De ce dăm adesea vești neplăcute evitând să ne întâlnim măcar? Pentru că uneori ne e frică de reacția celuilalt, alteori ne e milă, niciodată nu suntem noi bine cu noi când facem asta.

Chiar dacă plec la alta și cred că-mi va fi bine, tot nu mi-e ușor să las pe altcineva în spate. Fie și pentru că a fost un moment când eram la început și credeam că-mi va fi bine și nu-ți prea vine la socoteală (dacă ai ceva în cap) când realizezi că s-ar putea întâmpla din nou.

Într-un singur caz se poate chestia asta cu „delicatețea": când nu frige! Când tu ești călduț și ea aproape rece.

Când nu prea e pasiune e simplu să fii domn!

În toate celelalte cazuri e – paradoxal – de căcat să încerci să pari domn.

Nu delicatețea este ultima datorie când părăsești pe cineva, ci SINCERITATEA.

Înjură sau ține-ți gura cât o face ea, chiar dacă ai impresia că nu o să te spele toate apele.

Stai liniștit... în afară de păcate, apa spală orice. Habar n-ai pe unde a fost zâmbetul de care te-ai îndrăgostit. :) Știi pe unde a fost al tău și ar trebui să-ți fie suficient.

Ce suntem noi, dacă nu niște iluzii prinse în circuitul sufletelor în natură?

Cum se încălzește apa, se transformă în vapori, urcă până la cer unde se răcorește și cade în lacrimi de ploaie pe pământ, la fel sunt și cei mai mulți îndrăgostiți: într-un circuit de cald/rece pe care nu-l pot controla.

Măcar să fim sinceri! Suntem proști! Răi să nu fim!

Nu e delicatețe, e ipocrizie să încerci să înfățișezi totul în cea mai bună lumină. De fapt, nu pe ea vrei să o menajezi, ci pe tine. Tu ești ăla bun care a încercat, dar ceva n-a mers.

Ba a mers, la dracu', a mers și la job, a mers și în piață, până a dat peste tine. Avea mersu' legănatu' / La. Lala Lala.

E mai ușor pentru psihicul oricui să știe că l-a pierdut pe omul de lângă el pentru că „Dragoste la prima vedere" a lui Micolov! Mult mai ușor decât „Unde dragoste nu e, nimic nu e" a lui Gheorghiu! (Niște melodii vechi, nu vă bateți capul.)

Iar dacă totuși nu pleci pentru că a apărut altcineva, ci pentru că nu mai ești fericit/fericită, nu strică înainte să dai vina pe celălalt să te gândești a câta oară se întâmplă asta.

Cum să părăsești pe cineva ușor e simplu. Depinde pentru cine vrei să fie ușor. Poate ai mințit din prima zi și până ieri, dar astăzi n-ai voie să-i spui „Adio" înainte să-i mărturisești adevărul.

Știu, e aproape un arhaism. Suntem în 2017 și nu mai spune nimeni „Adio". Nici adevărul.

Q: A fi sau a nu fi curios/curioasă? Să te uiți sau să nu te uiți în telefonul partenerului?

Să te uiți în telefonul partenerului e ca și când ai vrea să vezi *Portretul lui Dorian Gray*: s-ar putea să descoperi o imagine pe care e mai bine să n-o vezi.

Poate descoperi că nevastă-ta e „Dorina" Gray sau că soțul tău merge la serviciu de plăcere, dar asta n-are legătură cu PowerPoint-ul... Însă indiferent ce descoperi despre partener o să-ți spun ceva despre tine, domnule/doamnă detectiv: ceea ce faci e aproape un delict, un gest urât și te mai și plasează la marginea unei afecțiuni psihice.

Nu crezi?

Ce-ai spune însă dacă, în loc să-i verifici tu telefonul, ți l-ar verifica el/ea pe al tău? Mai ales dacă nu ai nimic de ascuns?

Femeile sunt mai deștepte. Ele trec dintr-o relație în alta cu istoricul mesajelor șters. Bărbații sunt mai fraieri. Ei au mesaje și de acum cinci ani.

Curiozitatea a omorât mai puține pisici decât relații!

Așa că femeia de acum nu rezistă și se uită și la cum ai vorbit cu femeile dinaintea ei și uneori vede că le alintai la fel, le făceai aceleași complimente și – oroare! – le-ai mai spus și altora cele două cuvinte. Dar ce era să facă bietul om? Să-și schimbe complet vocabularul la fiecare iubită? Uite, eu am făcut Litere, dar tot cred că m-am mai repetat chiar dacă în general am avut o singură Prințesă, o singură Pătrățel, o singură Gălușcă și o singură Muză! Până la urmă te întâlnești pe stradă cu zeci de oameni care au același nume! Ce era să zic? Cum te cheamă? Andreea? Nu pot... Că Andreea am mai avut! :)) „S-a mai zis."

Cum te sărută pe tine știe de la fosta. Și? Te sărută bine? În loc să-l cerți poate ar trebui să-i trimiți femeii o sticlă cu vin de sărbători. S-o bea cu următorul elev.

Nu de alta, dar dacă tot te **te grija de unde știe să sărute poate începe și el să-ți pună întrebări legate de nota 10 la oral.

Q: Bărbaţii chiar nu înţeleg femeile? Ba da, le înţeleg pe toate. Mai puţin pe aia pe care o iubesc.

Sau de care sunt atraşi.

Inteligenţa bărbatului este în primul rând logică, iar a femeii în primul rând emoţională. O femeie îşi dă seama, de exemplu, într-un club în care dansează 100 de perechi, care femei i-ar plăcea soţului ÎNAINTE ca el să apuce să se obişnuiască măcar cu lumina!

Femeile îi pot juca pe degete pe toţi bărbaţii interesaţi de ele. Şi la ele se întâmplă, culmea!, la fel: îi joacă pe degete pe toţi şi cred, vor să creadă, orice minciună, oricât de gogonată, dacă le-o spune… cine trebuie!

Cum suntem noi, bărbaţii, în relaţie cu femeile? În general, proşti. Cinci argumente din care cel puţin unul e complet nou pentru tine.

1. „Sugi pula“ e o înjurătură. Ce eroare! Face sexul oral mai greu de obţinut. :) Din fericire doar pentru băieţei. Bărbaţii ştiu că nu există un lucru pe care o femeie îndrăgostită nu l-ar face, doar bărbaţi care nu ştiu cum să ceară.
2. Cele mai frumoase femei au cele mai puţine oferte. E ca la joburi, dacă pun un anunţ pentru postul de Director de Marketing primesc trei CV-uri, dacă anunţ că vreau un şofer primesc câteva sute. Stă fata şi aşteaptă şi până la urmă va alege din cei trei. Iar câteva sute se vor mira ce caută frumuseţea cu urâtul ăla. Ce să caute? Pulă! Ştiu, aveţi şi voi, dar, spre deosebire de cei trei pretendenţi, voi n-aţi avut şi coaie.
3. Criticăm alegerile femeilor de lângă noi, mai ales când nu suntem printre cei aleşi. Femeia superficială e cea care ne refuză avansurile. Curvă e aia care ne-a dat paşi. Proastă e aia care citeşte bloguri ca al meu. Amuzant că eu am peste 30% cititori bărbaţi. De curajoşi ce suntem, doar 10% au dat şi like paginii. :))

4. Nu credem că ne pot juca pe degete. Cele mai multe pot. Și cele mai multe din cele care pot O FAC. Să vă spun că o prietenă este cel mai bun vânzător al unei firme mari de calculatoare? A vândut mai multe servere decât toți colegii ei bărbați. Pentru că ei le dădeau numărul de core-uri, ea le dădea numărul de telefon. Nu poți să bați atâtea cifre. Nici nu știi când ești cucerit și când cucerești, nu-i mai bine să te bucuri de ce ai?
5. Prea mult calculator, prea puțin dormitor! Mulți bărbați înșală virtual aproape zilnic, mai ales că sunt convinși că fac primul pas dacă dau like la o poză. Din păcate prea mulți compară niște poze retușate în Photoshop cu iubita care, așa imperfectă cum este, s-ar putea să fie mult mai bună decât tentația. Vorba unui stand-up comedian: „Pe multe, dacă sunt date dispărute și le caută poliția după poza de profil, nu le vom găsi niciodată!"

Înainte să te gândești la ce vrei, gândește-te la ce ai!

Și înainte să vrei un fresh start, vezi dacă nu cumva și femeia ta vrea unul. Tot cu tine.

Q: Am parte de sex minunat cu un tip neimplicat și mult mai puțin grozav cu unul care m-ar lua mâine de nevastă. Ce să fac?

A: Întrebarea simplificată e „pe care să-l aleg". Desigur, e bullshit. Și eu i-am spus astăzi Muzei ce să aleagă între platforme și stiletto. Eu am ales stiletto. Degustarea la care am fost la Bon Ton a primit-o pe platforme.

Există un banc despre cum aleg bărbații femeile. Cu unul care avea de ales între trei: una specialistă în economie, una în modă și una în bucătărie. Pe care a ales-o? Pe cea cu sânii mai mari. Bancul e clar scris de o femeie care știe cât de simplu e să joci bărbații pe degete. Femeile nu se pot juca pe degete, dar există o altă parte a corpului la care sunt extrem de sensibile. :)

Partea proastă e că ei îi trebuie multe. S-ar duce cu „sufletul", dar trăim într-o lume materială, ar merge după ce i-a spus mama ei, dar mă-sa n-a fost fericită cu ta-su.

Ce să aleagă?

Muza are o vorbă:

#shareifyoudare

NU E SIGURĂ CĂ TE IUBEȘTE? DE FAPT E SIGURĂ CĂ NU TE IUBEȘTE.

Când stai să alegi între doi ori nu iubești pe niciunul, ori ăla pe care îl iubești nu-ți poate asigura și traiul pe care îl vrei. De-aia e bine, fata mea, să ți-l poți asigura SINGURĂ.

Egalitate.

Înțelegi tu...

Egalitatea este ceva ce au vrut bunicile tale crezând că înseamnă că vor avea mai mult. Și a însemnat. Mai mult de muncit (și acasă, și la job), mai mult de gândit (și pentru acum, și pentru viitor), mai mult(e) griji. Și pentru ce fac ele, și pentru ce fac alții.

Pentru că de doi ani n-am mai mințit, o să spun pe șleau: tu, draga mea, ți-ai găsit un bărbat care să tragă pentru tine și unul care să ți-o tragă pur și simplu. Ghinionul e că nu sunt unul și același. Partea proastă e că ăla pe care-l iubești nu te iubește, iar pe ăla care te iubește nu-l iubești. Deci tu nu ai de ales între doi. Tu n-ai niciunul.

Q: Femeia care vine după o dezamăgire. Cum să o iei sau să n-o iei?

Întrebarea asta merge la două capete. Ladies first. *Opinia Muzei*:

Bărbatul care vine după o dezamăgire. Cum să-l iei?

Muza: Dacă vrei să te distrezi, îl iei „din toate pozițiile". Dacă îl vrei pentru mai mult, să știi că nu e momentul! Bărbatul, când iese dintr-o relație de lungă durată dezamăgit, spune „n-o să mă mai ia nimeni de prost!" sau „ce fraier am fost să mă cumințesc, când sunt atâtea femei bune pe care pot să le iau oricând!".

Ei nu-s ca noi, noi vrem să-i dovedim fostului că am găsit pe unul mai bun decât el. Care ne iubește mai mult decât ne-a iubit el. Care ne tratează mai bine. Cu care o să ne măritâm! Și, de drăguțe ce suntem, o să-l invităm la nuntă pe fost. Să jucăm Hora Miresei cu tocuri ascuțite pe inima lui plină de regrete.

Ce mai! Suntem niște drăguțe...

Bărbații în schimb au nevoie de un buffer din fufe. Un „fuffer". :)

Până realizează ei că nu e nicio șmecherie să ți-o tragi în stânga și-n dreapta... Asta dacă sunt, totuși, niște tipi mișto. Altfel și-o vor trage la propriu în stânga și-n dreapta.

Deci, NU.

Radu: Femeia care vine după o dezamăgire.
Cum să o iei sau să n-o iei?

Bărbatul trebuie să fie realmente dat dracului ca să răspundă la prima întrebare pe care trebuie să și-o pună: Sunt noua dragoste a femeii care vine după o dezamăgire sau sunt o simplă marionetă în Teatrul de Păpuși al Răzbunării?

Pare prea diabolic? E OK, pe femeie n-o deranjează dacă o consideri diabolică, ci dacă o consideri proastă.

Nu face greşeala asta!

Ea vrea să-şi pună poze pe Facebook în care să pară fericită, strălucitoare. Şi nu prea merge să apară în ele SINGURĂ.

Asigură-te că nu eşti doar material de selfie!

Să zicem că ştii. Totul e bine? Nici atunci nu este.

Pentru că iei un animal rănit. Ai văzut un căţel trist? Când întinzi mâna să-l mângâi se fereşte pentru că îi e teamă de mâna omului. E obişnuit să primească bătaie, nu dragoste.

Aşa e şi femeia după o dezamăgire.

Unele devin răzbunătoare. Cineva mi-a zis: „Stai să vezi ce-i fac următorului meu prieten!"

Altele exagerat de temătoare. Nici nu vor să ştie cum eşti tu. Vor să ştie că nu eşti precum... celălalt. Şi aşa rămâne fostul mereu între voi. Ca un etalon. Sigur, un etalon al nefericirii, dar tot între voi este. Nu trebuie să cazi în capcana asta.

Nu trebuie să plăteşti greşelile pe care nu le-ai făcut! Nu dai teste. Dai suflet. Iar ea trebuie să aprecieze sau să plece.

Femeia care se uită prea mult în trecut... nu are niciun viitor.

Q: La ce ar trebui să te aştepţi când mergi la un psiholog? Şi la ce te aştepţi de fapt.

În primul rând să nu crezi că e prima dată când te întâlneşti cu un psiholog... Acum e prima oară când vrei tu să te întâlneşti cu unul. Până acum au vrut ei.

Să te întâlneşti cu un om înseamnă de cele mai multe ori să te fi întâlnit cu ideile lui. Corpul e doar o coajă.

Ce-ai face dacă ţi-aş spune că te-ai mai întâlnit cu cel puţin zece psihologi cât ai fost elev? Chiar dacă imaginea clasică a psihologului este cea din terapie, mulţi psihologi sunt implicaţi în cercetare. Oamenii în cauză sunt chiar plictisiţi de ideea că ar putea trata cazuri care de mult ori sunt déjà-vu-uri şi sunt mult mai atraşi de domenii cum ar fi pedagogia. Cum să ne învăţăm copiii astfel încât să le folosească la ceva. Și să le chiar placă. Da. E o psihologie și în asta.

Ca în *Star Wars,* există o parte și o parte întunecată a forței. Magie albă și magie neagră. Psihologie albă și psihologie neagră.

Cine spune că manipulezi un om doar prin minciună?

Când îl convingi cu argumente nu e tot manipulare?

Da. Ai tot fost la psiholog, doar că nu ți-ai dat seama.

Până și jocurile de noroc de bazează pe psihologie. Da, chiar și amărâtele de „păcănele“, nu doar cazinourile.

S-ar putea să te mai fi întâlnit cu unul când te-ai angajat. Cei mai mulți specialiști de HR au psihologia la bază.

La fel și mulți dintre asistenții de vânzări în categoria produse de lux. Îți aduci aminte când ai dat ultima dată o sumă mare de bani pe ceva neplănuit? Și erai într-o stare de euforie? Ți-a trecut mai târziu. Știu.

Practic oriunde întorci capul vezi psihologie. De la reclamele TV și până la această carte. Mereu te-ai întâlnit cu câte un psiholog, iar motivația a fost de cele mai multe ori a lui sau a angajatorului lui. Unii au vrut să te ajute, alții doar să-ți vândă câte ceva, să-ți planteze în minte o idee, o dorință... și să ți se pară că sunt ale tale.

Când ai ieșit să-l votezi pe Klaus Iohannis, dar, de fapt, votai ÎMPOTRIVA lui Victor Ponta, tot un psiholog te-a scos din casă. Jos pălăria în fața lui, că m-a scos și pe mine!

Când ai ales între trei produse cu prețuri diferite, te-ai întrebat de ce erau pe același raft?

Când intri într-un magazin și primul lucru pe care îl observi este o anumită pereche de pantofi, ai observat și lumina direcționată care e așezată cu precizie pe acea zonă? Da. Tot munca unui psiholog.

Culorile la modă anul acesta, muzica, lansarea noului iPhone, succesul Tesla și eșecul Nokia, toate au și o componentă importantă de psihologie. Să fim serioși: câți oameni citesc specificațiile unui telefon? Puțini. Câți le înțeleg? Și mai puțini. Diferența dintre a cumpăra şi a nu cumpăra este că unele sunt obiecte şi altele sunt dorinţe. Nu compari un scaun cu un tron!

Ai început să te simţi „singur printre psihologi"? Nu e cazul. Singur printre ingineri te simţi? Nu. Şi totuşi eşti înconjurat de echipamente despre care nu ştii cum funcţionează. Acum ai aflat că şi tu eşti unul dintre ele. Dar ai trecut la următorul nivel. Începi să înţelegi că nu înţelegi.

Acum te întâlneşti cu psihologul pentru că vrei tu. Nu din întâmplare. Sper că nici forţat de prieteni, mamă, soţie. La ce să te aştepţi?

Să nu te aştepţi la o întâlnire cu el! Ci la o întâlnire CU TINE!

Când mergi la un medic generalist e perfect adevărat să spui că tu ai problema şi el are răspunsurile. Psihologul nu are răspunsurile. Tot tu le ai. Şi atunci de ce să mai mergi?

Cunoaşte-te pe tine însuţi este un dicton antic care – îndrăznesc să spun – ar fi trebuit să fie a 11-a poruncă. Sau prima. Cunoaşterea aceasta nu este însă cu nimic mai uşoară decât cunoaşterea lumii! E mai uşor să ştii geografie decât psihologie! Munţii şi fluviile se mişcă mai încet decât gândurile. Mările se transformă în deşerturi mai previzibil decât punctele tari ale omului în slăbiciunile lui.

Psihologia este un domeniu 100% vocaţional. Poţi să citeşti TOT ce s-a scris despre ea şi totuşi să nu înţelegi NIMIC. Sau să înţelegi tot, dar să nu poţi pune mai nimic în aplicare.

Deşi psihologia NU se bazează pe bun-simţ, ci pe metode ştiinţifice de studiu, totuşi succesul terapiei ţine mai mult de experienţa de lucru decât de educaţia academică. Cu alte cuvinte, contează mai puţin câte titluri are un psiholog decât câte a avut... cazuri.

Încă şi mai obscură este aprecierea calităţii muncii lui, când psihologul nu are voie să-ţi prezinte alte cazuri, el având mai multe în comun cu un duhovnic decât cu un medic.

Şi atunci? La ce să te aştepţi când mergi la un psiholog? Îţi foloseşte?

Categoric DA.

Toată lumea știe că iubesc psihologia, dar îi detest pe psihologi. Și atunci? De ce spun că este util?

În primul rând, așa cum am spus deja, psihologia ține de vocație. Deci vom numi PSIHOLOG un om care și-a dorit să cunoască psihicul uman cu o pasiune dublată de rațiune, nu orice cetățean care a ales acest drum pentru că și-a dorit o viață bună. Nu e nimic nou sub soare că, într-un domeniu din care se câștigă bine, vor veni mii de impostori în căutarea stabilității financiare. Viața unui psiholog numai stabilitate nu caută când el pune sub semnul întrebării toate resorturile vieții, inclusiv banii ca motivație, viciu sau scop.

În al doilea rând, dacă mergi la psiholog ca la un Dumnezeu, e util să afli că e doar un om.

Și în al treilea rând este extrem de util ca gest în sine. Omul aplecându-se asupra lui însuși. Oprindu-se din alergat ca să se uite în jur, apoi în sine. E deja un gest care presupune că înțelegi că impulsurile pe care le primești din interiorul tău s-ar putea să-ți fie la fel de străine ca îndemnurile din afară. Simplul fapt că te interesează psihologia și că vrei să te cunoști pe tine însuți realizând că ai 20 sau 30 sau 40 de ani și nu te știi... este un mare pas înainte. Vorba ceea, „ca să realizezi că ești prost trebuie să-ți meargă mintea“.

Mergi la psiholog nu pentru că el are răspunsurile. Nu are nici măcar întrebările. Mergi la psiholog pentru că este o călăuză. Nu știe drumul, dar știe să-l caute. Și e dispus să facă drumul acesta cu tine, prin continentul necunoscut al celui mai intim și ascuns loc din ființa ta. Mulți vor fi șocați. Cum? Psihologul nu are răspunsurile? Nici măcar întrebările? Păi, eu am văzut la televizor că știe ce să te întrebe! Am citit în cărți despre teste!

Corect. Ați jucat vreodată șah?

Primele mutări par de o simplitate totală.

Nu doar par. Sunt. De aceea există deja „deschideri“, succesiuni de mișcări inițiale care se fac MEREU LA FEL.

Aşa e şi în psihologie. Primele întrebări, primele căutări sunt la fel. Pentru că există locuri comune unde s-au căutat şi în proporţie destul de mare s-au găsit problemele. Dar jocul de şah nu se termină repede decât atunci când joci cu un oponent foarte slab. La fel şi psihanaliza. Ajungi repede la soluţie când nu prea aveai... problemă.

Comparaţia cu şahul e îndreptăţită până la niveluri de lectură foarte subtile. Cei mai mulţi campioni de şah au fost puţin... nebuni. Şahul în sine este un domeniu în care înveţi bazele în câteva minute, dar, ca să-l stăpâneşti, nu-ţi ajunge o viaţă. Şi nu în ultimul rând, jocul de şah câştigă în complexitate datorită interacţiunii celor doi. Subliniez. DOI. Nu trei. Ceea ce ne duce mai departe la primul caz de denaturare în scop mercantil a psihologiei:

Q: Să merg cu soţia la TERAPIE DE CUPLU?

Muza:

Eu aş prefera o vacanţă.
Apropo:

#shareifyoudare

CÂND O FEMEIE ÎŢI SPUNE „AM GĂSIT UN SPECIALIST ÎN TERAPIE DE CUPLU ABSOLUT SENZAŢIONAL"... ÎNSEAMNĂ CĂ I-A DAT DREPTATE EI.

Orice bărbat care îi face pe plac soției, fie și printr-o vizită la un cabinet de „terapie de cuplu“, marchează un punct enorm: demonstrează că vrea să le fie bine. Eu una probabil că m-aş și răzgândi dacă-l văd așa cooperant. De ce să mai mergem? Nu e mai ieftină o plajă în Grecia? Chiar și în Bali! Mergem doar noi doi sau cel mult cu alți prieteni CUPLAȚI. Cei singuri nu-s cel mai bun ajutor când vrei să refaci un cuplu și nici lor nu le e foarte bine într-un grup de porumbei verighetați! Acolo vom bea, vom spune prostii, ne vor scăpa câteva adevăruri și ne vom întoarce aproape sigur mai bine.

Dacă nici în condiții de rai pe pământ nu vă mai înțelegeți, în jungla de beton din oraş nici atât.

Radu:

Deși sunt un mare iubitor de femei, aici trebuie să recunosc deschis: bărbații plătesc la curve și femeile la psiholog din același motiv. Să se descarce.

#shareifyoudare

ELE CAUTĂ UN BĂRBAT
CARE SĂ LE LASE
SĂ VORBEASCĂ.
EI CAUTĂ O FEMEIE
PE CARE SĂ NU FIE NEVOIȚI
SĂ O ASCULTE.

El şi ea sunt încă în faza în care se cred deştepţi pentru că nu ştiu cât sunt de proşti, deci nu pot fi consideraţi vinovaţi de nimic. Îmi vine însă extrem de greu să cred că psihologii care practică terapie de cuplu sunt la fel de nevinovaţi.

Ei ştiu că unul dintre stâlpii pe care se bazează succesul psihologiei este INTIMITATEA. Ca metodă de tratament pentru nevroze date dracului, nu fandoseli domestice, psihologia a pus mereu analistul într-o postură discretă, de cele mai multe ori în spatele psihanalizatului. În acest mod, dialogul părea mai mult cu sine, cu propria conştiinţă. Se încerca un dialog nu între doi oameni, mai mult un fel de „un om şi jumătate". Când a apărut al treilea?

Prezenţa publicului denaturează. Rezultatul experimentului e altul când îl faci cu public. În situaţia noastră fie unul dintre cei doi, fie psihologul devine public sau, mai grav, judecător.

Ştiu că v-aţi gândit de multe ori la asta şi vă confirm că e adevărat. Mulţi merg la terapie de cuplu ca la judecător. Să spună psih-decătorul cine are dreptate! Şi asta pentru că se caută mai degrabă să se identifice vinovatul. Nu soluţiile.

Nu există profesionist pe lumea asta care să nu ştie că nu asta e menirea psihologiei. Şi totuşi există zeci de cupluri care au fost la terapie şi s-au întors cu un răspuns tranşant: „Mi-a dat dreptate."

Nu doar în România! Oare chiar atât de mare să fie superficialitatea lumii în care trăim, încât să începem să tratăm un pacient doar ca pe un client oarecare?

Mai ales când este general acceptat că un cuplu ajunge la terapie când deja nu se mai poate face nimic? Unele studii relevă că oamenii au ANI DE NEFERICIRE ŞI CERTURI ÎNAINTE SĂ APELEZE LA UN PSIHOLOG.

Eu cred că ar trebui să apeleze la ei doi. Fiecare trebuie să-şi rezolve problemele INDEPENDENT, iar terapia de cuplu să însemne pur şi simplu redescoperirea a tot ce i-a adus împreună. Da. Fiind numai ei de faţă.

Argumentul meu? Cum crede cineva să o femeie abuzată fizic sau verbal va vorbi de față cu abuzatorul? Sau de față cu același psiholog cu care se va întâlni și soțul ei, în cazul în care au sesiuni separate? Ca să vă dați seama că am dreptate nu e nevoie să fiți în domeniu, doar să fiți în toate mințile!

Exceptând cazurile privind oameni care pur și simplu nu se mai iubesc, dar continuă să se poarte în limitele a ceea ce numim normal, în multe altele, psihologul ar trebui să-și decline competența. Ea aparține unui psihiatru sau direct poliției. Din păcate, nici psihiatria și nici poliția nu pot ține locul echilibrului pierdut în individ, scopul lor fiind mai degrabă să izoleze individul pentru a păstra echilibrul societății.

Q: Ce își doresc femeile?

A: Se pot scrie cărți întregi doar cu bancurile pe această temă. Două dintre ele chiar merită atenția.

Se zice că un bărbat a prins peștișorul de aur.

Un peștișor mai mic, care îndeplinea o singură dorință.

Bărbatul i-a cerut să-i facă o autostradă de la locul lui favorit de pescuit și până acasă.

Peștișorul a zis: E prea greu, trebuie să fac cinci poduri! Cere-mi altceva!

Bărbatul s-a gândit un pic și a zis: OK, atunci vreau să știu ce-și doresc femeile.

La care peștișorul: Auzi? Câte benzi vrei să aibă autostrada aia? :)

Al doilea banc e cu cercetătorii britanici. Aceștia au studiat 20 de ani și în sfârșit și-au dat seama ce vrea femeia. Dar, la cinci minute după această descoperire, femeia s-a răzgândit.

Al doilea banc nu e banc. Cine dintre noi, fie bărbat, fie femeie, vrea același lucru în fiecare zi? Poate îl vrea dacă nu-l obține. Însă toți tindem să dăm mai puțină importanță lucrurilor pe care le avem decât celor pe care nu le-am obținut încă! O mobilă nouă, o mașină nouă, un telefon nou, un iubit…

În general, fetele își doresc să fie femei, iar femeile își doresc să fie confundate cu o fată de liceu.

Psihologia de astăzi vorbește, din păcate, despre femeia de ieri. Când, într-adevăr, femeia își dorea stabilitate și o vedea realizată printr-un bărbat ale cărui sentimente pentru ea să fie stabile.

Acum chiar și pițipoancele care nu au nici măcar un leu în cont care să nu vină de la un sponsor își doresc să fie femei puternice și independente!

Nu e nevoie să mă credeți. E suficient să vă uitați în jur fără idei preconcepute. Doar foarte curioși. Ca și când ați vedea lumea prima oară.

E un exercițiu minunat.

Cine sunt oamenii de lângă tine și ce vor ei?

Nu presupune! Întreabă!

Femeile își doresc independența tocmai pentru că generații de-a rândul și-au dorit stabilitate și ocrotire de la bărbați și au văzut că nu au pe cine să se bazeze. Multe și-au dorit să plece, dar după zece ani și doi copii n-aveau unde să se ducă. Expresia folosită era „Cine te mai ia?".

Inamicul femeii nu e bărbatul. Inamicul femeii e femeia mai tânără. :)

De ce ar fi trebuit să te ia cineva? De ce să nu te descurci singură?

Pentru generațiile de femei de atunci era prea târziu să mai facă o schimbare și nici societatea nu le favoriza.

Nu se poate să nu cunoașteți măcar o persoană care a rămas într-o căsnicie „pentru copil". Sunt 40% șanse ca acea persoană să fie mama ta.

Femeia din secolul al XXI-lea vine cu o dorință imensă de revanșă. Emoțional, ea este în continuare atrasă de bărbat, logic, își dorește mai multe asigurări că va fi bine și nu le mai vrea de la el, le vrea de la o carieră, le vrea de la un statut, le vrea de la sine însăși.

Nimeni nu mai consideră că este un titlu de glorie să fii „soția lui X". Dacă divorțați? Tu ce rămâi? Fosta soție a lui X? Și chiar și cât totul merge bine, ce o să-ți pui pe cartea de vizită? Soția patronului?

În esență, femeile vor, în 2017, ce vor și bărbații: **stabilitate financiară**, **aventură în emoții** (nu plictiseală maritală), **își doresc să conteze** și **să fie fericite.**

Nu e nimic surprinzător, dar câți bărbați au făcut măcar un pas să-și ajute iubitele să atingă trei din aceste patru scopuri? Acei bărbați n-au nevoie să citească acest capitol. Ceilalți ar fi bine să-l tocească mai ceva ca la școală.

#shareifyoudare

PE NIMENI NU INTERESEAZĂ „CE ÎȘI DORESC FEMEILE". DOAR „CE ÎȘI DORESC FEMEILE DE LA BĂRBAȚI".

Nu te interesează ce-și doresc de la timpul probabil, că n-ai cum să faci să nu mai plouă, nici să ningă de Crăciun. Înainte de orice, femeia este un mic animal. Ea își dorește (indiferent de vârstă) SEX. Cum nu toate au crescut în același mediu, unele n-ar recunoaște nici picate cu ceară că vor sex, iar altele, la polul opus, ar face orice să se vadă. Dovadă că la balul de absolvire în anii 1990 toate păreau prințese, iar acum cele mai multe par prostituate.

Există chiar un soi de bitchy-chic, în vreme ce stilul elegant e considerat prăfuit.

Această dorință a femeii nu este doar un basic instinct. Este cel mai puternic impuls care i-a mai rămas către bărbat la început de secol XXI. În contextul în care cele mai multe își sacrifică timpul și energia pentru o carieră corporate care să-i asigure stabilitatea financiară, acest rol i-a fost furat bărbatului.

Nu vei găsi asta în nicio carte de psihologie, nu pentru că psihologii nu știu că această schimbare s-a produs, ci pentru că sună scandalos să spui:

Rolul bărbatului ca principal susținător al familiei este istorie. Femeile sunt căsătorite, din acest punct de vedere, cu jobul.

Este o decădere brutală a bărbatului pentru că există două pulsiuni esențiale în orice ființă umană: prima este instinctul de conservare, iar a doua este instinctul sexual. Cu prima, bărbații nu mai au de-a face decât tangențial în viața femeii. Înainte, bărbatul îi ținea locul lui Dumnezeu pe pământ într-o familie. El dădea și el lua după cum îi era voia.

Chiar dacă mai există femei dependente de bărbații lor, ele nu mai sunt regula. Sunt excepțiile.

A doua pulsiune, instinctul sexual, este singura care mai leagă femeia din lumea modernă de bărbat.

Feminismul a schimbat, practic, ce vor femeile de la bărbați cum a schimbat Brătianu în 1905 ce voia România de la alții. România nu mai voia nimic. Programul se numea „Prin noi înșine!“.

Să nu ne ferim de cuvinte, femeia se masculinizează.

Funcția creează organul în toată lumea biologică, așa că e imposibil ca o femeie care face munci de bărbat să-și păstreze nealterată feminitatea! Cel puțin, feminitatea așa cum o știm noi. Și nu vorbim doar de munci fizice, ci și de cele „de birou“, unde femeile renunță de bunăvoie chiar și la viața personală, cu atât mai ușor la cochetărie din dorința de a fi luate în serios.

Teoria Muzei:

De această transformare a femeii este responsabil bărbatul, fie că-i place, fie că nu. Bărbatul secolului al XIX-lea cultiva politețea, știa să-i facă femeii curte și la propriu și la figurat și o punea într-o lumină aparte.

Chiar dacă poveștile de dragoste eșuau adesea în platitudinea căsniciei, măcar începeau ca un roman de dragoste!

Secolul al XX-lea a adus revoluția sexuală, care și-a dorit să rezolve unele probleme și a făcut-o creând altele. Femeia devenea un soi de partener cu drepturi egale cu bărbatul, ceea ce în multe cazuri s-a dovedit a fi o eroare, pentru că mersul la serviciu este mai mult o obligație.

De multe ori mi-a venit să întreb femeile, la întâmplare, pe stradă, la supermarket și mai ales la job: Ce mai faci? Chiar îți place viața ta? E mai bună decât viața mamei tale, care s-a plâns că este casnică și stă cu copilul? Tu ai ajuns să nu ți-l prea mai vezi. Oare chiar e mai bine?

Ce-și mai doresc femeile de la bărbați, dacă tot au ajuns să le facă treaba?

Un copil.

Uneori vor un copil înainte să-l fi găsit pe ta-su. Cum de ce? Femeile își doresc ce au fost învățate să-și dorească! De mici s-au jucat cu păpușile, așa că sunt programate să-și dorească un copil. Indiferent ce vor zice feministele, copilul nu putem să ni-l facem singure. Deocamdată. Dar putem să ni-l creștem singure. Uau, ce avantaj! O altă păcăleală care spune că e o mare șmecherie la cine rămâne ăla mic, un adevărat premiu!

Bărbații ne-au tras-o, de data asta la figurat: nu doar că am preluat din obligațiile lor, dar nici n-am scăpat de ale noastre.

În drumul spre acel copil ne dorim un pat bine șifonat. Toate avem fantezii, iar cele mai cuminți le au în general pe cele mai multe pentru că mereu va exista un echilibru între ce ai și ce vrei: cu cât ai mai puțin, cu atât vrei mai mult.

Cum credeți că se explică succesul *50 Shades of Grey*?

Femeile citesc despre ce își doresc. Cele mai îndrăznețe mai aduc puțin din condimentul găsit în cărți sau filme în viețile lor. Celelalte se așază doar cu burta pe carte, nu și pe un bărbat.

#shareifyoudare

CE CALITĂȚI VREM SĂ AIBĂ
BĂRBATUL?
PE TOATE!
DUPĂ CE ÎNTÂLNIM MAI MULȚI,
ÎNCETĂM SĂ MAI CĂUTĂM
UNUL CARE SĂ AIBĂ
TOATE CALITĂȚILE ȘI NE
CONCENTRĂM SĂ GĂSIM UN
BĂRBAT CARE SĂ NU AIBĂ
TOATE... DEFECTELE.

Partea a doua

În general, femeia are ultimul cuvânt.
În această carte îl are pe primul

Ce contează, de fapt, în viață?

Sunt momente când timpul pare că se oprește în loc sau doar că trecerea lui nu mai are sens. Când stai încremenită în fața inevitabilului, neputincioasă în fața unui final brutal și nimic nu mai are rost.

Oamenii se mișcă în jurul tău. Repede. Ca un uragan. Și tu ești în mijlocul lui. Ei fug la serviciu, la școală să-și ia copiii, la ședințe care îi plictisesc, la interviuri de angajare, la popă să promită dragoste veșnică, la doctor când realizează că nimeni nu trăiește la nesfârșit, iar viața e o lacrimă care alunecă pe un fir de păr.

Blocurile se învârt în jurul meu, cu fotografiile bine retușate ale reclamelor din care influenceri larger than life încearcă să mă convingă că viața poate să fie mai bună cumpărând. Zâmbetele lor sunt mari cât o dubă. Niciunul dintre produsele lor nu-l poate aduce înapoi pe tata.

Știți... pentru mine, tata a fost un mare influencer.

Mama s-a uscat. Nu mai are lacrimi. Eu plâng ca proasta, mirându-mă cum poate să meargă în zece locuri ca să rezolve tot ce trebuie rezolvat. Viața nu-ți dă timp să-ți plângi morții. Tata, plecând pe ultimul drum, ne-a pus pe toți pe drumuri!

Ce contează, de fapt, în viață?

Și cine?

Părinții care îți dau bani să-ți mobilezi jumătate de casă sau vedetele care îți spun de unde să-ți iei mobila?

#shareifyoudare

> AȘTEPT ÎNCĂ MOMENTUL CÂND
> O PREZENTARE DE MODĂ
> VA SCOATE PE CATWALK FEMEI
> CU PUNGI DE SUPERMARKET
> ÎN MÂNĂ,
> FEMEI ÎMPINGÂND CĂRUCIOARE,
> FEMEI STRÂNGÂND LA PIEPT
> ȘCOLARI.
> SEMNIFICATIVE, NU FIGURATIVE!

Aștept un salon auto.

Cu mașini de pompieri.

Cu ambulanțe.

Și șoferi care n-au condus niciodată pe un circuit, dar concurează zilnic cu moartea. Hai să vedem cine ajunge mai repede la un bolnav! Hai să vedem cine intră primul într-un incendiu!

Nu o cupă ține învingătorul deasupra capului, ci un copil înfășurat într-o folie mai strălucitoare decât aurul. Și mult mai importantă.

Viața intră în prelungiri. Știi cât de mult mai contează o zi? Când n-ai reușit să spui tot ce aveai de spus cuiva care pleacă pe neașteptate. A fost mereu acolo și te-ai gândit că tot ce-a fost va mai fi. Uite că nu mai este!

Mi-aș fi dorit ca tata să fie din fier. Să-l pot duce la reparat.

La kilometrul 220 mașina noastră a suferit un infarct. Exact ca tata. Nu? Motorul e inima mașinii. Dar ghici ce! Putem să-i punem alt motor. Altă inimă pentru tata nu am unde să găsesc.

Mașinile astea! Ce norocoase! Poți să le resusciți!

Am privit-o plecând pe platformă, cum l-a luat salvarea pe tata, și mi-am dat seama că sunt multe asemănări.

Vârsta. Nu știu cât înseamnă 77 de ani în car-years.

Și mașina a dat semne. Nu a dus-o nimeni la doctor.

După ce că știam că nu știu mare lucru despre viață, acum mă întreb ce știu despre moarte. Mori de două ori? A doua oară când ești uitat. Sau asta e prima oară? Când ești uitat, de fapt? Când nu mai exiști sau când nu mai folosești?

E normal ca fiicele să plece. Să-și găsească un drum. Și dacă „drumul" ăsta nu prea mai dă pe acasă?

La apariția primului volum din *Psihologie pentru oameni obișnuiți*[1], tata era în viață. Acum citești volumul al doilea, iar lumea are un tată mai puțin. Al meu. Cât de subțire e linia dintre viață și moarte! Aceste două pagini ale aceleiași foi. La pagina 77, ești viu. Nu o să citești niciodată ce scrie la pagina 78.

Ce contează, de fapt, în viață? E o întrebare doar pentru genii? Eminescu să ne judece?

Cred mai mult decât oricând că nu avem timp pentru un număr infinit de greșeli.

Cred mai mult decât oricând că există „prea târziu". Trebuie să înțelegi înainte să alegi! Să vizualizezi drumul înainte să pierzi jumătate din viață într-o fundătură.

Pentru mine, contează în viață doar ce îmi face plăcere și ce mă ajută să mă dezvolt. Să învăț. Ideal este să învățăm ceva ce ne face plăcere. Sper să găsiți în această carte câte ceva din amândouă.

---

1. Volumul la care se referă autorul aici a devenit Partea întâi a acestei cărți, iar volumul al doilea a devenit Partea a doua. (*N. red.*)

Știm că nu știm

Într-o carte numită *Casa cu o mie de etaje*, personajul se trezește fără să știe cine este, unde se află și ce anume trebuie să facă acolo. Pare exotic, dar adevărul este că și noi ne naștem fără să știm cine suntem, unde suntem și care e scopul nostru pe pământ, această *Casă cu o sută de mii de etaje*.

Dacă personajul din roman își găsește menirea în trei sute de pagini, noi, în o sută de ani cât sperăm să trăim, nici nu ne-o prea căutăm.

Mulți cred că știu cine sunt pentru că știu cum îi cheamă. Sunt Ionescu, Popescu sau Constantinescu. Dar, înainte să se inventeze toate numele, cine aș fi fost? Un necunoscut și pentru mine însumi. Într-un ținut la fel de necunoscut și nenumit.

Dacă te-ai fi născut în altă familie? Ai fi fost un altul?

Dar dacă te-ai fi născut musulman?

Știu cine sunt pentru că știu ce naționalitate am.

Și ce este o națiune?

Nu cumva patriotismul este o escrocherie sentimentală? Țara ta e țara ta, mai ales atunci când trebuie să o aperi. Când aștepți beneficii, afli că ele nu se împart cu la fel de multă dărnicie ca locurile din linia întâi.

Știu cine sunt pentru că îmi știu rasa. Sau specia. Sau știu că sunt viu. Toate sunt lucruri pe care OMUL LE-A INVENTAT. Noțiuni care au sens pentru noi și s-ar putea să nu aibă niciun sens la nivelul universului.

Ai dreptate! Tocmai ți-ai dat seama că mulți oameni din jurul tău nu știu că nu știu. Tocmai ai realizat că problema nu este că „lumea nu citește“. E mai grav că nu ne mai punem întrebări!

#shareifyoudare

CHIAR ȘI ÎNTREBĂRILE LEGATE DE RELAȚII PORNESC GREȘIT DIN START!
CUM POȚI SĂ ȘTII CE E DRAGOSTEA DACĂ NU ȘTII CE E OMUL?

Concluziile noastre, pe care unii le acceptă nemestecate, iar alții le scuipă fără măcar să le guste, se bazează pe observație. De asta prețuim enorm cea de-a treia categorie: cei care gândesc pornind de la cărțile noastre și nu sunt cititori pasivi.

Cei care acționează pornind de la gânduri atent cântărite. Și la fel de atent cântărite sunt și acțiunile lor.

Am primit multe mesaje în care ni se spunea: „Datorită vouă am dat un telefon care mi-a schimbat viața." Am mulțumit de fiecare dată într-un mod mai bizar. Le-am răspuns: „V-ați schimbat viața pentru că ați știut și ce să spuneți la telefonul acela."

Dacă ați luat cartea aceasta doar pentru o lectură relaxantă, vă recomand să o închideți chiar acum și să o faceți cadou. Pentru că numai relaxant nu e să știi că nu știi. Cei mai mulți oameni își trăiesc viața „pe pilot automat". Trezirea te va însingura într-un câmp de roboți.

Mai există o categorie: cei care trăiesc cum li se spune. Eliberarea te va pune în contradicție cu armate de sclavi!

#shareifyoudare

IGNORANȚA ARE
AVANTAJELE EI.
INTEGRAREA SE NUMĂRĂ
PRINTRE ELE.

Dreptul de veto al Muzei

De mică, atunci când trebuia să spun „Tatăl nostru", aveam o problemă cu asta! Mi se părea că noi, oamenii, suntem orfani. Așa se poartă un tată cu copiii lui? Nu le vorbește, îi pedepsește omorând cu miile? Ce-i drept, are și mulți.

Nu am crescut într-o familie perfectă. Tata era „un dumnezeu mai mic" care dădea. Uneori cadouri, alteori bătaie, dar niciodată nu am simțit că viața noastră nu ar fi fost bunul cel mai de preț pentru el.

Radu consideră că tot ce este în jurul nostru, cu mici excepții, este construit ca să ne distragă de la adevărul brutal că suntem prizonieri. Ca la Alcatraz. Închisoarea e planeta, gratiile sunt forțele gravitaționale, iar apa din jur e vidul cosmic. La fel ca la Alcatraz, unde, chiar dacă evadezi, te îneci, și de pe Pământ, dacă evadezi, o să mori înghețat sau sufocat într-un loc unde nimeni nu o să te audă când strigi după ajutor.

Vă daţi seama cum s-au întâlnit gândurile mele, că suntem abandonaţi de creator ca de nişte părinţi care pot să procreeze, dar nu-s capabili să te crească, cu ideile lui Radu? Combinaţia dintre noi este de Spitalul 9! Un loc unde e greu să spui dacă nu cumva cei care au înţeles sunt ascunşi de nebunii aflaţi în „libertate“ care n-au înţeles.

Şi totuşi, deşi punctele de plecare seamănă, concluziile mele sunt diferite de ale lui Radu.

Pământul e o închisoare. Dar nu-i aşa că, în unele zone, am amenajat-o foarte frumos?

Timpul ne distruge? Bătrâneţea e o bombă cu ceas? Sigur că da. Nu sunt doar în pat cu duşmanul, este la mine în corp, dar nu-i aşa că am reuşit să naştem pasiuni care eternizează secundele?

Nu avem răspunsul la întrebările esenţiale? Categoric! Şi adesea mi se pare că ni se ascunde acest răspuns cu atât mai bine cu cât ne apropiem mai mult de el. Universul stă cu spatele la om. Suntem furnici, dar putem alege să privim către nepătruns şi etern şi să ne simţim aşa cum vrea universul să ne simţim, sau putem să-i întoarcem spatele şi noi. În lumea noastră, putem să fim giganţi în universurile pe care ni le-am creat. De exemplu Universul Artelor! Vă aşteptaţi la asta de la o pictoriţă, nu? Am creat atâtea opere de artă care sfidează timpul, încât simpla lor enumerare ar dura o viaţă de om. Iar întâlnirea cu ele i-ar umple viaţa asta de bucurie.

Este foarte posibil ca sursa vieţii noastre să nu fie aşa de binevoitoare cum vrem să credem. Vă daţi seama ce satisfacţie îi provoacă aceia care încearcă să o înţeleagă? Şi cât de tare o enervează cei care îşi caută doar fericirea lor „măruntă“ şi îşi trăiesc viaţa.

Da, sunt o „furnică hedonistă“! Vă place cât de frumos mi-am aranjat muşuroiul?

E bine să ştim că nu ştim, dar e important şi ce facem cu această „informaţie“.

Ce contează, de fapt, în viaţă?

Avem oameni care spun că este SĂNĂTATEA. În timp ce trag tacticos din țigară.

Alții spun că INTELIGENȚA. După care o separă în IQ și EQ. Inteligența asta emoțională este un fel de șiretenie. O capacitate de adaptare care poate să servească orice scop, mai ales unul negativ.

Știința poate să fie o armă sau o unealtă, depinde de ce parte o apuci.

BANII? Am întâlnit atâția bogați nefericiți, încât uneori te întrebi dacă e bine să mai începi orice fel de afacere. Poate e ca la alcool. Cât să bei să-ți fie numai bine?! Cât să câștigi să-ți fie numai bine?!

Odată cu veniturile... cresc și pretențiile. Mereu o să fie ceva mai bun. Sau mai nou.

#shareifyoudare

CHIAR ȘI ATUNCI CÂND OMUL O SĂ PRIMEASCĂ ÎN DAR O FERICIRE INFINITĂ, TOT S-AR PUTEA SĂ-ȘI MAI DOREASCĂ UNA. DACĂ NU SE POATE MAI MARE, MĂCAR LA FEL.

Știu că nu știu. Știu că nu știu ce e omul, nici măcar omul de lângă mine. Când eram o fetiță neastâmpărată și nu știam cum se formează curcubeul, asta nu mă împiedica să mă opresc și să strig: „Uite un curcubeu!“ Și eram fericită toată ziua. Le povesteam tuturor, că nu aveam telefon să-i fotografiez! Acum mă enervez că poza nu reuşeşte să redea frumuseţea întreagă şi nici explicaţia ştiinţifică nu prea ajută poezia.

La fel e şi cu alte bucurii în viaţă. Când le diseci, îşi pierd tot farmecul.

Formula evaluării corecte a dorinţelor: ΔT × e = D

Romanele siropoase au transformat cuvântul „dorinţă" în ceva care ţine doar de carnal. Uite că orice bărbat poate să-şi dorească şi altceva în afară de femeie. Să fiu mai înalt, să învăţ germană, un cont în care cel mai lung număr să nu mai fie IBAN-ul, noul BMW electric, o casă nouă, un câine (fără aluzii, vă rog) sau să am din nou 20 de ani şi mintea de acum.

Desigur, adesea, acestea sunt dorinţe secundare, borne de atins în calea spre dorinţa de femeie. Mai ales acel gen de femeie impresionată de mărimea acareturilor bărbatului, indiferent dacă vorbim de casă, de maşină, de avere sau de altceva...

Şi totuşi pot să-mi doresc să câştige echipa favorită. Asta sigur nu o vreau pentru a impresiona o femeie. N-am auzit replică de agăţat de genul „ştii... eu ţin cu Barcelona".

Am vorbit literalmente cu mii de oameni pe net şi sute de oameni faţă în faţă despre ce îşi doresc cel mai tare. Într-o proporţie covârşitoare, când i-am întrebat ce îşi doresc, mi-au vorbit despre ce voiau să obţină. Foarte puţini despre ce îşi doreau să păstreze. Motiv pentru care cu mulţi dintre ei am mai avut cel puţin o discuţie, despre ce îşi doreau să recâştige.

Adevăratele dorinţe sunt cele pentru care eşti gata să lupţi mult timp. Poate chiar ani. Poate chiar toată viaţa.

Am notat timpul petrecut în urmărirea unui scop cu Δ T.

Adevăratele dorinţe sunt cele pentru care eşti gata să munceşti oricât. Să-ţi pui pe masă ca miză toată energia. Efort şi bani, pentru că văd banii ca pe nişte baterii care au înmagazinat un efort anterior. Am notat acest cumul de energie cu e.

Timpul alocat înmulțit cu energia îți dă dimensiunea dorinței. Am ales înmulțirea pentru că dacă oricare dintre ele (energie sau timp) are valoarea zero... și dorința ta tot un zero este.

Formula noastră însă nu se aplică doar până când ajungi unde ți-ai dorit. Dacă timpul alocat și energia cheltuită se reduc la zero după ce ai obținut ce-ai vrut înseamnă că dorința a murit. Lucru care se întâmplă frecvent cu bunurile materiale și de-asta nimeni nu mă va opri să cred că, dacă există o cale sigură spre fericire, acumularea de bunuri materiale sigur nu e aceea.

În prima parte a cărții *Psihologie pentru oameni obișnuiți* am încercat să răspundem la întrebarea dacă dorințele tale chiar sunt ale tale sau sunt implantate de societate, de vânzători abili sau chiar de femeia de lângă tine știind că, „atunci când vine vorba de seducție, bărbații sunt doar niște amatori".

De data aceasta, pornim de la premisa că oricum sunt prea multe scopuri pentru o singură viață, iar lista cu ceea ce vrem va fi mereu mai apetisantă decât aceea cu ce avem. Așa că am inventat, la un pahar cu vin, formula simplistă expusă mai devreme cu scopul de a-i ajuta pe alții să își ierarhizeze dorințele și, astfel, să aibă mai mult timp pentru cele esențiale.

Paradoxal sau nu, primii care au avut un șoc am fost chiar noi. Doar știți cum stă treaba... e mai ușor să vezi greșelile altora decât să admiți că alergi după doi iepuri, după o sută de iepuri chiar, dar niciunul nu contează, de fapt, prea mult.

Prima palmă pe care a trebuit să ne-o dăm a fost când am realizat că adesea alergăm după lucruri ușor de obținut sau la modă pentru că lucrurile mari par prea intimidante. Cartea de față este un asemenea scop intimidant. Am avut nevoie de trei ani și totuși am considerat finalizată doar prima parte a acestei cărți. Pentru cea de-a doua a mai fost nevoie de încă aproape un an, deși materialul era deja sistematizat!

Dorințe mai mici și, în unele cazuri, mai profitabile ne stăteau în drum. Mici comodități, la fel.

Au fost și momente când timpul în sine era o problemă, nu pentru că nu l-am fi avut, ci pentru că mai sunt atâtea de făcut și „cum se poate să nu trăiești un pic, să te răsfeți sau chiar să lenevești un pic?".

Muza s-a recunoscut deja un pic hedonistă. Eu am fost nevoit să mă recunosc un pic prea impulsiv. Multă energie pe spații înguste.

Am făcut chiar un joc. Care nu e joc. Să presupunem că ne îndeplinim o dorință sau alta. Ce ar urma? Când răspunsul nu e satisfăcător… trebuie să intervină disciplina.

Zece dorințe mici nu fac cât una mare!

Un dressing plin cu haine și pantofi care costă împreună cât o firmă nu valorează cât un start-up!

E nevoie de un pic de muncă, dar s-ar putea să descoperi că fiecare dorință neînsemnată e o pietricică într-un rucsac pe care îl duci în spate, iar când sunt al dracului de multe, atârnă greu. Un balast care poate să împiedice chiar și un balon uriaș să se ridice.

Golește rucsacul, pune-le pe toate pe masă, cântărește-le, mai scapă de o parte din ele, amână câteva și o să vezi că reușești să o duci pe cea mai mare până în punctul în care mulți se vor întreba „cum a reușit?". Dar ai mare grijă să fie a ta! Piatra. Dorința.

#shareifyoudare

CEI MAI MULȚI OAMENI AU
IMPRESIA CĂ MUNCESC
PE BRÂNCI
PENTRU CEEA CE VOR.
DE FAPT, MUNCESC
PENTRU CE VOR ALȚII.

Unele pietre nu se pot duce decât în echipă. Așa că oamenii cu viziune și posibilități îi plătesc pe cei fără ca să le împlinească dorințele. Asta pentru un amărât de salariu.

E o discuție mai lungă despre ce înseamnă „viziune“ și „posibilități“, dar o să descoperiți că mulți dintre eroii lumii moderne au pornit de jos. Când singurele „posibilități“ erau cele 24 de ore dintr-o zi, puterea de muncă și o idee.

O conversație cu final neașteptat

O să vă spun o poveste despre un domn care s-a întâlnit cu o astfel de conjunctură. Și-a făcut un plan de bătaie care conținea și un worst case scenario. Chiar și previziunile lui cele mai pesimiste s-au dovedit optimiste. A avut grijă să nu-și piardă drumul, poziția pe piață, așa subțire cum era, dar și să-și păstreze angajații cei mai buni. Plătindu-i, desigur.

Bun psiholog, le-a ascuns că firma ar avea probleme pentru că exista riscul să-i piardă. Și-a vândut apartamentul și s-a mutat în companie, lăsând impresia că s-a mutat doar pentru că e foarte dedicat. Glumind puțin, norocul lui a fost că nu era căsătorit.

Ani mai târziu, la o discuție la un pahar, din postura de om de afaceri de succes, mi-a spus că e convins că o parte dintre dorințele mici (casă, mașină etc.) ne sunt implantate tocmai pentru a te motiva să muncești pentru salariu și să nu-ți mai ajungă nici timpul, nici energia să muncești pentru visurile tale.

— Funcția creează organul, mi-a zis. Așa cum niște picioare pe care nu le folosești se atrofiază și nu mai poți să mergi, la fel și creierul, nefolosit, uită să gândească. E mai comod să execuți. Fuga de responsabilitate e o fugă de libertate. Știi... eu cred că, în copilărie, toți avem aripi, dar educația nu-ți dă voie să le folosești și încet, încet, uiți că puteai să zbori.

— Interesant, știu că n-ai abandonat școala.

— Doamne ferește, educația e esențială, doar că nu tot ce înveți ajută. Eu învățam pe rupte la materiile pe care le consideram esențiale. Tu ai dat la Litere, bănuiesc că te străduiai la materiile umaniste, eu mergeam la nota de trecere. La mate și info însă, eram în toate cercurile posibile!

— Și a fost calcul matematic când ai vândut casa?

— Nu mi-am vândut doar casa. Am vândut tot ce aveam și m-am împrumutat de peste tot ca să-mi ard toate podurile pe care puteam să mă retrag. N-ai idee cum muncește un om cu spatele la zid. Un om care nu mai are ce pierde.

— Totul sau nimic. Puțin cam mare riscul, cred eu.

— Acum și eu cred la fel, n-aș mai face asta, până data viitoare când ar fi neapărat necesar. Pentru mine, și o viață obișnuită ar fi însemnat atât de puțin, încât „nimic“ ar fi fost cam același lucru. Măcar aș fi știut că am încercat.

— Unii ar spune că nu e în spiritul balcanic...

— Din contră! Am crescut cu *Basmele românilor*! Acolo știa eroul că se duce să o pețească pe fata de împărat și ori o ia pe ea și jumătate de împărăție, ori i se taie capul! Și totuși, povestea spune că era coadă! Veneau mulți să-și încerce norocul. Ori, ori! Pentru mine, ăsta e spiritul românesc. Doar că am cam uitat cine suntem sau am devenit alții.

— Așa e, am citit și eu basmele acelea când pleca voinicul în lume și lăsa pe tată-său și pe mumă-sa, casa părintească, totul, ca să-și caute norocul. De obicei, se întorcea cu o femeie. Deci femeia e norocul bărbatului. Ce crezi despre asta?

— Norocul e să te îndrăgostești de cine trebuie. Mintea ca să-ți dai seama când n-ai avut noroc.

— În basmele noastre, voinicii plecau de tineri, își lăsau părinții și luau lumea în piept, acum stau până la 40 de ani în aceeași casă.

— Păi, și atunci plecau VOINICII. Ăștia de stau acum cu părinții ar fi stat și atunci. Noi am avut un Ștefan cel Mare, un Mihai Viteazul, un Iancu de Hunedoara, am avut boieri care ieșeau la luptă cu sabia în mână. Acum, dacă ar începe un război, „boierii“ și-ar trimite copiii în Elveția, nu pe front.

— Trecutul românilor e plin și de trădări și de mișelii.

— Și prezentul, probabil și viitorul.

— Atunci, ce sens are sacrificiul personal?

— Sacrificiul nu are niciun sens dacă nu devine un exemplu personal. Sunt atâţia oameni cucernici care duc o viaţă virtuoasă în mânăstiri. De ce nu devine mersul la mânăstire un trend?

— Nu putem să ne rugăm toţi şi să ne meargă mai bine...

— Ba putem, şi trebuie să o facem. Dar în timp ce muncim.

Entuziasmant tip, nu?

Eu mă entuziasmez mai greu. Conversaţia cu final neaşteptat de mai devreme nu este un exemplu pozitiv. Nici negativ. Este unul de atitudine care porneşte de la ideea că ŞTII DEJA CE VREI ŞI CE POŢI.

Reuşita este însă produsul mai multor factori, unul dintre ei fiind mediul. Conjunctura în care eşti poate să facă diferenţa dintre succes şi eşec într-o măsură cel puţin egală cu aceea dată de eforturile tale.

Aşa că aş adăuga la cele două de mai sus – a şti ce vrei şi a şti ce poţi – şi o a treia: să ştii CE SE POATE în contextul tău.

În timpul tău, în oraşul tău, în ţara ta.

Atitudinea nu e totul!

Atitudinea te pune în valoare, dar trebuie să fie în acord cu un cumul de calități. Eminescu a zis-o cel mai bine: „Ce a scos din voi Apusul / Când nimic nu e de scos."

#shareifyoudare

CEL MAI BUN SPEAKER
MOTIVAȚIONAL DIN LUME...
POATE SĂ FACĂ UN LENEȘ SĂ
MUNCEASCĂ,
UN OM CU UN DEFICIT DE
ÎNCREDERE SĂ ÎNDRĂZNEASCĂ,
O FEMEIE FRUMOASĂ SĂ NU
DEVINĂ ANOREXICĂ,
DAR NU POATE SĂ MOTIVEZE
UN PROST SĂ SE DEȘTEPTE!

Ochelarii „de profesor" nu țin loc de cultură generală.

Un ceas scump e doar un accesoriu dacă nu știi ce să faci cu timpul tău.

Nici măcar voturile care te duc în Parlament nu te pot transforma într-un lider dacă nu ești deja.

Unii te cred arogant pentru că îţi selectezi prietenii? Eu te văd exact cum trebuie: de ce să dai din timpul celor care merită şi celor care sunt balast?

Dar alţii (şi adesea, altele) vor mereu ceva mai mult şi rămân cu mâna goală. Unde te duce atitudinea când nu există o bază pentru ea?

Într-un lucru cred, însă: e aglomerat în mediocritate. Dacă simţi că eşti altfel, de ce să nu o arăţi?

Dacă crezi că poţi să faci mai bine decât alţii, de ce să nu încerci?

Dacă drumul pe care merg toţi îţi miroase a dead end, de ce să nu faci o cotitură?

Chiar şi atunci când pare că totul este împotriva ta. :)

Nu ştiu voi cum sunteţi, dar, pentru mine, nu există speech motivaţional mai puternic decât atunci când îmi spune cineva: NU SE POATE.

Poate o să spuneţi că sunt arogant, dar răspunsul pe care îl dau, în mintea mea, este: „Nu există nu se poate! Nu poţi tu, e o diferenţă!"

Bineînţeles că uneori chiar nu s-a putut, dar şi drumul spre eşec a fost presărat cu lecţii de învăţat.

Culmea e că niciodată n-am sunat pe cineva să spun: „Ai văzut că am putut?"

Nu. N-am făcut asta. Pentru că ar fi însemnat că îmi doresc validarea lui.

Munceşte pentru succesul tău până când chiar şi cei care ţi-au pus beţe în roate se vor lăuda că te-au cunoscut!

Dar nu crede nicio secundă că poţi să faci orice. Că poţi să fii oricine. Nu uita că planeta a fost dominată de specii uriaşe, puternice şi care acum nu mai există decât sub formă de oase în muzee. Cartiere de muşchi şi catedrale de coaste care păreau imposibil de doborât s-au frânt sub propria aroganţă că lumea ar trebui să se schimbe pentru ei, nu ei să se schimbe cât încape. Erau creaturi ca nişte turnuri semeţe. Acum le căutăm cu pensula prin praf. Speciile care mai există și astăzi sunt cele care s-au adaptat. Asta trebuie să faci și tu.

Cum? Vor spune unii: ce-i cartea asta? Nu e motivațională? Nu e. Depinde cum vezi motivația.

#shareifyoudare

ȘI TIGRUL E MOTIVAT SĂ SARĂ PRIN CERCUL DE FOC LA CIRC. LA FEL ȘI BOUL SĂ TRAGĂ LA JUG. ȘI SOLDATUL SĂ MOARĂ. MOTIVAȚIA E TOT O MANIPULARE.

Cartea asta e pentru cei care înțeleg că fericirea nu e „împlinirea tuturor dorințelor". Între altele, pentru că unele dorințe sunt chiar de căcat. Cum vi s-ar părea dacă un asasin și-ar putea împlini toate dorințele? Dar dorința femeii care își apără geanta versus dorința hoțului care trage de ea? Cum le-am putea împăca?

Mai crezi că toți oamenii sunt egali? Poate teoretic. Știi bancul cu teoretic și practic? Ți-l spun după ce-mi termin argumentația.

Teoretic, toți oamenii sunt egali. Practic, egalitatea unora e mai lungă.

Teoretic, toți oamenii sunt buni. Până la proba contrară, care vine de cele mai multe ori în primele cinci minute.

Teoretic, toți avem drepturi. Practic, au mai ales cei care au dat cui trebuie... „dreptul".

Teoretic, în România se vorbeşte româneşte.

Practic, acuzativul cu prepoziţie va dispărea şi din manuale. Dau ăştia o lege. Că îi încurcă. Cum care? Ăştia PE CARE i-ai ales.

Teoretic, toate promisiunile sunt intenţii.

Practic, cele mai multe sunt... atenţii. „Uite, ţi-am adus o promisiune. Am ambalat-o frumos în hârtie creponată. Da, seamănă un pic cu hârtia igienică." Poţi să te ştergi cu ea la cur!

#shareifyoudare

CÂND TU NU-ŢI RESPECŢI „REZOLUŢIILE DE ANUL NOU", CHIAR TE AŞTEPŢI DE LA ALŢII SĂ FACĂ PENTRU TINE CE NU POŢI SĂ FACI TU?

E valabil pentru ambele sexe. Cât de mare e diferenţa dintre un om care, teoretic, e incoruptibil şi, practic, n-a întâlnit nicio tentaţie adevărată!

Să nu uit bancul cu teoretic şi practic pe care-l ştiu de la Octavian:

„Vine un băieţel acasă şi-l întreabă pe tată ceva ce n-a înţeles la şcoală: care e diferenţa dintre teoretic şi practic. După ce încearcă şi mai abstract, dar şi mai mură-n gură, tatăl, exasperat, decide să demonstreze... practic. :)

O cheamă pe sora băiatului, care venise de la facultate:

— Dacă cineva ți-ar oferi un milion de euro pentru o noapte de sex, ai face-o?

— Sigur că da.

— Mulțumesc, du-te și cheam-o pe maică-ta!

Vine și soția. Aceeași întrebare, același răspuns. Că doar vrea să schimbe mobila. :)

În fine, apare și bunica, atrasă de discuția care părea animată. Omul plusează:

— Pentru un milion de euro, o noapte de sex, ai face-o?

— Da' cine să dea un milion pentru o bătrână ca mine?! Aș face-o, sigur că da.

Atunci tatăl se întoarce către băiat:

— Asta e diferența dintre teoretic și practic. Teoretic, suntem milionari. Practic... avem trei curve-n casă." :)

Așa e și cu succesul, dragostea și fericirea, care, pentru mine, e cea mai înaltă formă de succes: toți avem o șansă, o fisă pe care putem să o punem ca miză în Lumea-Cazinou, la Ruleta Împlinirii, dar, de teamă că vor pierde și fisa aia amărâtă, mulți mor cu ea în buzunar.

Meciul secolului se dă în capul tău! Neuronul și hormonul

Prima negociere

Mulți cred că succesul total înseamnă cât mai mulți... învinși. Omul se urcă peste alt om și apoi peste altul. O piramidă de învinși, de depășiți, de uitați.

Alții cred că trebuie să învingem natura. Să dăm altă formă planetei. Probabil capetele pătrate ar vrea un Pământ după chipul și asemănarea lor. Ghinion, tot rotund este.

Până să învingem natura în general, toți ducem o luptă cu... natura umană.

Prima negociere o faci cu tine.

Primul om pe care trebuie să-l convingi ești tu. Iar noi, oamenii, suntem experți când vine vorba să ne convingem singuri că nu putem.

Dacă oglinzile ar putea să vorbească, câte nu ne-ar spune despre eroi care au murit în propriile băi! Uciși de propriile contraargumente. Câte bătălii de proporții epice nu s-au dus între zidurile acoperite de faianță, mai precis într-un spațiu încă și mai mic, din os dur: cutia ta craniană!

Cu ani în urmă, am scris o povestire despre inventatorul unei mașinării care, folosind niște raze atent calibrate, făcea oglinzile să vorbească. Puteai „derula“ chiar și ani în urmă și vedeai tot ce oglindise acea suprafață rece.

Prima oglindă a fost, desigur, cea de la baie. Sătul să se tot vadă pe sine, soția și copilul spălându-se pe dinți, savantul a mai căutat oglinzi prin casă. Nimic interesant. Apoi a mers în parcare și a încercat să scoată oglinda din stânga, „a șoferului", de la mașina lui și a soției. Ca orice om de știință care se respectă, nu a reușit, semn că e mai ușor să construiești ceva de la zero decât să demontezi ce a făcut altul. Lucru valabil și în educație, relații și politică. Nervos, s-a mulțumit cu retrovizoarea din mașină, aceea de care-și atârnă maneliștii câte zece cruci și un odorizant cu Hristos. Aceea se scoate mult mai ușor. Nerăbdător, a plecat în laborator doar cu oglinda soției, moment din care totul a luat-o razna.

„Înregistrările" aveau zile întregi fără nimic interesant, până când ceva i-a atras atenția, pentru că și bărbații dedicați științei sunt tot... bărbați. În mașină, lângă soția lui, era un bărbat pe care îl mai văzuse undeva. Cei doi vorbeau animat, priveau în toate direcțiile și, la un moment dat, el și-a scos centura de siguranță, s-a întins peste serioasa de nevastă-sa și a sărutat-o. După încă o oră de căutat „prin oglindă" savantul văzuse deja destul.

Soția lui aproape rece, de carieră și serioasă își dovedea talente care ar fi putut-o face celebră într-un altfel de domeniu de activitate, era fierbinte de-a dreptul și făcea sex cu aceeași seriozitate cu care se implica la serviciu. Ciudat că nu și-a dat niciodată seama câte poți să faci pe bancheta din spate într-o mașină atât de mică și cu două uși.

Așa că a pus oglinda înapoi în mașina soției, s-a întors în laboratorul din casă, a luat ciocanul cel mai mare pe care l-a putut găsi și a făcut praf și pulbere prototipul mașinii de citit oglinzi.

Vreți să știți ce a făcut și cu nevasta? N-am terminat niciodată povestirea aceea. Faceți voi ce vreți cu ea. :)

Desigur, e doar o poveste, dar m-am întrebat mereu ce s-ar întâmpla dacă am putea să intrăm în memoria de nitrat de argint a unor oglinzi venețiene. Oare și contesele se confesau oglinzilor? Regii își exersau speech-urile? Hitler sigur o făcea, iar limbajul corpului era o materie de studiu pentru acest dictator, așa cum este acum pentru toți oamenii de stat.

E normal să vorbeşti cu tine. Să-ţi consulţi conştiinţa. Dar să nu confunzi scrupulele pe care e normal să le ai în faţa unei acţiuni cu frica. Încearcă să găseşti logica, disciplina şi curajul, chiar dacă temerile ţipă mai tare.

Primul om pe care trebuie să-l convingi eşti chiar tu. Dacă nu poţi face asta, nu are rost să mai întrebi pe nimeni. Prieteni, familie...

E de bun-simţ că nu poţi să înveţi un talent. Dacă îl ai, îl poţi educa, cizela. Intri în templul artelor, de exemplu, prin talent. Dar urci numai prin muncă, altfel rămâi la intrare. Iar mă întrerupe Muza:

— Ce s-ar fi întâmplat dacă Hitler intra la Academia de Arte Frumoase din Viena? Ar mai fi fost război?

— Probabil că da... nu... nu ştiu! A scris Eric-Emmanuel Schmitt o carte pe tema asta.

— Dar tu ce crezi, cum ajunge un om să facă atâta rău?

— În general urmăreşte să facă bine. Un bine aşa cum îl vede el.

Intervenţia Muzei sau „Cum să te convingi că poţi"

În primul rând, trebuie să fii sigură că vrei. Că nu e o toană! Evident că îmi fac multe toane, doar sunt femeie şi îmi pierd respectul faţă de mine însămi dacă trăiesc totul exact aşa cum se spune că ar trebui.

După ce analizez cât mai bine totul, simt un ghem de draci în stomac. Ştiţi fluturii din stomac? Ai mei sunt malefici! E o stare de rău fizic. Apoi mă uit la toţi cei care au făcut deja ceea ce vreau eu să fac. Nimic din ce ne dorim nu e chiar aşa o premieră. Chiar şi lumea a fost salvată de vreo 500 000 de ori în filme.

În al doilea rând, probabil şi tu faci ca mine. Te uiţi în sus. Sunt unii acolo, în Olimpul zeilor oricărui domeniu, care o fac atât de bine, încât te întrebi ce rost mai are! Dar, aşa cum te uiţi în sus, nu strică să te uiţi şi în jos. Sunt atâţia care nu pot, sau nu vor, sau au uitat să mai spere.

Uneori, simt că îndrăznesc și pentru aceștia din urmă. Dacă eu am putut să-mi schimb viața atât de mult în cinci sau șase ani, tu de ce n-ai putea?

Te uiți în sus și vezi că alții o fac foarte bine. Poți să o faci mai bine sau poți să o faci altfel? Nu pot să inventez o culoare nouă, dar ce s-ar întâmpla dacă aș inventa o nuanță?

Atunci când încerci să-ți îndeplinești un vis, mintea ta se pune la treabă altfel, calități pe care abia ți le bănuiai cresc ca un cozonac la căldura insistenței. Știți că eu n-am gătit deloc până la 30 de ani? Că îmi era frică de cursorul calculatorului pe o pagină albă și nu puteam să scriu două rânduri?

Primul text pe care l-am publicat a fost sub anonimat pe blogul lui Radu și l-am scris într-un mail! De Word îmi era frică.

#shareifyoudare

NU TREBUIE SĂ FACI UN SALT CA SĂ TRECI O GRANIȚĂ!
UNEORI E SUFICIENT UN PAS MIC, ÎN DIRECȚIA CORECTĂ.

Problema este că automotivarea e ca mâncarea. Ți se face foame de trei ori pe zi. Frică de eșec? Uneori chiar mai des. Mie îmi crește pulsul, îl aud în urechi și fac atac de panică. Un avantaj există și aici: când îți bate inima tare în timpan, nu auzi ce se vorbește rău despre tine.

Aşa cum nu ţi se pare ciudat că ai mic dejun, prânz şi cină, la fel poţi purta zilnic trei discuţii cu tine în care să nu te laşi.

Ai privit în sus, ai privit în jos. Uită-te şi în urmă. S-ar putea să fii mai departe decât crezi de punctul de plecare. Cine, dacă nu tu, a ajuns până aici?

A doua negociere

Îţi vor spune mereu că „nu se poate".

Pentru că ei nu pot. Descurajările lor sunt doar imaginea propriei neputinţe.

Îţi vor spune că eşti prea mic.

Pentru că ei sunt mici. Şi veninoşi, insignifianţi, bârfitori.

Mulţi oameni sunt doar zgomot de fond.

Ca un stup aiurea... format din TRÂNTORI.

#shareifyoudare

DACĂ VEI AVEA SUCCES...
ATUNCI VOR SPUNE CĂ AI
AVUT NOROC.
AŞA E. AM AVUT NOROCUL
SĂ POT SĂ MUNCESC
PENTRU TOT CE AM.

A doua negociere este cu cei din jur. Mai întâi, cei apropiaţi, apoi, cei mai puţin apropiaţi, dar utili sau doar băgăcioşi. Într-un final, vei ajunge să vorbeşti sau să lucrezi cu necunoscuţi 100%.

Uneori, te vei înţelege mai bine cu ei. De ce se întâmplă asta am scris în prima parte a acestei cărţi.

Despre tehnici de negociere o să mai găseşti un capitol neortodox peste doar câteva pagini.

Sun Tzu spunea că atunci când te cunoşti pe tine şi îţi cunoşti şi adversarul, vei învinge în 100 de lupte din 100. Şi ce se întâmplă când te cunoşti pe tine, îţi ştii şi adversarul şi îţi dai seama că e de 500 de ori mai puternic? Greşeşte autorul *Artei războiului*? Nicidecum. Vei învinge în 100 de lupte din 100, dar în alte 100 vei alege… să nu intri.

Ce vreau. Ce pot. Și ce se poate

La acest capitol Muza n-a vrut să contribuie pentru că se apropie de (sau dă cu ciocanul în) concepția modernă despre parenting. Mi-a zis:

— O voi face când voi avea un copil. Nu unul în burtă sau la grădiniță. Nu la școală în clasa a cincea. Când copilul meu va fi matur, va excela într-un domeniu și va avea la rândul lui copii bine-crescuți. Abia atunci voi putea spune că am o părere verificată despre parenting. Altfel, e ca și când ai vinde medicamente netestate.

— Ăsta nu mai e parenting, e grandparenting.

— Bunici-ing. :)

— Fiică-mea e într-a cincea. Potrivit logicii tale, și eu ar trebui să tac.

— Poate că da, dar cine poate să te facă? Nu mai bine scrii tu o carte de husbanding? Experiența te recomandă, fiind la a treia căsătorie.

— La ultima!

Punct și de la capăt.
Ce vreau. Ce pot. Și ce se poate!

Despre Arthur Schopenhauer toți elevii învață că l-a influențat pe Mihai Eminescu și cam atât. Ce-l mâna pe el în luptă, are sau nu o importanță cât de mică tot ce a scris și pentru noi, că, dacă i-a dat Eminescu follow, s-ar putea să nu strice să aruncăm un ochi pe acolo? Sau poate suntem mai șmecheri decât Eminescu?

Ei bine, eu îl consider pe Schopenhauer unul dintre primii filosofi preocupați de dezvoltarea personală a individului

ÎN LIMITELE REALITĂȚII. Adică exact ceea ce sperați să obțineți la un curs de două zile care costă o mie de euro. TOT ce a scris Schopenhauer costă probabil o sută de euro. Dar durează mai mult să citești.

Filosof genial și un precursor de psiholog posesor sau posedat de un psihic care se înțelegea cu vremurile aproape ca un cosmonaut cu niște oameni ai cavernelor, el a încercat să vină cu „lecții de viață" aplicabile. Spre deosebire de medicii pe care i-ai văzut în ultima vreme și tu. Cei care ne dau povețe de genul „evitați cât mai mult posibil stresul".

Cam cum?

Unele sunt căsătorite cu el.

Alții îl au în job description.

Eu, de exemplu, într-o vizită la un reputat medic scump ca platina care-mi recomandase să mă implic mai puțin la job ca soluție pentru problemele mele de sănătate, n-am mai rezistat și am explodat de toți banii: „Dumneavoastră v-ați uitat pe fișa mea? Unde scrie că lucrez? În trustul Pro, la știri! Cum să mă implic mai puțin? E ca și când i-ați recomanda unui controlor de zbor să nu mai urmărească toate avioanele. Iar la noi, știrile uneori zboară jos, să nu le vadă radarul, mai sunt și intoxicări, riscuri asumate, cum vă propuneți să procedez? Ceva aplicabil!"

N-a avut. I-am explicat eu, însă, pe banii mei de consultație, ce înseamnă o intoxicare la știri și de ce seamănă destul de bine cu o intoxicație alimentară, doar că face mai multe victime.

Mulți dintre cei care ne sfătuiesc ce să facem cu viața noastră habar n-au ce să facă... cu a lor.

Perfect testată însă este una dintre viziunile lui Schopenhauer, care crede că nefericirea vine nu atât din afara omului, cât dinăuntrul lui, una dintre cele mai dăunătoare ocupații fiind... goana după fericire, goana după statut, goana după aur.

Nu e vorba de a renunța la visuri, ci de a face diferența între cele ambițioase, dar realiste, și cele pur și simplu nebunești, pentru care nu avem fie abilitățile, fie posibilitățile necesare.

El îi aduce în sprijinul teoriei sale pe Aristotel și pe Seneca. „Supune-te rațiunii dacă vrei să ți se supună toate!"

#shareifyoudare

CHIAR ȘI CEEA CE SE CUCEREȘTE CU INIMA SE PĂSTREAZĂ CU CAPUL!

Sigur că e incomod să renunți din start la un plan, dar nimeni nu a spus să renunți „din start". Când începe un plan? Sigur nu cu prima cărămidă, ci cu prima linie pe care o trage arhitectul. Tu ești arhitectul planurilor tale așa că, dacă te pricepi doar la desen, mai cheamă pe cineva care se pricepe la calcule. Arhitectura înseamnă, de exemplu, să evaluezi corect o structură, la ce greutate rezistă și cum se va comporta la un cutremur.

Așa trebuie să tratezi și visul. Ca pe o casă. Să-i gândești baza, să vezi dacă poți să îl susții, „să faci cu bună voie tot ce poți și să suferi fără să te vaiți atunci când trebuie".

Oamenii de afaceri fac un „calcul de fezabilitate" înainte să-și pună toți banii pe un proiect. În mediul din care vin, televiziunea, am văzut multe episoade-pilot ale unor seriale care nu s-au mai făcut sau au suferit modificări după vizionările de test. Chiar și protagoniștii s-au schimbat dacă nu aveau suficientă putere de atracție. V-aș putea da exemplu un serial care a avut câteva sezoane, deci, de succes, și în care cuplul care ar fi trebuit să fie supporting a avut atâta lipici, încât accentul s-a mutat către ei și au devenit încet, încet protagoniști sau un altul, unde doi actori aflați, de asemenea, în linia a doua au furat lumina în așa hal, încât li s-a făcut propriul serial!

Așa trebuie să fie și visul tău! Adaptabil.

Ideea că nu trebuie să faci compromisuri ascunde adesea personalități inflexibile, dictatoriale și excesiv de orgolioase. Modificări, nu compromisuri. La noi se spunea fine tunning. Ca visul tău să meargă mai departe, trebuie să își mai dorească și alții să viseze la fel. Fie că sunt clienți, fie că sunt coechipieri.

Sunteți de acord? Acum vine partea riscantă: nefericirea multor *millennials* vine din dorința părinților de a avea tot ce n-am avut noi: bicicletă, jocuri pe calculator, ÎNCREDERE.

E minunat ca un copil să crească înconjurat de încurajări, sprijin, să-l facem să aibă încredere. Dar o încredere realistă, nu tâmpenia asta motivațională în care totul e să vrei!

Ce te faci când dai peste alții care cred exact ca tine? Unul mai „special" decât altul! Ce te faci când descoperi că nu ești atât de „special"? Într-o lume în care toate piesele sunt hit înseamnă că, de fapt, niciuna nu este! Egalitatea în perfecțiune!

Ce gogoașă care se sparge la primul contact cu cineva care îți spune „nu"!

Să luăm definiția de dicționar:

SPECIÁL, -Ă, *speciali, -e,* adj. Care se deosebește de alte lucruri asemănătoare prin trăsături care îi sunt proprii; care se află numai la un lucru sau la o anumită categorie de lucruri; (adesea adverbial) care este făcut, destinat, rezervat pentru a corespunde unui anumit scop; *p. ext.* **ieșit din comun, deosebit de bun, de valoros; excepțional**... – Din fr. **spécial,** lat. **specialis.**

Ce facem dacă toți sunt speciali? Au toți în comun faptul că sunt ieșiți din comun?!

Voințele tuturor sunt ca niște biluțe de oțel. Adorabile, că încă sunt mici, dar care mai mult se resping decât lucrează împreună.

Pe cât de puternice le sunt voințele, pe atât de slabă pregătirea să lupte pentru ceea ce își doresc. Există un rău al binelui?

#shareifyoudare

> COPIII NOȘTRI NU MAI TREBUIE SĂ LUPTE.
> E SUFICIENT SĂ CEARĂ.
> TU AȘA AI OBȚINUT TOT CE AI?
> SĂ NU TE MIRI DACĂ „ĂLA MIC" NU-ȚI SEAMĂNĂ!

În loc să pornească de la o linie de start de la care să urce, copilul secolului al XXI-lea, căruia i s-a spus în familie că e un „rege" și care chiar se poartă ca un mic dictator, dă peste comunități întregi de „regi". Și cade de la înălțimea tronului său imaginar până la nivelul unui „insuficient" la mate. Cade în grupul celor nepopulari. Se întâlnește cu prietenia, dar nu știe să o recunoască pentru că n-a mai întâlnit-o. El are acasă doi sclavi.

Despre sindromul micului dictator am citit în anii 1990 și mi s-a părut o prostie. Eu nu ridicam ochii când mă certa tata. Nu zic că era bine, dar noi nu am înlocuit o eroare cu soluția corectă. Am înlocuit-o cu altă eroare. De la bătaie pentru orice, am ajuns la un sistem în care copilul nu mai este de vină pentru nimic. Am trecut dintr-o extremă în alta. Tocmai de dragul copiilor trebuie să ne revenim.

Copilul trebuie să învețe responsabilitatea.

Tot prin anii 1990 eram gata să mă bat cu orice susținător al argumentației despre the human animal. Acum mă recunosc învins. Este atât de mult animal în om, încât e mai bine să știm cine suntem decât să ne iluzionăm!

Când citeam la Freud că ăștia mici și adorabili sunt orice, numai puri nu, iar educația vine să echilibreze balanța dintre instincte și intelect, ziceam că tipul e depășit. Acum cred că mai avem nevoie de 20 de ani ca să înțelegem tot ce a încercat să ne spună.

Culmea e că familia este, în același timp, cel mai cunoscut demotivator, cu o linie de delimitare între părinții crescuți în comunism și cei care au prins puțin din el. Primii nu ne-au prea încurajat către aventură, ci către un serviciu stabil. Cei mai tineri le-au spus copiilor lor că pot face orice, dar nu i-au lăsat să facă nimic... singuri.

„Lumea e mai nesigură acum", mi se spune. Atunci înseamnă că trebuie să-i pregătești mai bine pentru ea sau să fii pregătit să-i protejezi toată viața.

Oprește-te, Hamlet! Greșești când nu faci sau greșești când faci... lucruri pentru copiii tăi?

Știam că va veni momentul în care să întreb cu ce suntem vinovați? Eu, generația mea.

Oare pentru că am clădit ce au copiii de acum sub picioare?

Îmi pare rău că we did our best and it's not good enough for you.

Știu, lumea în care trăiți nu e destul de „înaltă" pentru așteptările voastre. Dar oare știți că noi ne-am făcut cărămizile?!

Sunt multe lucruri pe care acum știu că le puteam face mai bine. Chiar și atunci când cineva se plânge de generația voastră, under 21, ca la fotbal, eu zic: „Și cine i-a educat?"

Lipsa noastră de acasă a făcut-o.

#shareifyoudare

> MUNCIND PENTRU CA EI SĂ AIBĂ
> O ȘCOALĂ MAI BUNĂ... LE-AM LĂSAT
> O CASĂ MAI RECE.
> CINE I-A EDUCAT? TV-UL. ACEASTĂ
> CURVĂ STANDARD DEFINITION & HD.
> CNA-UL AR TREBUI SĂ PUNĂ
> AVERTISMENTE DE GENUL:
> NU LĂSAȚI TELEVIZORUL SINGUR CU
> COPIII! PĂRINȚII LE ASIGURĂ TRAIUL,
> DAR „VEDETELE" ÎI ÎNVAȚĂ CUM SĂ
> TRĂIASCĂ. CE TRIST!

Poate am greșit. Dar am făcut-o din prea multă dragoste pentru voi. Am vrut să vă dăm sfaturi, lecții, corecții. Când ar fi trebuit să vă dăm doar exemplul personal.

Ne-am comportat ca niște cârje. Încercând să vă sprijinim tot timpul.

Îți mai aduci aminte ce s-a întâmplat cu roțile ajutătoare de la bicicletă?

Le-ai aruncat când nu mai foloseau la nimic.

Și acum vă grăbiți spre libertate. Plecați de acasă, unde „trebuia să urmați regulile părinților, care vă iubesc", în lumea largă, unde trebuie să urmați regulile societății. Pe care o doare în cur de voi.

Și chiar și atât cât îi pasă... NOI am făcut să-i pese. Pe vremea noastră nu se dădeau premii, se făcea pușcărie pentru un graffiti!

Când ești mai vinovat? Când dai greș sau când nu încerci?

Când faci „greșit" sau când nu faci nimic?

Recunosc deschis, generația mea, ieșită din comunism, a crezut că fericirea e măsurabilă.

Depozitabilă.

Numărabilă.

Crește contul.

Primești și dobândă.

Am crezut că este cea mai mare realizare ca voi să aveți ce n-am avut noi în copilărie: biciclete, role, telefoane, laptop. Și le-ați avut pe toate în copilărie, mai puțin, timp cu noi.

Am spus: copiii noștri trebuie să fie mai bogați decât noi.

Am greșit. Ar fi trebuit să fiți doar mai oameni.

Stimulezi sau forțezi?

„Ca să fac ce vrei tu... trebuie să mă faci să vreau eu însumi acel lucru!“

Un concept cu trei aplicații: educație, carieră, sex.

#shareifyoudare

> NOI NU STIMULĂM COPIII
> SĂ CITEASCĂ.
> ÎI OBLIGĂM.
> UITE AȘA A DEVENIT
> YOUTUBE-UL ATÂT DE
> POPULAR!

Gândește-te pentru o secundă la un adult care învață pentru carnetul de conducere. Nu-l ascultă nimeni. Nu dă teste intermediare. Și o face suficient de bine încât să ia sala, în condițiile în care nimeni nu ia sala cu nota de trecere cinci! Nu-mi aduc aminte exact, dar cred că aveai dreptul să greșești doar trei sau patru răspunsuri din 26! Echivalentul notei 8!

De ce învață adultul de bunăvoie pentru carnet, sau pentru o schimbare profesională, sau pentru o avansare?

Pentru că vede o finalitate clară, practică și care îi va folosi toată viața.

Educația copilului trebuie să se folosească de același resort, mai ales că este extrem de importantă. Are doar un foarte prost PR și un marketing dezastruos. Nu știm să o vindem!

Ne-am întâlnit cu mulți *millennials* care se pot concentra mai mult de șase secunde, cum ne lasă să credem studiile online. Și o să vă spun o poveste care vă va pune pe gânduri despre doi dintre ei, o fată și un băiat.

Imaginați-vă că sunteți cu prietenii și comentați că toate evenimentele par să se întâmple la București și la Cluj, iar la voi nu organizează nimeni nimic. Probabil ați bea o bere și încă o bere, ați face mișto de primar, ați critica guvernul și apoi v-ați gândi ce oameni cu bani ar putea să facă un festival la voi în oraș. Dacă ar vrea. După care v-ați duce la un film. American, că astea românești au mai multe premii afară decât bilete vândute în țară. La finalul filmului, mulți dintre noi ar fi și uitat ideea, că așa sunt oamenii obișnuiți: niște cimitire de renunțări.

Acești doi tineri au decis că vor face ei unul. Da! Un festival. Luați-vă popcorn că povestea care urmează e ca un film. American.

Amândoi sunt în clasa a XII-a la începutul „filmului". Ce știu despre organizarea unui festival? Nimic! Pe cine cunosc dintre artiști? Pe nimeni! De firme de la care să închirieze echipament n-au habar, nici n-ar fi știut ce trebuie să închirieze și am văzut oameni în toată firea care au plătit cât nu face două boxe active și un mixer. Ei aveau nevoie de o scenă, zeci de amplificatoare, crossovere, microfoane, lumini etc. Și, desigur, aveau nevoie de bani.

Primul pas nu a fost să caute sponsori. Cine ar fi sponsorizat ceva ce nu exista nici măcar pe hârtie? Primul pas a fost să învețe. Ce înseamnă contabilitatea unui festival? Ce face un impresar? Cum faci cunoscut un eveniment ca să vină publicul?

Imposibilul s-a produs încă dinainte să reușească organizarea evenimentului: zeci de copii la fel ca ei, în loc să le spună „n-aveți șanse“, au zis „vrem și noi să ne băgăm“.

Vă mai aduceți aminte cartea lui Drumeş, *Elevul Dima dintr-a șaptea*? Când copiii organizau o expediție? Spiritul acela nu a murit! Trebuie doar să nu mai stingem scânteile, ci să le ajutăm să devină un foc mare de tabără în jurul căruia lumea se va strânge. Un foc de tabără la figurat care le va încălzi tuturor inimile la propriu.

Corespondența cu artiștii, relația cu autoritățile (pentru aprobări), găsirea de sponsori, toate acestea au fost făcute de copii.

Sigur că nu a ieșit nici Untold 2, nici Neversea de Moldova, dar au fost, ca în piesa celor de la Şuie Paparude:

O scenă, o mulțime,
Multe mâini în aer,
Cu zâmbetul pe buze
Desenați pe flyer
O noapte îmbăiată
În prea multe grade,
O scenă, o mulțime,
Brațe ridicate.

N-a fost chiar un festival. A fost un concert cu mai multe trupe, dar câți dintre noi nu au eșuat la organizarea unei banale nunți?

O lecție superbă de la un copil

Prietenul meu, Cătălin, are doi copii. În ciuda părerii unor intelectuali cu pedigri, Cătălin are și o carieră. Nu a făcut doi copii că „altceva nu făcuse în viață". Are un post de conducere într-o companie unde mulți visează să lucreze sau de la care măcar să-și permită să cumpere produsele.

Șef? Tată? Bărbat cu visurile lui? All in one. Interesant Cătălin ăsta al meu, nu? Dar pe mine m-a dat gata fiul lui, Albert.

Pentru băieți, tricourile cu echipa favorită și cu numele idolului lor sunt mai valoroase decât bijuteriile reginei Angliei. Ce-s alea? Niște vechituri. Dar un tricou „cu Messi" nu e just a T-shirt, e the shit!

Așa că tatăl și cei doi puști au făcut drumul ca arabii la Mecca să-și ia copiii tricou cu UNICEF! Noroc cu fotbalul, că uita lumea ce e UNICEF și cu ce se ocupă.

În fața lor, toți puștii își luau tricouri cu numele idolilor. Bine, mai mult cu Messi decât cu tot restul echipei.

Micuțul Albert nu vorbește tare, dar cuvintele lui au făcut liniște:

— Pe mine nu mă cheamă Messi. Mă cheamă Albert.

Liniștea s-a transformat în rumoare. Cine ești tu să pui Albert lângă Messi?

Și totuși, v-ați gândit că și Messi a fost în clasa cuiva de sport la școală? Că poate și lui i s-a reproșat că a dat pe lângă poartă, că nu aleargă suficient de repede, cu alte cuvinte, că nimeni nu și-ar pune numele lui pe tricou. În afară de el. Și, acum, alte câteva MILIOANE DE OAMENI.

Cătălin l-a încurajat să nu renunţe să-şi facă un tricou cu numele lui. Micuţul Albert a adăugat şi un S. Sângele apă nu se face. Să fie şi familia prezentă!

Şi-a îmbrăcat tricoul cu Albert S. 25...

Apoi a ieşit, ca de obicei, la fotbal.

O zi.

Şi încă o zi.

Au trecut vreo două săptămâni când s-a întâmplat (im)posibilul! Un alt copil, care îl văzuse jucând de mai multe ori în tricoul cu Albert S. 25, a venit pe teren purtând un tricou identic! Albert. Şi S. Şi 25.

Este asta o lecţie de PR personal? E una de încredere în sine? Ambele?

De la un copil?!

Şi uite, acum scriu şi eu despre Albert S. 25!

Pentru mine, morala este: Să fim noi înşine!

Indiferent cât de bună ar fi o copie, tot o copie rămâne.

Cel mai perfid lanț este iluzia libertății

Oamenilor nu trebuie să le legi mâinile, ci să le acoperi ochii.

E mai greu să mă silești decât să mă convingi.

Societatea modernă nu mai impune nimic cu forța. Ea ne seduce.

Ca fost copywriter, pot să vă spun că orice firmă, mică sau mare, trebuie să aibă o „promisiune". Indiferent că e „dacă găsești mai ieftin, plătim de două ori diferența" sau „online va fi mereu mai simplu", compania trebuie să promită ceva ce alții nu au și ție îți trebuie.

Societatea e o astfel de companie!

Vrea să te angajeze și, în același timp, să te aibă de client fidel, astfel încât să-ți dea toți banii, iar tu să îi cheltuiești tot în ea... pe toți.

Un „carusel" de bani.

O bandă de alergare din bancnote.

Ce vrea atunci societatea, dacă tot ce câștigi vei pierde și apoi iar vei câștiga?

Să te facă să te miști. Vrea energia ta.

Poate că te-ai obișnuit cu ideea că ești o rotiță într-un sistem și că o să te arunce atunci când o să te strici, dar, oricât de trist ar părea, nu ești nici asta. Ești o baterie. Și o să te arunce atunci când o să te golești.

Nu se mai folosește biciul.
Se cultivă viciul.
Nu mai primează obligația.
Se stimulează motivația.

Promisiunea societății seamănă destul de mult cu inscripția de pe lagărele de concentrare ale nazismului, „Arbeit macht frei". Munca te va elibera.

În cazul nostru, „a avea" te va face fericit. „Visul american" (unde succesul înseamnă o casă mare, o mașină scumpă și o soție frumoasă) s-a transformat într-un vis mondial. Culmea, chiar și pentru femei!

Fericirea stă în lucruri mărunte: cardul tău, cheile de la mașină, bijuterii, gadgeturi. Am făcut o glumă care a ajuns virală:

#shareifyoudare

DE CE VREA FEMEIA
MASTERCARD?
CA SĂ-ȘI IA TOT CE VISA.

Societatea spune: „Atât timp cât mă asculți, ești liber să faci ce vrei." Și totuși, orice om care a parcurs drumul spre succes îți poate explica faptul că toate dorințele noastre de astăzi sunt gunoiul pe care îl vom duce mâine.

Astăzi nu se mai fabrică lanțuri. Se fabrică dorințe. Iar tu ești liber să lupți să (ți) le îndeplinești. Apoi să alergi după altele.

Psihologia a studiat intens riturile de trecere. Prea abstract? Coborâm de îndată printre oamenii obișnuiți. Obișnuiți să gândească.

Liceul, facultatea, armata, căsătoria, toate sunt rituri de trecere. Omul se schimbă după ce le experimentează.

Eu și Muza am ajuns la concluzia că prima – și în multe cazuri, ultima – mare revoluție a persoanei este Plecarea de acasă.

Nu majoratul, nu căsătoria.

De ce? Pentru că ai o casă a ta? Nu.

Pentru că nu mai depinzi de părinți? Nu.

Pentru că ai convingerea că ești liber!

Este prima revoluție personală!

Lași casa în care ascultai de părinți pentru „libertatea" de a urma un model impus de societate. O societate formată din... străini.

Îți aduci aminte momentul, nu?

Poți să treci dintr-o colivie în alta cu senzația unei mari eliberări!

Înainte, trebuia să te conformezi regulilor familiei. Acum, te conformezi regulilor grupului.

Înainte, erai ghidat de doi oameni care îți doreau binele. Desigur, așa cum îl vedeau ei. Acum, ești într-un sistem pervers de caste în care dacă nu ai, nu exiști.

Nu ai serviciu?

Nu ai mașină?

Nu ai casă proprietate personală?

Nu ai copil?

Libertatea secolului al XXI-lea este o sclavie liber consimțită. Chiar am văzut o glumă amară: Sclavia negrilor nu a fost niciodată abolită. Doar s-au schimbat regulile ca să poată să includă și alte rase.

Și totuși...

Tu, da, tu, cel care citești această carte, ești mai liber decât părinții tăi. Care au fost mai liberi decât bunicii lor.

Ești liber să nu fii de acord cu mine.

Ești liber să te exprimi. Amintește-ți vocea naturală pe care o aveai când erai copil.

Ești liber să te întrebi „de ce".

Ești liber să nu-ți placă răspunsul.

Ești liber să te oprești un pic și să pui la îndoială tot ce știi.

Ești liber să iubești. Să greșești. Și să iubești din nou.

Mai ales femeile. Chiar și cele care oftează după bărbații de acum 100 de ani care deschideau întotdeauna ușa unei femei. Vai, ce romantic! Să știți că și la pușcărie ușa celulei o deschide gardianul, nu deținutul!

Așa perversă, manipulatoare și consumatoare de oameni cum e, societatea secolului al XXI-lea e totuși cea mai bună, mai echitabilă și mai pregătită să susțină dezvoltarea femeilor decât orice altă organizare din ultimele 6 (șase!) milenii.

Și pentru că multe femei nu mă vor crede, dar știu că trec pe la biserică mai des decât bărbații, vă rog să deschideți Biblia aproape la întâmplare. Nici măcar nu existați! Sunt zeci de cazuri, poate chiar sute, unde se urmărește câte un arbore genealogic: cutare l-a născut pe cutare, care l-a născut pe cutare. Toți bărbați! Mamele nu există. Soțiile nu contează.

Femeia era un bun al bărbatului. Un fel de capră. Cu cât mai mulți iezi. Iezii ăștia, copiii, erau cel mai simplu mod prin care un bărbat își mărea echipa.

Nu cred că este hazardat să spunem că femeia era exploatată inclusiv prin producția de copii.

Ea îi năștea, ea îi creștea, iar el îi lua la câmp, la muncă. Sau la vânătoare, să-și riște viața.

Viața e o negociere

Între ce vrei și ce se poate. Între incapacitatea de a exploata un succes și capacitatea de a limita o pierdere. Între imperfecțiunea echipei pe care o ai și scopurile tale ambițioase.

Nu există situații care nu se pot negocia. Doar oameni care nu sunt în stare să o facă. Sau nu sunt conștienți că se poate.

Ce-ai face dacă ți-aș spune că și o căsnicie fericită e o negociere? Una în care câștigă amândoi. Când nevasta e incapabilă să negocieze și capitulează total, soțul își pierde interesul. Când bărbatul e sub papuc, nu e singurul care suferă, soția are nevoie de aventură chiar și la 50 de ani! Și o va găsi în altă parte pentru că și-a castrat psihic bărbatul și nu poți avea aventuri cu un eunuc.

Ce-ai face dacă ți-aș spune că nu există job permanent? Pe contract e o formulare mai apropiată realității: durată nedeterminată. Ce o determină este capacitatea ta de a negocia CONTINUU atât poziția în companie, cât și poziția în domeniul tău de activitate.

În multe situații în care am vorbit despre munca mea în social media, am punctat un adevăr incomod, dar evident: nimeni nu-ți va spune tot ce știe pentru un bilet la workshop, indiferent cât ar costa. Atunci, o să vă întrebați, de ce aș fi eu atât de dornic să vă dau tips & tricks pentru negocieri, în condițiile în care cartea costă cât două pachete de țigări sau chiar mai puțin?

Pentru că, dincolo de calmul meu aparent, sunt un om furios. Un om care crede că neștiința i-a furat ani din viață! Nu neștiința în profesiile pe care le-a încercat, ci, mai ales, naivitatea de a crede că viața e ca un extemporal: faci de 10, primești un 10.

Pentru orice „proletar intelectual" ca mine, să faci de 10 însemna că e o idee bună ca firma să te angajeze sau să te păstreze. Pentru orice manager, să ia un om de 10 și să-l plătească de 5 însemna să fie eficient. Din acest punct de vedere, scorpiile și nesimțiții vor avea întotdeauna un avantaj.

Ca să nu ai și tu senzația că ai fost încarcerat nevinovat în închisoarea unei vieți mult sub capacitățile tale, îți recomand să caști bine ochii la paginile următoare. Nu va fi ușor. Vorba unei celebre militante pentru drepturile omului, Gloria Steinem: The truth will set you free, but first it will piss you off!

Prima greșeală este să crezi că negociezi cu o persoană. Nici măcar în cuplu nu negociezi cu o persoană! Negociezi cu un context! De exemplu, dacă între șeful tău și tine ar avea loc aceeași negociere, dar pe Marte, într-un avanpost de coloniști, nu ar mai funcționa argumentul „am zeci de CV-uri exact ca al tău, oameni care abia așteaptă să-ți ia postul!". I-ai putea spune: „Sigur că sunt, dar, chiar și în regim de urgență, un înlocuitor ar ajunge aici peste cinci ani, iar tu mai ai patru până la pensie!"

Notă: cum sunt, în esență, un hibrid, un om de stânga care crede în meritocrație și nu se regăsește în nicio politică de stânga din trecut sau prezentă, în următoarele tactici de negociere vor găsi instrumente sau chiar arme peștii mici. Pentru cei mari e oricum mai simplu. Ce negociere mai e aia când vii la masa tratativelor cu tancul?

Înainte să-ți cunoști adversarul, inspectează câmpul de luptă. Și pe tine însuți.

Un proverb arab spune că omul are mai mult decât crede doar două lucruri: defecte și inamici.

Cum „noi suntem romani, noi suntem aici pe veci stăpâni“, nu prea ne interesează ce-au spus arabii, chiar dacă civilizația lor e mai veche, numerele arabe s-au dovedit superioare celor romane și am rămas numai cu curvele urâte, cele frumoase profesând în Dubai.

Într-o negociere, trebuie să știi foarte bine ce vrei, dacă persoana cu care vorbești este factor de decizie și poate să-ți dea ce vrei, dacă în acel moment calitățile tale, inclusiv vârsta, te fac mai ușor sau mai greu de înlocuit. Că de neînlocuit nu-i nimeni. Chiar și Dumnezeul creștinilor a luat jobul altor zei.

Nu înseamnă că negociezi doar când ești cel mai bun din firmă, când situația economică e minunată la nivel global, iar cunoștințele tale sunt mai valoroase decât rezervele de aur ale Băncii Naționale!

Situația nu e niciodată perfectă!

Negocierea seamănă cu o luptă de gherilă. Vezi o fereastră de oportunitate și profiți de ea. Nu ne permitem uși! Orice deschidere e bună.

Contextul

Bunăstarea unei țări nu se regăsește automat în bunăstarea cetățenilor ei. Momentele de restriște sunt mult mai bine distribuite.

La fel, bunăstarea unei firme nu înseamnă măriri de salariu. Incorect? Și da, și nu. Ție, când îți merge bine, nu-ți vine să cheltuiești mai mult? Firma își va dori să investească. Să crească. Și asta vine uneori cu niște costuri atât de mari, încât banii pe care i-a făcut în plus se dovedesc a fi... prea puțini. De unde să iei? Fondurile de investiții sunt pline de rechini mai mari decât șefii tăi, așa că se vor întoarce către voi, pe care vă văd ca pe niște pești mai mici sau chiar ca pe planctonul lanțului trofic din economie.

E important să înţelegi bine contextul. Deşi e negativ, s-ar putea să-l poţi exploata în favoarea ta, pentru că o firmă în expansiune nu-şi permite să-şi piardă picioarele tocmai când voia să ridice capul! Nu-ţi convine să primeşti demisia unui angajat de bază în momentul în care faci angajări masive pentru o nouă unitate de business. Şi ştii de ce? Pentru că, de cele mai multe ori, angajaţii mai vechi sunt cei mai buni mentori. De la ei fură meserie cei noi, pe ei vor să-i depăşească şi tot de la ei învaţă cine e şeful. Cum învaţă maimuţele sălbatice de la cele dresate.

Nosce te ipsum!

Într-o negociere, niciun interlocutor nu îşi va centra apărarea pe calităţile tale. Nu strică să fii sincer cu tine şi să te pregăteşti inclusiv analizându-ţi defectele.

Nu poţi, într-o discuţie cu oglinda, să compensezi 20 de ani în care ai fost un autoipocrit, adică n-ai fost niciodată sincer cu tine. Dar e un început.

Sunteţi curioşi cum a decurs discuţia mea? Eu nu vorbesc cu oglinzi, vorbesc cu altfel de sticle. Vinul şi adevărul sunt prieteni. Sărim peste calităţi, iată, pe scurt, defectele pe care mi le-am corectat sau conservat peste ani.

- Mult prea impulsiv. Vreau să schimb totul şi să schimb acum. De cele mai multe ori reuşesc, dar... în mai rău.
- Arogant. Sindromul Best in class. Unul dintre motivele primei mele demisii, foarte asemănătoare cu o concediere, a fost impulsivitatea. Principalul motiv al primei concedieri 100% din trustul ProTV a fost aproape sigur aroganţa. Nu m-am învăţat imediat, pentru că am fost angajat imediat tot în ProTV. De alt director de departament, care se înţelegea bine cu aroganţii. Un fel de îmblânzitor de lei. Acolo sufeream toţi de sindromul Best in class. Când vezi

la alții cât e de penibil și te recunoști, începi să o lași mai moale.

- Quitter. Da, eu, care am progresat mai ales prin încăpățânarea de a merge mai departe deschizând drumuri, chiar și prin ploi de insulte și lapovițe de flegme, eram un tip care renunța ușor. Îmi inventam tot felul de motive, de la onoarea pe care mi-o păstram pierzând lupta și până la sistemul opresiv, care era ca o masă de ruletă cu magneți. Adică aranjat. A fost un îndelungat proces de autoeducare ca să ajung acum să spun că sunt ameliorat. Nu vindecat.
- Superficial. Să joci șah gândind trei mutări în avans e o mare scofală, așa credeam. Timpul mi-a dovedit că te întâlnești cu oameni care au gândit deja toată partida, de la deschidere și până la mat! Învață de la ei ce înseamnă cu adevărat să-ți pregătești o negociere! De exemplu, cum pierd mai ales cei care au în cap doar mutările din varianta în care albul mută și câștigă. Mută și negru. Să nu uiți asta!

Rostul acestei spovedanii publice este unul singur. Să realizezi că nu poți să rezolvi problemele pe care nu știi că le ai. Cunoaște-te pe tine însuți! E singurul început posibil dacă vrei să te schimbi.

Pregătirea

Norocul îi ajută pe cei curajoși, dar numai atunci când curajul se bazează pe ceva. Pregătirea unei negocieri pornește de la cercetare, să știi cât mai multe despre interlocutor și context, și continuă cu pregătirea unui mic discurs.

Poate să pară puțin stupid, dar cuvintele, cu cât au mai multă încărcătură, cu atât ies mai greu. Așa că e bine să vă exersați speech-ul, măcar pe ici, pe colo, prin punctele esențiale. Nu-l învățați cuvânt cu cuvânt pentru că socoteala de acasă nu se potrivește cu cea din biroul șefului. Iar experiența de negociator a HR-ului este clar mai mare. Pe vremea copilăriei noastre, se numeau „idei principale“, acum, în jargon, se numesc bullets. Frazele-cheie, cele pe care încă nu-ţi vine să crezi că le vei spune. Pe acelea să le exersezi. Ca Robert de Niro în *Taxi Driver*: „Are you talking to me?“

La fel de important e să te gândeşti şi ce s-ar putea să ţi se spună şi să-ţi provoace un disconfort. Uneori, negocierile sunt ca un meci de box care, deşi e în mare măsură unul tactic, poate să fie la fel de dur ca un meci adevărat şi cu multe lovituri sub centură. Pregăteşte-te pentru ce e mai rău! De ce? Pentru că emoţia unei lovituri-surpriză îţi poate distruge toată argumentaţia.

Nu te vei enerva (vizibil), nu vei ridica tonul! Mecanismele de apărare ale interlocutorului vor bloca orice posibilitate de colaborare! Şi la cât de bine se aude totul pe un etaj de firmă, s-ar putea să-ţi pierzi şi o parte dintre susţinătorii pe care îi ai printre colegi.

Riscul asumat

#shareifyoudare

DACĂ NU EŞTI PREGĂTIT
SĂ PLECI,
NU EŞTI PREGĂTIT NICI SĂ
NEGOCIEZI.

Dacă nu ai un plan B, atunci n-ai niciun plan!

Orice negociere presupune un risc. Ți-l asumi, caz în care te gândești la o variantă de siguranță, sau îl ignori, caz în care nu am ce să fac pentru tine. Reușita unui asemenea plan se bazează doar pe noroc chior.

Planul B nu trebuie neapărat să însemne că ai o altă variantă cam la fel de bună, deși este de dorit, ci că ești pregătit mental pentru o schimbare, în cazul în care vei fi nemulțumitul căruia i se va lua darul.

— „Să fii pregătit mental pentru o schimbare“ nu înseamnă pe românește „să joci la cacealma“, adică, tu n-ai nimic? m-a întrebat Muza. E nasol, că dacă te miroase că n-ai nimic înseamnă că orice îți va da e mai bine decât zero. Chiar dacă, de fapt, îți mai și ia din ce aveai. O să-i taie bietului om din salariu și o să-l pună să zică și „mulțumesc“ că nu i-l taie pe tot.

— Am zis eu că negocierea e pentru oricine? Există funcția de negociator. Asta scrie în contract, asta scrie pe cartea de vizită. Și în politică, și la poliție, cu teroriștii, cu sinucigașii nu vorbește oricine.

— Tu ești un terorist al ideilor! Ce poate să fie mai periculos decât să vrei să schimbi sistemul?

— Să-l lași așa, când știi că e de căcat!

— Și cum poți să convingi un om să riște atât de mult?

— E un risc mai mare să nu faci nimic. Poți să rămâi ani în șir într-o companie care nu e interesată să crești, ci doar să te învârtești ca o rotiță, fără poticneli. Să trăiești în weekenduri. Să te pui pe pilot automat cinci zile pe săptămână. Să ai colegi care nici măcar nu te bârfesc, că n-au ce să bârfească despre tine, și copii care nu te respectă. Ce ți se pare mai nasol?

— Și dacă nu câștigi tot ce ai vrut, dar primești totuși ceva?

Ce înseamnă să învingi într-o negociere?

Important! Nu cred că o negociere reușită este una în care cineva câștigă ca în războaie. Nu-ți omori superiorul și îi iei locul!

O să-i notăm ca la judo, Tori este cel care atacă, Uke, cel atacat. Se potrivește perfect pentru că, în general, Tori își pregătește atacul, Uke nu știe în ce constă acesta și doar reacționează. Într-o luptă de judo, poți să câștigi prin Ippon, un fel de KO, dar mai tehnic. Există însă și puncte mai mici, Koka, Yuko, Waza-ari, care te pot duce la victorie prin acumulare.

#shareifyoudare

CRED CĂ O NEGOCIERE
REUȘITĂ
ESTE UNA ÎN CARE PLECI
CU CEVA,
NU NEAPĂRAT CU CE AI
VENIT ÎN MINTE!

Orice câștig e o victorie! Cunosc, de exemplu, oameni care au cerut mai mult timp liber, nu mai mulți bani. Numeroși manageri sunt mulțumiți să iasă din corzi în lupta cu un angajat fără să fie necesar să umble la bani sau la head-counting (adică fără să mai angajeze un om), așa că nu strică să te gândești la o variantă win-win în care să câștigați amândoi sau măcar la una în care tu să câștigi, iar el să nu piardă.

E adevărat că la ultima negociere pe care am avut-o în ProTV exact asta am cerut și mi s-a dat chiar mai mult timp liber decât îndrăzneam să sper. M-au dat afară. Chiar m-a întrebat cineva la berea de „adio și n-am cuvinte" dacă e adevărat că am cerut să muncesc mai puțin. Ai grijă ce-ți dorești, că s-ar putea să ți se întâmple.

De ce e orice câștig o victorie, chiar dacă nu ai plecat cu trofeul dorit? Pentru că atât timp cât pleci cu ceva înseamnă că ești dorit. E un pas pe un drum. Când ești refuzat inflexibil înseamnă că dacă pleci sau rămâi este cam același lucru. Dacă ești refuzat pe un ton aproape insuportabil înseamnă că ți s-a mai dat de înțeles să pleci, dar n-ai priceput aluzia.

Fight plan
Nu pierde contactul cu realitatea!

Atât argumentele tale, cât și ceea ce vei cere trebuie să fie de pe lumea asta. Chiar dacă șeful/interlocutorul tău e pasionat de SF-uri, pe astea le citește acasă. În general, toate ofertele se pot întinde la 50% plus față de propunerea inițială, dar unele se rup. Un target de 15-20% e mult mai realist.

Nu lăsa impresia că ceri ceva în plus!

Impresia corectă este că oferi în timp ce soliciți sau chiar ai oferit deja și ești pregătit să oferi și mai mult, dar ar trebui ca și partea cealaltă să te ajungă din urmă. Mare atenție să nu lași impresia că le „scoți pe nas" ce-ai făcut pentru ei! Sau că te plângi. E penibil și enervant chiar și într-o discuție cu nevastă-ta. Iar șeful tău nu e nevastă-ta. Sau cel puțin ar fi bine să nu fie.

Joacă și cartea emoției!

În orice business există și ceva personal. Marchează cel puțin un punct la acest capitol, preferabil înainte de negociere. În prima parte a acestei cărți, am demonstrat că relația personală cu șeful tău îţi va influenţa cariera cel puţin la fel de mult ca abilităţile profesionale.

Steve Jobs, unul dintre cei mai buni oameni-spectacol dintre oamenii de business, a înţeles mai bine decât mulţi că deciziile în aparenţă logice sunt doar o vopsea de argumente menită să acopere o decizie emoţională. Stârneşte o reacţie de acest fel în interlocutor şi ai rezolvat jumătate din problemă. Bonus: nu uita că şi teama e o emoţie.

Primele 60 de secunde sunt decisive!

Subiectul unei negocieri poate să fie oricare, dar atmosfera se decide în primele secunde. Unii „specialişti" vorbesc de primele cinci minute. Penibil! În ziua de astăzi sunt negocieri care durează cu totul mai puţin de cinci minute!

Pe „surse", am aflat de înţelegeri de achiziţii comune ale unor firme uriaşe care s-au decis la o ţigară şi vorbim de zeci de milioane. O ţigară durează cam şapte minute, cât de interesant să fii, în cazul în care vorbeşti cu un asemenea om, să meriţi cinci?

Arată-i o parte din cărţile pe care le ai în mână!

Cu cât îi dai mai multe informaţii (reale!), cu atât creezi un pod de încredere! Pe de altă parte, am spus deja că, dacă nu ai un plan B, nu ai niciun plan. Un bun folos din planul B nu este să-l păstrezi în mânecă, ci să-l arăţi parţial. Dă-i de ales între două variante: pacea, cu toate avantajele ei, dar şi potenţiala răceală, cu toate dezavantajele. Există cazuri în care persoana de decizie habar nu are ce faci în companie. Vrăjeşte-o cu o poveste „inspirată din realitate" despre cum e cu tine, apoi condu-o încet către varianta fără. Sugestie, nu ameninţare! Orice negociator apreciază un oponent cu temele făcute şi care îşi cunoaşte valoarea.

Cariera nu e un sprint. E un maraton

Importanța primei negocieri într-o companie, de exemplu cea de la angajare, este foarte mare, dar lucrurile încep, nu se termină acolo. Contează un început bun, unul dezastruos poate să aibă efecte și peste patru ani, dar ține cont că rezultatul fiecărei negocieri afectează negocierile următoare, chiar și atunci când interlocutorul se schimbă! Promisiunile că „nimic din ce am discutat nu va părăsi acest birou" nu sunt respectate nici de subaltern, nici de superior.

Negocierea la două capete

Acum zece ani mi-am dorit să lansez *Filosofia sexului* cu un puternic sprijin media. Deși lucram în ProTV, asta nu e o garanție că „faci de o știre". Știam însă că ProTV-ul ar susține proiectul dacă avea imagini bune și un partener cool și, de asemenea, că unul dintre potențialii parteneri cool s-ar băga dacă ar obține din asta „presă". Am avut câte un cub de zahăr pentru fiecare, doar că nu din zaharnița mea, le-am pasat între ei. Ca o verificare a punctului de mai sus, rezultatul acestei negocieri a influențat mai multe unități de business din trust și din afara lui, la lansare venind patru televiziuni, mai multe reviste, ziare și radiouri.

Asigură-te că targetul dorit este și necesar!

Nu toate negocierile sunt despre bani. Unele vizează o poziție nouă, expunere etc. Uneori, crezi că o schimbare ți-ar aduce liniște, faimă sau putere și nu se întâmplă așa. Alteori, crezi că ți le va aduce pe toate trei, ceea ce e chiar imposibil, puterea nefiind compatibilă cu liniștea.

Învață din greșeala mea! Expunerea în mass-media nu a ajutat la modul real *Filosofia sexului*! Mass-media este așa o mașină de tocat subiecte, încât, până ajungi într-o librărie, ai fost deja martor la un sfârșit al lumii, trei violuri în Moldova și o schimbare de guvern. Abia mai târziu, când n-am mai fugit după ajutorul altora, am ajuns în poziția să pot să ofer eu ajutor. Și, balcanic, prima dată m-am ajutat pe mine.

Cere mereu mai multe lucruri. Să ai la ce „renunța"

Satisfacția negocierii este să ajungi la un numitor comun. Uke preferă să facă remiză cu Tori, așa că e bine să lași impresia că nu îți acordă decât o parte din ce ai cerut. Ai grijă doar să-ți rămână acea parte pe care chiar o vrei.

Varianta extremă este tehnica exagerării, în care știi din start că vei crede ceva nerezonabil, dar îți lasă și mai mult loc „să lași de la tine". Nu recomand. E suficient să fii trecut prin viață ca să-ți dai seama că e o cacealma.

Ascultă!

Cel mai dificil este să negociezi cu oameni care nu vorbesc. Te ascultă și din când în când îți spun „go on", sau „așa...", sau „înțeleg". Ei te încurajează sau te constrâng să îți arăți toate cărțile, astfel încât își pot construi apărarea. E important să bifezi pe parcurs măcar câteva aprobări (și nu de formă) ca să știi că ești pe drumul cel bun, dar mai ales să scoți câteva informații ca să-ți poți nuanța poziția.

Să nu crezi prostia din multe cărți cu „mai avem și mâine"

Renegocierile se vor întâmpla, desigur, dar în niciun caz în viitorul apropiat. Să tot vii cu aceeași problemă devine, la un moment dat, extrem de plictisitor. „Iar ăsta!" Te vei alege cu eticheta de pisălog. Pe care nu o vei mai da jos prea curând. Ceea ce se obține se obține pe loc. Restul sunt doar implementări ale succesului sau amânări. Nu recomand o nouă negociere hard mai devreme de șase luni, cu excepția cazului când propunerea vine de data asta „de la ei".

Presiunea nu e doar pe tine

În mare parte, negociezi cu cineva care nu e chiar atât de diferit de tine. Managerul e un fel de arendaș. Nu e proprietarul pământului. Există presiune și pentru el, care e între ciocan și nicovală. Bate-l cât e cald! Fă-l să simtă presiune și cedează cum ai învățat la punctul „cere mai mult, să ai la ce renunța".

Concluziile trebuie să fie clare!

Oricum tot ce nu e în scris se poate întoarce. Ai grijă măcar ca amândoi să înțelegeți același lucru din ce s-a vorbit, dar mai ales din ce s-a decis. De la beneficiile în plus pentru tine, la eventualele îndatoriri în plus. Și termenele de execuție.

Capcane clasice: Negocierea fără autoritate

Este o tactică pe cât de simplă, pe atât de eficientă. „Nu am putere de decizie în această problemă singur, trebuie să mă consult cu: HR-ul, șeful meu (că toți avem șefi), partenerii de afaceri, nevasta, Oracolul din Delphi etc.

De cele mai multe ori, răspunsul lui „Dumnezeu" vine prin unsul lui pe pământ, dar mai ales în birou. Nu vei ști niciodată dacă măcar au vorbit. Așa cum nici în viața de toate zilele nu ești sigur că Dumnezeu există, îți recomand să fii un pic ateu și față de religia corporatismului.

Uneori, negocierea fără autoritate conduce către altă capcană:

Negocierea amânată. Saved by the bell

Tori, adică tu, cel care atacă, vine cu lecția învățată, speech-ul exersat, ce mai!, negociatorul model. Uke își dă seama că nu știe pe ce se poate baza. Cu tine în birou, nu poate să dea două, trei telefoane ca să se pună la punct. Mulți șefi au un cod cu secretarele prin care acestea îi sună „pentru ceva foarte urgent". De obicei, o problemă mai mare sau chiar una personală. Poți să-i refuzi bietului om un time out? Nu poţi. Şi acel time out schimbă total raportul de forţe şi rezultatul meciului.

Negocierea egalităţii simulate

Uke te face partener. Nu! Nu o să împărţiţi nici vila lui, nici limuzina, nici nevasta-trofeu. Veţi fi tovarăşi de... suferinţă. „Atâta am! Mi-a fost foarte greu să nu dau oameni afară! Nici postul meu nu mai e sigur." Îţi vine să-l iei acasă la tine. Să împărţiţi apartamentul tău din Drumul Taberei şi Loganul. În unele cazuri, nevasta o împărţiţi deja.

Negocierile-turneu

Derivată din negocierea fără autoritate, negocierea de tip turneu e ca la Liga Campionilor. Ca să ajungi unde vrei, trebuie să ai mai multe discuţii cu mai mulţi negociatori. De exemplu, cu şeful direct, cu şefa de HR, apoi cu un şef mai mare, care în final mai vrea o a doua opinie de la un altul etc. Scopul este să fii satisfăcut de gradul de implicare, dar, în acelaşi timp, ca în romanele lui Kafka, să fii atât de obosit şi conştient că e greu, încât să renunţi la jumătate dintre cereri doar ca să ajungeţi la o concluzie semnată.

Acum e momentul să vă dezamăgesc. Vă gândiţi că n-ar avea rost să enumerăm capcanele, dacă n-am schiţa şi nişte soluţii. Din păcate, pentru cele patru capcane de mai sus nu există ieşiri prea grozave. Toate se bazează pe ascunderea unor informaţii. Şi nu e ca la jocul Killer, de când eram mici, unde era suficient să te prinzi cine era the bad guy ca să-l învingi. Să ştii că eşti dus cu preşul nu face metoda mai puţin eficientă. Singura soluţie, când nu vrei să fii dus cu preşul, este... să te dai jos de pe el.

Ce poţi să eviţi sunt capcanele imperfecte, cum ar fi situaţiile în care, după ce aţi căzut de acord asupra unor termeni şi „v-aţi despărţit prieteni", prietenia asta te costă. De exemplu, ei ţi-au mărit salariul ieri şi astăzi găseşti pe mail o „rugăminte" de la noul tău „prieten“. Se numește *creșterea prețului post contact*, deși nu e vorba de bani. Și banii au un preț.

Ai două soluții: să joci cartea inocenței (cred că, dintr-o eroare, am primit un task care nu e de domeniul meu) sau cea a imposibilității. (Mi-aș dori foarte mult să pot face și asta, dar, așa cum am discutat și ieri...)

La fel în cazul *negocierii cu contraofertă*, când vii cu ideile tale și s-ar putea să ieși din birou cu ideile șefului, soluția este să îți menții cursul. De ce? **Dacă oferta lui era mai bună pentru tine... nu ți-o făcea!**

Te vei descurca și la negocierile cu „scoaterea din zona de confort“. Când ți se refuză lucruri normale (cum ar fi să te așezi) sau ți se pictează din cuvinte un viitor sumbru pus față în față cu prezentul tău, care este prin comparație foarte bun. „Păi, nu ți-e mai bine așa, Mitică? Vii la 9, pleci la 5. Știi câte ore suplimentare o să faci dacă ajungi șef?“

Tactica aceasta e nulă dacă tu te-ai pregătit așa cum se cuvine.

La fel și tehnica antagonizării alb–negru: „Mă, tu vrei să fii în locul meu? Îmi vrei postul? Spune! Măcar să știu că mi-am găsit înlocuitor!“

Ține minte că un negociator agresiv sau arogant rar are o bază, ci joacă la intimidare. Mulți țipă pentru că nu au nimic de... spus. Specialiștii numesc această tehnică negociere agresivă și este apanajul celui care își cunoaște poziția ca fiind dominantă. De multe ori îți invadează spațiul, vorbesc din picioare când tu stai jos ca statura să fie în favoarea lui sau își pun picioarele pe birou și te tratează exact așa: cu picioarele. Soluția este să procedezi ca la judo, că tot v-am spus Tori și Uke. Rolurile se inversează, tu te aperi, dar folosești forța și argumentele lui în favoarea ta. Lucru relativ ușor, pentru că aroganții vorbesc mult. Mai ales despre ei. Aur curat, pentru că informațiile despre adversar sunt cruciale, iar la nervi, oamenilor le mai scapă și ce nu vor să spună. Crizele de nervi, la fel ca beția, sunt un ASC, altered state of consciousness. Profită! În concluzie, nu ai de ce să te temi de o negociere.

#shareifyoudare

IF YOU ASK FOR NOTHING
THAT'S EXACTLY WHAT
THEY'LL GIVE TO YOU!

Pregătește-te pentru două, trei scenarii, fii gata să o iei de la capăt, nu-ți pierde firea și ascultă cu atenție tot ce spune interlocutorul, fără să te entuziasmezi prea tare, dar în același timp fără să te sperii.

Am spus-o și în prima parte, dar repetiția e mama învățăturii: așa cum companiile vor să crezi că niciun angajat nu e de neînlocuit, și au dreptate, la fel și eu vreau să știi că nicio companie nu e de neînlocuit. Și tu poți alege, la fel cum o fac și ei. În momentul în care mintea ta scapă de acest lacăt al continuității, vei fi un om cu adevărat liber și, probabil, un foarte bun șef.

Roboții nu simt emoții, dar s-ar putea să le înțeleagă!

Următorul tău șef ar putea să fie un robot? Dar următorul tău psiholog?

Ne-am putea lăuda cu viziunea noastră despre viitor, dar aceasta e o poveste despre prezent.

În timp ce citiți această carte, sunt cel puțin zece mari companii care lucrează la programe de inteligență artificială care să opereze ca psihologi online.

Dar nu există Google Translate pentru emoțiile umane!

Sună bine, nu? Să ne răzvrătim împotriva mașinilor! Nu ne face asta un fel de părinți care se opun propriilor copii? Oul și găina. Omul și mașina.

Sunt absolut convins că psihologia nu este încă o știință exactă pentru că nu folosește big data. Inteligența artificială este în elementul ei acolo.

Pe partea umană, suficiența multor profesori îi face incapabili să mai învețe, iar profesorii, se știe, trebuie să învețe mai mult decât studenții. Cam toată viața.

#shareifyoudare

PENTRU A ÎNȚELEGE
EMOȚIILE
TREBUIE SĂ LE TRATĂM
FĂRĂ NICIO EMOȚIE.

Mașinile chiar pot face asta. Sora mai puțin amenințătoare a inteligenței artificiale se numește chiar machine learning.

Sistemul prin care un computer poate să învețe FĂRĂ să fie programat în mod special este deja folosit în multe domenii.

Sport

Fotbalul e un sport mult mai tactic decât pare și mult mai puțin ofertant pentru imaginație decât ne place să credem. Pentru bărbați s-ar putea să fie un șoc vestea că stadionul este un loc al pasiunilor numai pentru... spectatori.

Bayern München, Chelsea, Real Madrid sunt doar câteva dintre echipele de top care au parteneriate cu giganți din software care îi ajută pe antrenori atât de mult, încât în curând s-ar putea să îi și înlocuiască!

Este aproape nedrept că nu apare și computerul în poza de grup de la câștigarea campionatului.

În acest moment nu risc prea mult dacă estimez că aproape toate stadioanele din Europa au sisteme care urmăresc fiecare jucător individual. Ele sunt conectate la un sistem care îi evaluează pe toți în termeni de viteză, precizie, vitalitate, poziție în teren. Sunt convins că sistemul știe și de câte ori au scuipat și pe cine.

Resurse umane. Sau Robotul care te-a angajat

Pentru cei care se întreabă cum anume pot să fie evaluate mii de CV-uri în 24 de ore, răspunsul este același.

Machine learning & resurse umane = love.

Scandalos? Resursele umane evaluate de o mașină? Poate că e mai puțin scandalos decât nepotismul, mașina nu are rude care concurează pentru postul pe care ți-l dorești!

Chirurgie, interpretare imagistică etc.

Inteligența artificială le face mai repede. Unii spun că, în curând, le va face și mai bine. Alții spun că deja o face. Sigur că le-a învățat de la noi. Și copiii noștri au învățat de la noi să meargă, să vorbească și chiar să înjure. Asta nu-i împiedică uneori să ne depășească.

Finanțe

Toate bursele majore folosesc acum machine learning. Și în finanțe e multă psihologie, cum este multă psihologie și în sport sau HR! Începuturile au fost timide, computerul analizând situația și pasând decizia „la cap“ unui om. Gurile rele spun că asta nu se mai întâmplă decât în situații excepționale și doar atunci când viteza cu care evenimentele se petrec permite implicarea unui decident mai „încet“, cum este omul.

Vânzările

Multiple surse confirmă că, în acest moment, alegerile în achizițiile celor mai multe lanțuri de supermarketuri sunt girate de estimările unor inteligențe artificiale. Deci tu stai în fața raionului cu vinuri și alegi ce vei bea la o cină romantică, dar alegerile din care alegi au fost cel mai probabil ale unei entități cum este Watson al lui IBM! Nu strică să-l cauți pe Google, Watson ăsta e chiar interesant!

Muzica

Ei bine, dacă tot ai deschis Google, poţi să cauţi original music composed by machines. Informaţiile sunt contradictorii şi se pare că de la ce a compus AI and the Band şi până la rezultatele finale disponibile pe internet s-au mai băgat vreo cinci, şase oameni care au mixat pistele, au cântat cu vocile lor sau au scris versurile. Interesant este că autorii de software au programat învăţarea unor stiluri în care AI să compună. Altfel spus, deocamdată computerul copiază. La fel ca mulţi artişti de la noi şi nu numai, motiv pentru care se lansează atâtea noi single-uri pe care poţi să juri că „le-ai mai auzit".

Bine, bine, dar psihologia? Această Religie Nouă a Sufletului în care vrem atât de mult să credem? Cum să ajungem la Automatizarea Spiritului?

Cum am mai atras o dată atenţia, noi nu ştim ce este spiritul! Poate să fie la fel de bine un cod! Un program!

Şi ambiţia? Şi geniul? Şi sora lui, nebunia? Sau dragostea?

O să vină maşinile să facă ordine în haos?

Şi dacă nu există haos?

Einstein spunea că Dumnezeu nu dă cu zarul!

#shareifyoudare

HAOSUL S-AR PUTEA SĂ FIE DOAR O ORDINE CARE E DINCOLO DE CAPACITATEA NOASTRĂ DE ANALIZĂ!

Următoarea ta ședință de terapie ar putea să fie cu un robot?

Da! Și este foarte posibil ca robotul să decidă mai repede decât omul că nu mai ai nevoie de terapie. Pentru că el nu are nevoie de banii pe care îi dai tu pe ședință.

La fel de posibil este ca robotul să-și decline competența când nu știe ceva. Pentru că el nu are orgoliu care să-i stea în drum și nici ideea că are o reputație de păstrat.

Să mai spun că e puțin probabil să prinzi robotul într-o zi proastă? Când i s-a întâmplat ceva și n-are chef de tine? Sau mahmur? Sau cu sindromul zilei de luni?

Să mai spunem că nici sex-appealul celui care vine la terapie nu poate să-l distragă pe robot?

Unii vor spune: „Vai! Ce afirmație scandaloasă!" Un psiholog adevărat nu ar avea niciodată o altfel de relație decât profesională cu un pacient! Atunci Carl Gustav Jung nu a fost un psiholog adevărat!

Alții vor spune: „Hai, că toți suntem oameni și a greși e omenește!" Pe ei îi voi întreba: Și dacă greșește în cazul tău? Nu cu atracția, cu terapia? Toți suntem gata să iertăm când nu e paguba noastră.

În prima parte a cărții, am deschis acest subiect, al adaptării psihologiei la tehnologie (și viceversa), dar recunosc deschis că nu am mers până la capăt din teamă.

Unul dintre ingredientele esențiale ale terapiei este încrederea. Trebuie să mă faci să vorbesc, să mă simt confortabil chiar dacă dezvălui un vulcan de resentimente, un tsunami de ură, un cutremur de nesiguranțe sau chiar planuri de a face rău cuiva sau mie însumi.

#shareifyoudare

> ÎN SPATELE UNUI ECRAN SE SIMTE OMUL MODERN CEL MAI ÎN SIGURANȚĂ. DOVADĂ CÂȚI CURAJOȘI SUNT PE FACEBOOK. OAMENI CARE NU RIDICĂ PRIVIREA ÎN METROU, DAR RIDICĂ TONUL LA RIVALI ÎN COMENTARII ACIDE!

Să fie distanța? Să fie obișnuința de a folosi un device pentru comunicare? Să fie faptul că în aparență ești singur? Că ești într-un loc familiar? Casa, mașina sau un orice alt loc care nu e nou pentru tine? Să fie toate?

Eu cred în ultima variantă de răspuns. Sunt toate, plus disponibilitatea. Într-un oraș mare ai nevoie de frustrant de mult timp ca să ajungi să-ți vizitezi un prieten, dar poți comunica instantaneu cu el prin mesaje chiar și când ești într-o ședință!

Gândește-te cât de mult am ajuns să comunicăm cu degetele! Din păcate atingând doar un ecran rece sau taste, nu un alt obraz, o mână întinsă sau buzele întredeschise într-un zâmbet cu două înțelesuri.

Contrar a tot ceea ce se crede despre o ședință de terapie, un exercițiu de distanță s-ar putea să apropie. Este singura explicație care stă în picioare pentru zecile de mii de mesaje pe care le-am primit de când am deschis blogul. Suntem precum catolicii la spovedanie: separați de un mic paravan format din ecranul meu și al celui care mi se confesează. Cu un mizilic de câteva sute de kilometri între noi. Și confortul unui buton de panică numit simplu: log off.

Tehnologia ca mijloc de comunicare.

Tehnologia ca mijloc de evaluare.

Psihicul uman în derivă.

Psihicul uman remorcher.

Probabil că și dinozaurii au negat schimbările climatice. Este o nebunie și o aroganță uriașă să crezi că evoluția s-a oprit la noi.

The Red Book

Dragostea există sau este un efect placebo?

Dar realitatea? Realitatea există?

Nu există niciun mod în care să poți demonstra din interiorul unui sistem că tot ce vedem, mirosim și măsurăm e chiar realitatea, și nu o halucinație colectivă!

Chiar și această carte...

Percepția mea este realitatea mea. Dincolo de ce sunt pregătit să văd nu are rost să-mi arăți nimic.

Mereu, dar parcă mai pregnant în relații, „realul" este ceea ce cunoaștem. Omul din fața mea ESTE ce știu eu despre el. Este ce ÎNȚELEG că este. Asta pentru mine.

Cine este el pentru sine?

Cine sunt eu pentru el?

Ce reprezintă relația noastră pentru fiecare dintre noi?

Nu e un interogatoriu și nu trebuie să-mi răspundeți.

Nu e nici un avertisment. E o temă de gândire. La finalul acestui capitol nu veți găsi concluzii. Nici rezolvări ca la finalul culegerii de probleme de matematică.

În problemele sufletului NU există un singur răspuns corect!

Pentru materialiști, dragostea romantică e un truc al naturii ca să ne înmulțim, iar cea filială e un alt truc ca să creștem chiar oamenii care ne vor înlocui.

Pentru „realiști", omenirea e o haită, o supă de celule care se zbat pentru supraviețuire în cocoloașe vii numite uneori oameni sau un fel de paste carbonara din linii de ADN care ar face orice să continue.

Familiile sunt un fel de autostrăzi genetice pe care circulă în mare viteză trăsături, boli de ficat, simțul umorului sau lipsa lui, sprâncene împreunate, bilă leneșă, Factorul 5 Leiden, culori de ochi și de păr, sâni mici, pretenții mari, instincte perverse și ciudate dorințe de a ucide lent.

Atât să fie omul? O gazdă?

Pentru romantici, este o forță care înnobilează. Nicio artă nu ar fi existat fără dragoste. Niciun copil nu s-ar fi născut din ură. Nici Eminescu n-ar fi existat.

Nu există nici sens al vieții mai presus, nici motor care să fie mai puternic și, în orice caz, nu s-a inventat niciun combustibil mai eficient decât dragostea, zic romanticii.

Și totuși... cine crede că „Dragostea învinge orice" n-a avut niciodată o durere de dinți.

#shareifyoudare

TOȚI AM CÂNTAT „ALL YOU NEED IS LOVE". DUPĂ CARE NE-AM CĂUTAT ÎN LINIȘTE CÂTE UN JOB.

Pentru mistici, dragostea vine de sus. E o lumină care nu face umbră. Trece prin noi ca razele Röntgen! Singura dragoste care satisface e dragostea de Dumnezeu. Care este, la rândul lui, dragoste. Adică dragostea de dragoste să fie ceea ce căutam? Un cerc vicios de sentimente care îşi muşcă unul altuia cozile ca lupii lui Nichita Stănescu?

Privind în jur la dramele lumii moderne sau în trecut, la întâmplările consemnate de istorie, sau chiar la cele din Biblie, veţi ajunge uşor la concluzia că Dumnezeu, dacă într-adevăr ne iubeşte, are un mod ciudat de a ne-o arăta.

Problema cu dragostea este că nu poţi să stabileşti o relaţie între două elemente atâta vreme cât nu le cunoşti. Omul ştie atât de puţin despre sine. Nu ştim nici de ce existăm, nici de ce îmbătrânim, nici de ce ne îndrăgostim. Aşa cum ne naştem fără voia noastră, murim fără voia noastră şi ne îndrăgostim tot fără voia noastră. Asta nu ne opreşte să declarăm sus şi tare că e viaţa noastră şi facem ce vrem cu ea. Mai ales când suntem beţi.

Noi n-am băut decât cafea. O cafea tare, cu două linguriţe de adevăr:

În cele mai multe cazuri, NU iubim. Dacă dragostea era chiar pe toate drumurile, se scriau mai puţine romane despre ea. Se făceau mai puţine filme. Se compuneau mai puţine cântece. Aţi văzut voi un hit despre un nou job? Nici măcar despre pierderea unui job bun. Dar despre pierderea unei femei? SUTE! MII! MILIOANE!

Asta şi pentru că, potrivit unui studiu, 65% dintre americani au joburi pe care le urăsc sau sunt acolo prezenţi doar „fizic“. Mi-e frică să mă gândesc care ar fi procentul în România.

NU iubim pentru că e greu. Societatea l-a convins pe individ să se concentreze pe „a lua“. Suntem mai egocentrici decât oricând. O lume mai bună e una în care îmi e mie mai bine. La fel şi în cuplu. Ştiu că o să pierd cel puţin o mie de cititori şi cititoare spunând asta, dar TREBUIE să o fac.

Multe femei nu şi-au iubit niciodată soţii! Iubeau doar ce erau ei dispuşi să facă pentru ele!

Și mulți bărbați cu posibilități materiale n-au căutat niciodată o femeie care să le placă lor. Ci una care să le placă TUTUROR. Un trofeu, un animal de casă, care când se dă jos din mașina de lux să se potrivească perfect cu brandul.

Am cam dat de pământ cu dragostea? Nici pomeneală! Am pus degetul pe o rană numită educație. Nicio programă școlară nu s-a obosit să-i educe emoțional pe copii. Știm mai multe despre chimia organică decât despre chimia dintre un bărbat și o femeie.

Știm ce vrea societatea să știm. Economia trebuie să funcționeze. Nu familia.

Ca să ne putem BUCURA unii de alții ar trebui să creștem cu încredere.

Iar ca să nu fim dependenți emoțional, ar trebui să ne intereseze doar ce oferim. Nu ce primim. Aceasta e singura independență reală! Nu-mi caut jumătatea PENTRU CĂ SUNT UN BĂRBAT ÎNTREG.

Creștem cu frici. Ne sperie că am putea să rămânem singuri, așa că ne mulțumim cu ceva 2nd best. E mai bine decât nimic, nu?

Nu e. Să luăm, de exemplu, sărbătorile. Ele sunt frumoase atunci când le petreci cu oameni care le dau sens. Altfel, sunteți doar doi oameni singuri care au același nume pe ușă. Doi condamnați la nefericire. Care, în loc să împartă aceeași dragoste, împart aceeași celulă.

Muza spune că nimeni n-ar trebui să fie singur de sărbători. Dar e mai bine să fii singur(ă) decât prost însoțit/ă!

Ai prieteni și familie? Fără să știi, stai deja mai bine decât mulți oameni care îmi scriu.

Faptul că n-ai pentru cine să-ți pui lenjerie intimă roșie de crăciuniță nu se va schimba doar pentru că există acolo un oarecare.

Voi nu sunteți împreună. Sunteți doar doi oameni singuri care au locuri alăturate la masă.

Parcă și vinul fiert are cocoloașe când nu-l bei cu cine-ți place!

Psihologii spun că există un sindrom al sărbătorilor. Eu cred că există unul al fericirii. Obligatorii. Şi fericirea asta nu poate să umble singură, doar doi câte doi. O fi ca o chirie. E mai uşor de achitat din două salarii.

O să o vezi înainte de Crăciun, de exemplu, prin malluri, cluburi şi puburi: femei care poartă rochii mai scurte decât vara şi decolteuri mai largi decât viziunea lor despre viaţă. Doar, doar pică unul repede.

Şi, uneori, pică.

Cade de-a dreptul, că e aproape mort de beat.

Încercând şi el să te vadă mai frumoasă. Sau pentru că semeni cu fata de care tocmai s-a despărţit.

Dar relaţiile începute „de urgenţă" se termină la fel de repede şi de stupid cum au început.

Asta dacă nu cumva o să tragi de el ca de o cola când n-ai bani... să-ţi ajungă până pe 14 februarie. Când toate simt „obligaţia" să se arate îndrăgostite. Cele mai multe chiar sunt. Dar nu de tipul cu care apar în poze.

Înainte să devenim paranoici, nu strică să tragem cu ochiul prin gaura cheii (transformată în carte) la cinci poveşti. Cinci intimităţi.

Ele ne vor da cinci răspunsuri la dilemă. Dacă ele ne vor lumina sau ne vor încâlci de tot, asta e o problemă a fiecăruia. Numele personajelor au fost schimbate pentru a proteja identitatea protagoniştilor. Eu le-aş numi cinci feluri de nedragoste.

Ştiţi bancul cu tipul a cărui iubită era o Miss? Nu vi l-am spus? Nu ştiu cum am o-mis!

Viaţa nu a fost foarte rea cu Vero. I-a dat şi inteligenţă. I-a dat şi un chip frumos. Un singur lucru nu i-a dat (sau poate două): sâni! Era ca un băieţel dichisit, adorabil, dar, într-un fel sau altul, nu era chiar femeie după toate etaloanele momentului. În anul milei Domnului şi al atenţiei distributive a trimisei lui pe Pământ, chirurgia plastică, acest lucru s-ar fi rezolvat în trei săptămâni cu tot cu convalescență. Durează mai puțin să-ți pui sâni decât să uiți un bărbat. Și doare mai puțin.

Din păcate pentru Vero, această poveste are loc prin anii 1990, la scurt timp după „Revoluție".

Într-o joacă, micuța Vero s-a dus la un casting pentru modele. Pe atunci, aceste castinguri însemnau în proporție de peste 99% doar jumulirea gâsculițelor naive cu pretenții de podium. Norocul i-a surâs și a nimerit la un casting din cele unu la sută. În două săptămâni primea bilete pentru Paris! Dar acolo nimic nu arăta așa cum se aștepta... Într-un apartament de trei camere stăteau șase modele. O moldoveancă a spus cu obidă:

— Ne-au înghesuit ca pe niște curve.

Vero a glumit:

— Dacă eram curve, am fi avut fiecare camera ei. Și în niciun caz n-ar fi fost paturi suprapuse.

Venirea la Paris li se păruse a fi succesul când, de fapt, nu era decât începutul. În fiecare săptămână unele fete plecau, altele veneau. Vero, care era foarte slabă de la natură, nu avea nicio problemă să prindă contracte mici, dar dese, pentru că în Franța erau la modă atunci modelele moarte de foame și cât mai inocente, iar fața ei arăta ca de puștoaică de 14 ani. Atunci, nu acum, că acum unele puștoaice de 14 ani par mai în vârstă decât nevastă-mea.

Telefonul costa o avere, așa că dorul de casă îi făcea din ce în ce mai rău. Nu se înțelegea cu fetele, fie pentru că modellingul nu e un sport de echipă, fie pentru că se schimbau prea repede și nu aveau timp să se cunoască. Doar cu o fată de la Chișinău, pe jumătate rusoaică, mai schimba două vorbe. Într-o zi, rusoaica a organizat o ieșire nepermisă la vodcă și dans. Pentru cei care cred că întâlnesc modele în club, seară de seară, nu strică să știe că ora la care începe programul acolo e mult mai târzie decât ora la care se culcă un model adevărat, mai ales când lucrează des. Așa că această „abatere" era un adevărat eveniment. În seara aceea au nimerit într-un club unde se organiza un concurs de Miss.

Nimic serios, doar ca să fie atmosferă. Rusoaica a ieşit pe primul loc, Vero pe al doilea. Sticla de şampanie pe care au primit-o era mai proastă decât ce beau deja, dar panglica arăta foarte bine, exact ca una de la Miss Univers, că nici nu e greu.

Rusoaica a vrut s-o arunce imediat:

— Arată ca una de la morţi! Veşnica pomenire a frumuseţii de moment! Aveam una de-asta la Chişinău, făcută de mine. N-am câştigat niciodată un concurs de Miss, dar una de la mine de pe scară câştigase şi avea o bandă de-asta pe care o purta prin casă, goală, când veneau bărbaţi la ea. Într-o zi am aflat că şi prietenul meu trecea pe la ea şi o plătea cu 50 de mărci. Auzi tu! 50 de mărci?! Iar mie nu-mi dădea nici măcar o îngheţată! Mi-am făcut şi eu una şi i-am zis prostului că am câştigat-o la un mare concurs la Bucureşti. L-am dus la oglinda de la dulapul cu haine şi i-am zis tot timpul „Uită-te bine ce fuţi!". A fost foarte impresionat. Mi-a lăsat şi nişte mărci. „Să-mi iau ceva frumos." Din păcate, şi mărcile lui au fost la fel de false ca panglica mea de Miss. Atunci mi-am promis să ajung la Paris şi să fiu fericită cu altul. Prima parte a fost mai uşor de făcut. Tu de ce te-ai făcut model?

— Pentru că n-am ţâţe.

Au râs amândouă, apoi au plâns un pic, că aşa e la băutură, dar dimineaţă, după ce s-au speriat una de alta când s-au văzut cu cearcăne, rusoaica i-a zis:

— Dacă pentru bărbaţi o faci, poţi să te întorci în România. Când vor auzi că ai fost model în Franţa, nu te vor mai vedea ca pe o femeie şnur. Şi mai am ceva pentru tine. Panglica mea de aseară.

— Dar tu ai câştigat-o.

— Cine mai ştie asta în afară de noi?

Rusoaica a avut dreptate. Vero a avut la picioare bărbaţi din toate categoriile sociale, iar vestea că o fată din cartierul gri defilase în Franţa a făcut repede înconjurul micului oraş, deşi atunci nu exista Facebook. Ba chiar erau bărbați care se jurau că sânii mari sunt de-a dreptul vulgari!

Sora ei mai mică făcea bani din poze „cu Vero la Paris". 9 pe 12 = 5 lei.

Ba chiar și o verișoară și-a găsit soț pentru că „vară-sa-i model, frumusețea e în gene".

Anii au trecut. Nimic nu s-a schimbat. Oamenilor le e mai greu să aprecieze cu mintea lor ce e frumos, iar aprecierea altora este ceva ce înțeleg mai ușor. În locul panglicii de Miss, acum se poartă sutele de mii de like-uri pe Instagram, acest Tinder mai fandosit, care pretinde că ar fi apărut de dragul artei fotografice.

Proverbul „Nu-i frumos ce e frumos, e frumos ce-mi place mie" se aplică doar oamenilor cu personalitate. Iar aceștia sunt, asemenea cititorilor de carte, din ce în ce mai puțini.

Care dragoste e mai importantă?
A ta sau a lui?

Frumusețea nu garantează nimic. Nu cred că s-a făcut vreo statistică despre femeile înșelate care să ne spună dacă sunt mai des „traduse" cele banale sau cele considerate „speciale", dar privind căsătoriile starurilor, care au nunți scumpe și divorțuri și mai scumpe, începi să înțelegi că nimic nu e garantat pe lume.

Ea era vedetă într-un oraș mai degrabă micuț, de provincie. Cum vă știu curioși, știu că deja ați exclus de pe listă Timișoara, Clujul, Iașiul. Pare puțin lucru să fii „vedetă" într-un oraș mic doar pentru cei care locuiesc într-un oraș mare și care nu știu ce înseamnă să te cunoască absolut toată lumea. În București, și Pavel Bartoș poate să iasă să-și cumpere pantofi într-un mall și să scape fără să-i ceară autograf nici măcar un om. Sunt atât de mulți oameni. Cu cât mai mulți, cu atât mai intim.

Haideți să mergem cu ea câțiva pași. Polițistul din colț îi face semn că poate să treacă repede pe galben, dar ea oprește. Deși e frig trebuie să deschidă geamul, dacă tot a oprit, și să răspundă la un salut „călduros".

La magazin se mai deschide o casă special pentru ea. Lucru senzațional pentru un magazin în care sunt doar două case de marcat și o singură casieriță.

Mai degrabă minionă, cu o rochiță ca o umbrelă, pare o păpușă mecanică. Le zâmbește tuturor, chiar și interlopilor de la terasa de lângă tribunal, care nu i-au făcut niciodată nicio problemă. Deși are singura poșetă Moschino din oraș, nu a fost niciodată tâlhărită. Au și băieții răi slăbiciunile lor.

În timp ce vorbește nimicuri, se gândește tot timpul la același lucru: „Nu scap dracului din fundătura asta!"

Merge la canto mai rar și la sală mai des. A înțeles ea bine că sloganul „Doar vocea contează" e doar o vorbă care sună bine și n-are legătură cu realitatea. Până să-ți remarce frumusețea vocii, toți se uită la piept. Păi, nu de acolo vine?

Deși are mii de admiratori, a avut doar doi iubiți. Primul a fost un coleg de liceu căruia i-a dat papucii când l-a prins agățând cu textul „Eu sunt iubitul Mariei". Oare cine era mai penibil? El, că o folosea ca pe o adeverință, sau ele, că picau la o asemenea replică?

Al doilea a fost un coleg de facultate, dar povestea a durat exact cât studiile. Fiecare s-a întors în orașul lui doar ca să descopere că e mai ușor să înveți la distanță decât să iubești la fel.

Și totuși, atât noi, care o însoțim, cât și Maria, care nu se aștepta la nimic deosebit în ziua aceea, vom avea o mare surpriză. Nu va cunoaște un bărbat, cum sunt sigur că vă așteptați. Va cunoaște doi, la aceeași petrecere. Un „prosper om de afaceri implicat în politica județului", dar stabilit la București, și un tânăr stabilit în Londra, care se străduia să ajungă acolo ce era ea deja aici.

A flirtat cu amândoi. Să nu ne grăbim să zicem „ce ne spune asta despre ea ca om".

Unul i-a trimis un buchet de flori la masă. Cu o carte de vizită. Celălalt i-a propus o vizită în oraș.

— Nu-ți trebuie ghid pentru trei străzi, i-a zis ea.

— Nu orașul vreau să-l cunosc mai bine!

Ei i se părea extraordinar de excitant să iasă cu un bărbat care nu știa cine este. Doar o fată frumoasă dintr-un oraș care e doar o bornă în drumul lui. Cel mai probabil asta va fi și ea. Doar o oprire. O săptămână sau chiar mai puțin, o noapte.

— Mergem cu mașina ta sau cu a mea?

— Eu n-am. Nu mai bine mergem pe jos?

— Nu știu ce femei ai cunoscut tu la Londra, dar pe noi, româncele mândre, ne omoară tocurile astea de 12. Mergem pe jos doar dacă mă iei în brațe!

— E o invitație?

— Dacă ai nevoie de invitație, atunci nu e.

— ...

Tudor era tot ce visase la un bărbat și acum, când visul o ținea de mână, o mușca de buze, îi ridica fusta în mijlocul străzii ca în filmele din capul ei, a simțit brusc cum se panichează.

— Toată lumea mă cunoaște aici. Hai să mergem cu mașina mea. Știu o pensiune la vreo 30 de kilometri.

L-a lăsat pe el în mașină și a plătit ea camera. Recepționera abia aștepta să se culce la loc, așa că n-a mai stat când i-a zis că „se duce după bagaje" și s-a întors cu el.

„Visul" tocmai îi băga mâna în chiloți când s-a trezit că-i spune cu o voce care parcă nu era a ei: „Asta e o greșeală."

Au greșit de mai multe ori până dimineață. Au greșit în pat, au greșit în cabina de duș, au greșit pe ușa de la intrare care, pentru nu știu ce motiv, o excita îngrozitor.

La început au greșit protejat, dar asta ar fi însemnat să se oprească la trei greșeli.

A patra greșeală a fost ca un nou început și a devenit repede clar că nu va fi ultima.

Tudor a plecat înapoi la Londra. Îi trimitea zilnic mesaje, poze, îi spunea să vină să trăiască împreună acolo, deși avea un coleg de cameră pentru că nu-și putea plăti singur chiria.

Celălalt i-a trimis însă flori, mașina lui când ea a rămas fără, un instalator când i s-a spart o țeavă, ba chiar și un pian cu coadă, pe care i l-a trimis înapoi pentru că e „minunat, dar nu încape la mine".

Credea că omul va înțelege aluzia.

Tudor însă pleca din ce în ce mai mult. În primele săptămâni, deși era la Londra, părea aici și ea se îndrăgostea de el din mesaje parcă mai rău decât din sex. Unii ar spune că e relevant și faptul că ei îi era groaznic de rușine să scrie „sex" într-un mesaj și folosea un diminutiv copilăros: sexuț.

Tudor o ironiza. Celălalt părea să o accepte așa cum este, lăsând impresia că, pentru el, chiar și un răspuns în doi peri este o bucurie. Măcar îi răspunde.

Chiar în momentul când părea că totul s-a aranjat, Tudor avea în sfârșit un loc numai al lui la Londra, un oraș al dracului de scump, Maria (pe care vă mai spun o dată că nu o cheamă Maria) a luat o decizie care m-a surprins doar pe jumătate.

S-a căsătorit.

În orășelul ei mic a fost un eveniment foarte mare.

Mi-a mărturisit foarte sigură pe ea:

— Am avut de ales între un bărbat pe care cred că îl iubesc, dar care n-ar schimba mare lucru în viața lui pentru mine, și un bărbat care mă iubește. Și sunt sigură că mă va iubi indiferent ce aș face.

Faptul că amândoi suntem nefericiți în dragoste ne poate face… compatibili?

Protagoniștii următoarei povești s-au cunoscut datorită mie sau din cauza mea, că nu sunt atât de sigur că e un lucru bun. Ea bea vodcă mai ceva ca un rus matur și era evident că nu avea pregătirea acestuia. Nu-ți trebuie diplomă de psiholog să-ți dai seama când o femeie încearcă să înece în alcool amintiri care nu vor să se ducă.

El nu bea deloc. Nefericirea lui în dragoste îl transformase dintr-un rebel… într-un angajat model. Când ne-am întâlnit la frizer, am știut că e pe punctul să intre într-o depresie autentică. Avea plete de rocker supărat și a ieșit tuns regulamentar pentru anii aceia. Cu cărare pe dreapta. Era clar că nu-și mai găsea „cărarea". În orice caz, nu pe cea dreaptă.

În problemele sufletului gândesc adesea ca un homeopat. Nu medicație, excitație. Cui pe cui se scoate.

Prima lor întâlnire a fost exact cum mi-am imaginat-o. Au povestit mult despre ei, dar încă și mai mult despre acea parte din ei care plecase. Cum plecase. Cât a durut. Cum se împacă fiecare cu singurătatea. De aici și până la o propunere din partea ei să fie singuri împreună într-o cameră de cămin în Regie n-a fost prea mult drum.

Dacă atracția fizică dintre ei era evidentă și explicabilă, în rest, se potriveau ca nuca în perete. Unde peretele era el, care lucra în construcții. Bărbat dur, mai în vârstă cu foarte puțin decât ea, dar mult mai încercat de viață, el ținea în frâu echipe de muncitori, furnizori care întârziau tot timpul, iar singurii care nu-l știau de frică erau arhitecții care mai veneau din când în când pe șantier.

Ea visa o viață la Paris. Ar fi putut să o întrebe pe protagonista primei noastre povești dacă să ajungi acolo este suficient ca să numești asta un succes. E ca în bancul celebru care poate fi rezumat cam așa: „La Paris, toți sunt extraordinar de culți. Până și gunoierii vorbesc franțuzește."

Recunosc că nu mă așteptam ca, după un an, să-i mai văd împreună. Sau poate am fost prea preocupat de ale mele ca să mă mai intereseze a lor. A fost o perioadă decisivă în viața mea și tocmai îmi lingeam rănile după lupta cu minunata justiție din România când am primit o invitație. La nuntă și botez.

Pe cartonul stropit cu ceară și pecetluit cu un sigiliu roșu ca pe vremuri stătea scris: „Din dragostea noastră s-a născut... blabla blabla blabla."

Era clar că dragostea plutea în aer, doar că amândoi își iubeau copilul și cam atât.

La masa mea, două „prietene" ale miresei comentau din spatele unor evantaie „originale de la Veneția", dar în același timp „made in China":

— Ia uite-o și p-asta, e NF de nu mai știu când, dar pozează în marea îndrăgostită.

— Păi, nu e normal? De la sarcină?

— Sarcină pe dracu'! Sunt ca doi frați, nu-i vezi?

— Măcar se înțeleg. Al meu nici n-a vrut să vină la nuntă. Nu mai iese nicăieri cu mine.

Nu e frumos să asculți ce vorbesc alții, dar recunosc că uneori ce nu e frumos poate să fie foarte util.

În acest moment sunt unul dintre cuplurile cele mai sudate pe care le cunosc, dar ceea ce-i unește e mai mult un fel de frică în fața lumii sentimentelor care i-au mușcat o dată, ca leoaica lui Nichita Stănescu, de față. Nu se vede când ai cicatrici în suflet. Sunt oameni care au numele altor oameni scrijelite ca în coaja de copac. Cu cât trece mai mult timp, în loc să dispară, literele sunt tot mai mari.

Au învățat amândoi să prețuiască liniștea. În loc de Paris, era bine și la Periș, în loc de posterele cu heavy metal puteau sta foarte bine tablourile cu angajatul lunii, iar în loc de sex... vorba lui: „Hai, măi, Radule, că sunt lucruri mai importante în viață! Avem un copil acum. Alte responsabilități. Și vezi că te contrazici, nu-l citai tu pe neamțul ăla în facultate de zicea că «Omul inteligent apreciază lipsa suferinței»? Nu mă doare capul, știu la ce mă întorc."

Interludiu fără legătură cu povestea de mai sus, dar în legătură directă cu atât de multe povești:

#shareifyoudare

PREA MULȚI SUNT
ÎMPREUNĂ DOAR CA SĂ
NU FIE SINGURI.
ÎNTR-UN PROVIZORAT
CARE ȚINE TOATĂ VIAȚA.

Vânzătorul: Cum preferați nefericirea? O serviți aici sau la pachet?

Cumpărătorul: La pachet. Și puneți, vă rog, două tacâmuri.

Astăzi fumam în bucătăria unui prieten nefumător și nu discutam despre vreme. Nici măcar despre vremuri. Discutam despre filmul la care lucrează și despre personajele din el care nu sunt deloc fictive.

Mă simțeam de parcă mi-a citit mesajele!

Inițial, mi-a fost teamă să-i spun câți oameni mi-au scris despre situații care se pupă cu filmul lui.

Oameni care se tem mai mult de singurătate decât de banalitate sau chiar de nefericire.

Cine ești tu? Un copil speriat care se ține de mână cu orice alt copil speriat, de parcă două frici ar putea să se anuleze una pe alta.

Un copil care se învârte cu alți copii în jurul unor scaune care nu sunt suficiente pentru toți. Știi jocul? Ne așezam la comandă și totul era să nu rămâi în picioare. În graba aceea, NIMENI nu alegea scaunul pe care se așeza.

Mai târziu n-ai ales nici femeia. A fost prima care nu te-a refuzat. Era și ea sătulă de refuzuri.

O dureau picioarele de atâta stat.

Erați ca două scaune care se odihnesc unul peste altul.

Cine ești tu? Care ai ieșit prima dată pe stradă ca să fii admirată înainte să ai buletin și ai sfărâmat primele visuri de băieței înainte să ai voie să sfărâmi legal o mașină?

În jocul cu scaune, tu ai avut paturi. La început prea multe. Iar acum cam reci.

Mă privești peste masă și mă întrebi ce-or face toți băieții buni din viața ta acum?

Băiță copiilor pe care ți i-ar fi făcut ție.

Tu ești tot cu ăla de care mi te plângi.

Da. Și tu. Și tu.

Nu-ți convine scaunul? Învață să stai drept.

Drept!

Nu drepți...

Nu-ți convine viața? Schimb-o!

Femeia, bărbatul, concepția despre lume, poți să schimbi orice!

Dar e așa o lene emoțională...

Următorul o să fie la fel de prost...

Următoarea o să se dovedească la fel de a dracului...

Normal. Pentru că tu nu știi să alegi. Iar tu nu știi să îmblânzești scorpia.

Acest provizorat, această tristețe instituționalizată, aceste speranțe ajustate la inflație le dai mai departe și copiilor tăi.

Lecția de nefericire conjugală n-ar trebui să existe în temele pentru acasă.

Dacă acasă se poate numi locul acela în care doi oameni singuri plătesc împreună întreținerea.

Nu vreau romantism!

În ce carte am scris că „fiecare femeie dependentă de control caută în secret bărbatul care să o facă să și-l piardă“? Pentru femeia rece care urca în fiecare dimineață, la aceeași oră, într-unul dintre cele opt lifturi ale unei clădiri la fel de reci ca ea nu părea să existe niciun fel de cod secret care să-i spargă protecția. Computerele au firewall. Ea avea un zid de gheață.

În firma unde conducea un departament existau bancuri cu ea, așa cum există cu Chuck Norris.

Se spunea, de exemplu, că dacă pică aerul condiționat pe etaj într-o zi de vară e suficient să deschidă ea ușa biroului și temperatura va scădea în câteva minute la 16 grade.

Filmul favorit al copiilor ei? *Frozen.*

Muzica favorită? Rap. Ice Cube.

Numele real al soțului? Moș Crăciun.

Stătea pe strada Iernii.

Sportul favorit? Patinajul. Aici erau foarte aproape. Făcuse ani de patinaj, de unde se bănuia că își formase picioarele fără de cusur.

Cu un lucru erau toți de acord: „Crăiasa-Zăpezii“ era frumoasă. Dar asta nu-i făcea să se simtă mai bine în preajma singurului director de departament despre care se spunea că știe în cât timp te va da afară încă de când te angaja.

Pentru „liniștea“ voastră, asta se întâmplă în multe cazuri și la șefi care par pâinea lui Dumnezeu pentru că, de multe ori, se angajează „oameni-petic“. Nu-s chiar ce voiai, dar show must go on. Când apare unul mai bun, peticul dispare. Uneori, asta se petrece și în relații: merge și un iubit de patru stele, până ai bani de unul de cinci.

La fel de adevărat este că multe posturi care par permanente sunt, de fapt, sezoniere, doar că nimeni nu o să-ți spună că te restructurează peste 18 luni, indiferent cât ești de bun. Că nu mai vine nimeni la interviu! Sunt acele posturi pe proiect sau pe vârfurile de volum de muncă previzibile. La fel de previzibil este și că, peste un timp, vei mai avea nevoie doar de cinci oameni din zece. Nu mă credeți? Nu o să aflați asta întrebând la HR.

Să revenim în biroul de gheață. Convorbirea l-ar fi surprins pe oricare dintre angajații Crăiesei. Își sunase un partener de afaceri să-l convingă să angajeze doi oameni pe care tocmai îi băgase în preaviz.

— Știi că până și oamenii pe care eu îi dau afară sunt mai buni decât ce îți trimit ție head-hunterii.

— Într-o zi o să trebuiască să te și plătesc, a glumit bărbatul de la celălalt capăt al firului. Te-ai gândit să-ți deschizi o agenție de recrutare?

— Dar șmecheria nu e recrutarea, dragul meu, e pregătirea. Chiar dacă îi țin doar un an, în anul acela, trebuie să producă bani, nu pagube.

Cei doi angajați în preaviz formau un cuplu, iar când au primit vestea restructurării în același timp, au fost convinși că „frigida aia“ nu suporta să vadă oameni fericiți.

A doua zi ea a fost sunată de la cealaltă firmă.

În a treia zi începea lucrul.

În a patra, Crăiasa-Zăpezii își găsea mașina mâzgălită cu un ruj roșu burgund: „Există viață după tine, Bitch!“ Și un număr de patru cifre. Probabil salariul de la noul loc de muncă.

„Hmmm...“ a gândit ea zâmbind, lucru pe care îl făcea foarte rar, „eu aș fi ales altă culoare pentru mesaj“. Apoi și-a sunat contactul:

— Văd că ești pe cai mari, îți răsfeți angajații cu salarii grase.

— Am angajat-o doar pe ea. El se uita prea insistent la secretara mea. Într-un fel, le-am salvat relația.

— Ce mincinos ești, ți-a fost frică să nu descopere secretara că erecția e altfel la 20 de ani decât la 50!

— 48...

— Anii de umblat din floare în floare se pun dublu.

Dacă am fi putut să vedem dincolo de ușile închise, în viața ei intimă, am fi descoperit una dintre cele mai interesante devieri de la normă. Am fi văzut o femeie care întârzia frecvent „la serviciu", deși pleca mereu la aceeași oră. O femeie care mergea la destule specializări care nu se țineau niciodată, dar de la care se întorcea cu ecuson și, uneori, chiar cu diplome semnate de somități în domeniu. Meticuloasă, nimic de zis, în plastografie. În tot acest timp, se întâlnea cu bărbați de la care voia un singur lucru. Să abuzeze de ea psihic. Avea – sau era convinsă că avea – oroare de orice violență fizică, dar nimic nu o excita mai tare decât un bărbat care să-i vorbească de sus, să o insulte, să o trateze ca pe o târfă.

Pentru o palmă era convinsă că ar fi chemat poliția. Pentru o atitudine de stăpân se transforma imediat în cea mai ascultătoare sclavă.

Să fie asta pentru că...

#shareifyoudare

ASTĂZI, BĂRBAȚII SUNT MAI UȘOR DE RECUNOSCUT DUPĂ BARBĂ DECÂT DUPĂ ACȚIUNI.

Să fie pentru că nimeni nu reuşea să o domine?

E o boală, şi femeia asta are nevoie de ajutor specializat, dar uite că sadicul de Constantinescu o prinde ca pe un fluture cu un ac făcut din propoziţii într-o pagină de carte. Oare nevastă-sa ştie?

Vieţile secrete ale multora dintre cititorii noştri sunt mult mai spectaculoase decât a Femeii de Gheaţă. Şi mult mai complicate. Soluţia pentru o fericire întreagă s-ar putea să fie însă asemănătoare cu a ei.

Într-o noapte ca oricare alta, o brută a intrat mult prea bine în joc şi a trecut de la dominaţia psihică la folosirea forţei...

În avion, în drum spre casă, a simţit că totul e pe dos. „Îmi iubesc soţul? De ce nu pot să fac toate astea cu el? Am făcut doi copii şi nu pot să fac asta? Ce o să creadă despre mine? O să-i spun totul şi ce va fi va fi!“

S-a tot gândit ce şi cum să-i spună 3 000 de kilometri în aer şi încă vreo oră în trafic. Era o idee proastă să-i spună totul. O să-i spună doar tot... ce trebuia să ştie. Un mesaj pe telefon a întors totul pe dos. Soţul îi cerea să nu meargă acasă, ci să vină la un hotel. „Vine mama să stea cu copiii. Camera 402.“ Era vreo aniversare? De obicei bărbatul uită, dar ea trăia cu senzaţia că lucrurile erau pe dos.

„Uite cum îmi mut eu bagajele dintr-un hotel în altul! Asta-mi trebuie mie?“ Era în acelaşi timp agasată şi intrigată de idee. În ultimii ani, auzise de cele mai multe ori întrebări precum: „Ce-ai vrea să facem? Unde ai vrea să mergem?“ Schimbarea i se părea mare, dar şi puţin şerbet ieftin. Ei doi, într-un hotel de lângă o gară. Măcar dacă era unul boutique.

Ca să intre în jocul lui, a lăsat bagajele la recepţie, a întrebat unde e baia şi şi-a schimbat acolo lenjeria intimă. Apoi s-a gândit că el o să o întrebe de ce a luat ceva atât de provocator într-o călătorie de afaceri şi s-a schimbat la loc râzând. Ce tâmpenie mai e și viața asta! „Lasă că trec și peste noaptea asta și mâine vorbim!"

— Nu e ce crezi tu, i-a spus el de cum a intrat pe ușă. Te-am adus aici să-ți spun că vreau să divorțăm. Nu voiam să ne audă copiii cum ne certăm, te știu și îmi dau seama că urmează un scandal.

Mintea ei a avut nevoie de câteva secunde să proceseze. De ce voia asta?

— Ești doar mama copiilor noștri, nu mai ești de multă vreme soția mea. Nici femeie nu mai sunt sigur că ești!

— Știi că o să urmeze un scandal? Habar n-ai ce o să urmeze! Nu mai sunt femeie? Poate pentru tine!

El făcea ochii mari în timp ce ea îi spunea de câte ori l-a înșelat, cum, unde, cu bărbați pe care nici nu i-a mai văzut. A ridicat mâna asupra ei, dar a rămas ca o statuie.

— Vrei să dai în mine? Hai, dă dacă ai curaj! N-ai curaj! Numai gura e de tine! Uite așa se face!

Prima palmă pe care i-a dat-o ea a părut să-l trezească. A doua să-l enerveze. Pe a treia a dat-o el.

S-a prăbușit plângând. El s-a aplecat imediat să-și ceară scuze, dar ea l-a oprit:

— Taci măcar o dată în viață!

— Cum ești?

— Îngrozitor de excitată! Rupe hainele de pe mine și ia-mă acum!

Deși gura spunea una, mâinile se opuneau, a fost o adevărată luptă, dar nu una cu reguli. L-a mușcat, a mai pălmuit-o. Dar nu peste față. L-a strâns de gât, a tras-o de păr. A vrut să o ducă la geam, el l-a și deschis.

— Dacă ne vede cineva?

— Să ne vadă.

O voce de femeie din balconul de sub ei s-a auzit clar:

— Alo, etajul 4! Avem copii!

— Și noi! a țipat ea fericită! Și noooooi!

A doua zi, la recepție făceau check out-ul un el răvășit și zgâriat pe față și o ea privind în jos, cu o eșarfă care nu putea să ascundă toate vânătăile.

— Au fost probleme? Cum ați dormit?

— Cea mai bună noapte din viața noastră! Vă lasă conducerea să păstrați bacșișurile?

Schimb de dame

Am ales titlul acestei povestiri în onoarea unuia dintre scriitorii care mi-au redeschis pofta de lectură într-un moment în care îi spunem lectURĂ. E vorba de David Lodge.

Am intrat la Litere cu convingerea tipic adolescentină că am citit mult. Vorba lui Oscar Wilde, eram young enough to know everything. De la înălțimea propriei aroganțe, am căzut în infernul neștiinței. Aveam de citit atât de mult, încât, la un moment dat, pur și simplu nu mai puteam să spun nici ce am citit ieri, nici cum se numeau personajele din *Furtuna, Măsură pentru măsură* sau *Negutătorul din Veneția*! Balcanic, scornisem nume alternative pentru piesele lui Shakespeare gen: *Furtunul, Necrutătorul din Veneția sau Zadarnicele chinuri ale sesiunii.*

Nici revista facultății n-a scăpat! Se numea *Coloane*, dar cineva a scos o replică pamflet care se numea *Cotloane*.

Alte asemănări între titlul poveștii și romanul lui Lodge nu există, în parte pentru că subiectul meu este altul, în parte pentru că abilitățile mele sunt mai sărace.

O să credeți, nu o să credeți, cine altul ar putea să vă spună cum s-a întâmplat totul într-o noapte fără pic de lună?

Taxiurile au intrat aproape în același timp în cochetul complex rezidențial și s-au oprit în fața aceluiași bloc după ce s-au încurcat puțin printre clădirile absolut identice.

Din primul s-a dat jos Ioana, nume de scenă Catwoman. Femeia își câștigase existența în multe feluri până în acel moment, dar, de aproape doi ani, aflase găina cu ouă de aur în persoana... bărbatului!

Bărbatul în general, nu un bărbat anume. Investiția? Un costum de latex cumpărat de la unguri, o pereche de silicoane made in Dorobanți și un abonament la sală.

Latexul nu crede-n lacrimi. Nici în cartofi prăjiți. Când te îmbraci în ceva care arată de parcă te-ai pictat, nu ai pus ceva pe tine, nu-ți permiți pizza.

Taxiul ajunsese cu 15 minute mai devreme decât prevăzuse ea și, cum nu-i plăcea să dea bonusuri și era plătită pentru doar o oră, a decis că va mai sta acel sfert de oră la aer. În traducere liberă, la aer însemna să fumeze două țigări.

Din al doilea taxi ieșea un pic mai greu Oana. La fel de brunetă ca Ioana, că doar foloseau aceeași vopsea de păr. Oana urmase și ea o reconversie profesională. Era o Albă-ca-Zăpada profesionistă la petreceri de copii. Specialitatea ei? Animale din baloane! Nu voia mama să-ți ia un câine? Îți făcea Albă-ca-Zăpada unul în zece secunde! Albastru, roz sau chiar galben. Nu știai la ce școală trebuie să te duci ca să te faci pirat? Tot Albă-ca-Zăpada îți îndeplinea visul cu un papagal din două baloane și o sabie din trei!

— Aici e blocul ZXZ, scara 9? a întrebat-o ea pe Ioana. Doamne, cât l-am căutat!

— Și eu, stai liniștită, nici nu știu cum își nimeresc casa oamenii ăștia când se îmbată! Sunt toate la fel. Probabil și viețile lor sunt identice.

— Aaa... nu locuiți aici!

— Ha! Atâta ar mai fi lipsit! Pun pariu că aici au comunitate de-aia pe Facebook și fiecare știe ce face fiecare. Un fel de bârfă instituționalizată. Eu aș fi avut block în bloc. Cu o notiță între femei: nu vă lăsați bărbații pe chat cu târfa aia.

Albă-ca-Zăpada a ezitat un pic:

— Sunteți prostituată?

— Doamne, câtă politețe pe tine! Nu, sunt un fel de dansatoare. Doar că nu tocmai genul care rămâne cu toate hainele pe ea. Astăzi sunt Catwoman. Nu e ceva din care să ieși la pensie. Tu?

— Și eu am fost dansatoare. Dansuri populare.

— Cred că sunt mai populare dansurile ca al meu zilele astea. Ce dansai? Călușarii?

— Călușul e dans de bărbați.

— Și ce, dragă, ale mele sunt pentru femei?

Au râs amândouă. Genul acela de chimie care rar se întâmplă între femei. Poate și pentru că nu aveau nimic de împărțit.

— Nu e chiar așa mare diferența, a spus Oana. Eu sunt Albă-ca-Zăpada la petreceri de copii, dar am ocazia să muncesc mai des și să câștig mai mult de când m-am întâlnit la o petrecere mare cu o Cenușăreasa. Mi-a zis: „Cum vrei, fată, să te cheme tăticii la petreceri de copii când ești îmbrăcată până în gât? Decolteu, push-up, poze pe Facebook și o să vezi cum te sună!“

— Păi, în general, nu aleg mămicile cine să vină?

— Când aleg mămicile vin arlechini, Mickey Mouși, magicieni...

— Magicieni? Știi bancul?

— Nu.

— De ce nu e bine să te încurci cu un magician? Că te fute și dispare.

Sunt momente în viață cu care știi că nu o să te mai întâlnești și simți că trebuie să faci un pas riscant. Nu era nici descoperirea radioactivității, nici cucerirea lumii, dar cu siguranță Oanei îi bătea inima la fel de tare când i-a propus Ioanei:

— Hai să facem schimb în seara asta!

— Faci mişto? Nu-mi dau seama din geaca asta, dar nu cred că intri în costumul meu. Iar prin părțile esențiale nu știu dacă-l...umpli.

— Hai în scară, a zis precipitat Albă-ca-Zăpada.

Sau oare ar trebui să-i spunem în faza asta „Pisica albă"? Tot ce a urmat s-a întâmplat în mare viteză: interfon; cine e?; etajul 5; amândouă în lift; Albă-ca-Zăpada iese din geacă; umerii bufanți ai costumului își revin la forma inițială după ce au stat înghesuiți; dar mai ales sânii strălucesc de tinerețe.

— Sunt naturali?

— Da.

— Ce pierdere pentru umanitate! Eu am dat bani să arăt așa! Nu înțeleg de ce n-ai iubit.

— Cine a zis că n-am?

— Mai voiai tu să schimbăm dacă aveai?

— Păi, ce, tu nu ai?

— Sigur că am! Strângem bani să luăm o casă, dar nu într-un loc ca ăsta.

— Un loc unde să-ți poți crește copiii, dar el nu vrea să faceți încă, nu-i așa?

— Cine a zis?

— Păi, n-ai fi acceptat să schimbăm dacă nu-ți plăceau copiii și nu-ți doreai unul.

— Vezi că n-am acceptat încă.

— Te rog! S-a plictisit de mine. Nu mai știu nici de ce m-a luat de nevastă. În noaptea nunții aveam două taxiuri pline cu flori. Acum nu-mi mai aduce nici măcar un ghiocel de la țigani primăvara. Când vin acasă, mă întreabă cel mult dacă am luat pâine, apoi se umflă ca un pepsi și adoarme. Am nevoie de asta. Să se uite și la mine niște bărbați ca la o femeie. Unii liberi, nu însurați.

— Ha! Tu crezi că eu îi întreb dacă sunt însurați? Doar nu mă culc cu ei. Plătesc, dansez, mă dezbrac un pic, facem niște poze, mereu cu masca pe față, și gata.

Liftul s-a oprit la etajul 5. Pentru a treia oară. Durează mai mult decât credeți să faci schimbul chiar și parțial.

Când se închidea ușa, Ioana s-a întors brusc:

— Stickul!

— Ce stick?

— N-ai un stick de memorie cu muzică pentru copii?

— Le tot pierd. Vezi că găsești pe YouTube. „Un motan cât un pisoi“ e hit.

— De cinci minute ești Catwoman și faci mișto de mine? Vezi că eu am stick. E în geantă lângă bici și cizme.

A doua zi s-au întâlnit să facă schimb de costume înapoi.

— Cum a fost la tine? a întrebat adevărata Catwoman.

— La început am făcut pe mine de frică. Am zis că trebuie să mă duc la baie și nu mai aveam curaj să ies.

— Și eu am vrut să merg la baie, dar era ocupat. Trebuia să mă previi că așa e într-o casă cu șase copii veniți în vizită. Apoi?

— Mi-am dat seama că trebuie să beau ceva. Așa că am ieșit pocnind din bici și strigând: „Golanilor, nu-mi oferă nimeni ceva de băut?“ Au sărit toți cu câte un pahar...

— Norocoaso! La mine aveau doar șampanie pentru copii.

— N-a fost numai noroc. „Golanii“ tăi erau niște contabili grăsuți, cu ochelari, unul dintre ei cred că m-a și recunoscut că am fost la ziua fetiței lui anul ăsta. Mi-a zis: „Nu cumva te-am mai văzut?“

— Și ce dracu' ai zis? Ai negat?

— Cum să neg? I-am răspuns: „Sigur că m-ai mai văzut, aragaz cu patru ochi, în visurile tale! Acum sunt aici!“

— Să mori tu că așa i-ai zis!

— Pe cuvânt! Și pentru că nu eram sigură că am cu ce să umplu o oră, am încercat să-i îmbăt. A mers strună, le-am făcut cățeluși și pisicuțe și râdeau ca proștii.

— Din ce, că baloanele tale erau la mine?!

— Din prezervative. Aveau toți. Doar, doar. Le-am zis: „Băieți, sperați degeaba, doar Batman o călărește pe Catwoman, care dintre voi e Batman?" Poate beat man.

— Deci ai avut o seară de căcat! De ce n-ai răspuns la telefon când te-am sunat? Schimbam de ieri, poate ieșeam și undeva...

— Ba chiar a fost o seară genială. La final, unul s-a simțit rău și l-a sunat pe fratele lui, medic. Nu voia la spital. Cred că și fumase ceva. Când a intrat ăla pe ușă, eram în sfârșit la baie să mă schimb și nu reușeam să mă extrag din costum. Transpirasem. Doamne, e un tip înalt, brunet, ochi albaștri, când a și întredeschis ușa de la toaletă să-mi spună cu voce gravă: „Domnișoară Catwoman, avem o urgență și ne trebuie baia. Vă deranjează dacă vă trimit în sufragerie?"

— Hai că-i tare! Și, ce-ai făcut?

— Păi, m-a făcut domnișoară! Nu știi ce înseamnă asta pentru o femeie căsătorită de patru ani! I-am răspuns: „În sufragerie? Nu mă deranjează nici dacă mă trimiți în dormitor!"

— Ești dementă! Cum de îți lasă ăștia copiii pe mână?

— Niște inconștienți! La tine cum a fost?

— La început a fost jale. Nu le mergea bine netul, melodia aia a ta cu „Un motan cât un pisoi" tot intra în buffering, eu nu știam să fac baloane. I-am lăsat pe ei să se joace cu ele, dar toate arătau ca o pulă. Băieții erau atenți la mine, dar pe fete nu prea le prindeam, așa că le-am propus să le învăț să danseze.

— Și a mers?

— Cu melodiile tale, prost. Le-am pus de pe telefonul meu. Am și acolo muzică de show. O blonduță avea o boxă de-aia bluetooth mică, da' a dracului.

— Blonduța?

— Nu, boxa.

— Și ce, Doamne, iartă-mă, muzică le-ai pus?

— De-ale mele: David Guetta, „Dirty Sexy Money“, Def Leppard, „Pour Some Sugar on Me“, Prince, „Sexy Mother Fucker“.

— „You can leave your hat on“ nu le-ai pus?

— Doamne! Ce demodată ești! Cine mai face striptease pe piesa aia? Poate la căminul de bătrâni! Acum să vedem ce fac fetele cu dansul pe care l-au învățat cel mai bine, că au zis că vor să-l prezinte la școală, la serbare. Ce n-aș da să fiu acolo să le văd fețele tuturor! Mi-au promis că o să-mi trimită poze, ne-am împrietenit pe Facebook. Stai calmă că am două conturi! Pe unul sunt femeie serioasă. Mă iubesc copiii tăi acum mai mult decât pe tine.

— Auzi? Crezi că o să mă sune Batman?

— I-ai dat numărul?

— Da.

— Ce fraieră ești! O să te sune acasă când tu o să fii în baie, o să răspundă bărbatul tău și în loc de aventură, o să-ți dea ăla o bătaie...

— Ai dreptate, ce mă fac?

— Îți schimbi numărul, acasă zici că l-ai schimbat că era greu de reținut, pentru clienți... Asta... pentru copii. Se face pe loc schimbarea de număr. Batman, dacă vrea neapărat, o să ceară numărul meu sau contul de Facebook de la fratele lui. Doar m-au angajat de undeva, nu? Prostuțo! Au cum să mă găsească și, dacă e, te anunț. Doamne, ce oameni! Și când te gândești că-mi spun mie curvă!

Acum 100 de ani era o problemă sexul înainte de căsătorie. Acum e o problemă sexul după :)

Cinci explicații neortodoxe

Sex fără relații și relații fără sex.

Cupluri căsătorite care n-au mai făcut dragoste de când era Băsescu președinte.

S-a scris mult despre explicațiile clasice. Ne obișnuim unul cu celălalt, dispare misterul, îi speli chiloții, îi duci gunoiul, moartea pasiunii.

Dar eu cred că mai sunt câteva greșeli. Cel puțin două din cinci le-ai făcut și tu. Punem pariu?

Risipa

Era un banc în anii 1980. Cu o femeie care năștea câte un copil pe an! Vreo cinci la rând! Cu același medic. Mamă eroină! La un moment dat, medicul remarcă doi ani lipsă și când se întâlnește cu femeia pe stradă, o salută:

— Sărut mâna, doamnă, chiar mă obișnuisem cu dumneavoastră, ați decis că sunt suficienți cinci copii?

La care ea:

— A, nuuuu, dar între timp ne-am luat televizor!

La cât era programul la TV în anii 1980, bancul nu stă foarte bine în picioare, dar astăzi ne ajută pentru prima explicație neortodoxă: de ce fac cuplurile căsătorite mai puțin sex. Serialele, show-urile TV, consolele de jocuri, toate ne mănâncă din timp şi energie. Suntem căsătoriţi! Vedem astăzi *Game of Thrones*, tot sezonul, iar sex putem face şi mâine. Un mâine care nu mai devine niciodată astăzi.

Este o risipă de energie incredibilă care ne afectează şi productivitatea. Oamenii de succes nu prea se uită la televizor şi îşi controlează aplicaţiile de pe telefon. Nu aplicaţiile îi controlează pe ei. Vorba aceea din anii 1970: „La televizor trebuie să apari, nu să te uiţi." Anii s-au schimbat, a apărut social media, toţi avem şansa să apărem. Sau avem şansa SĂ PĂREM? Să părem fericiţi, frumoşi, fără griji şi, continuând aşa, să fim fără un nord în viaţă, fără timp şi, într-un final, fără iubită sau iubit. Cât să reziste realitatea să fie pe locul al doilea în vieţile noastre?

OK, veţi spune, aceasta e problema, am înţeles şi singuri, dar care ar fi soluţia?

Varianta Muzei:

O fată m-a întrebat: „Cum să-l fac să lase PC-ul? Pe ce «butoane să apăs»?" Nu cred că se aştepta la aşa ceva, dar i-am răspuns: „Să îţi spun că îl înţeleg. Când eram în liceu, jucam Counter Strike ore în şir! Nici la toaletă nu mă duceam! Atât de tare mă prindea jocul, încât mi s-a furat chiar şi geaca din spate fără să observ. E greu pentru un gamer să se desprindă de pasiunea lui.

Problema ta este să stabileşti dacă şi tu mai eşti o pasiune a lui sau nu.

Radu are tot felul de explicaţii savante din cărţile alea groase pe care le tot citeşte mai ceva decât un student care se pregăteşte de examen, dar astăzi l-am confruntat cu experienţa mea personală.

La întrebarea «de ce se stinge o flacără?», eu spun, din ce am trăit, că mereu sunt motive externe.

El zice că am dreptate parţial şi că nimic din exterior nu poate să intre între doi îndrăgostiţi dacă nu există acolo o crăpătură. La început, mică. Apoi nici nu-ţi dai seama cum se transformă într-un ditamai craterul. Niciunul dintre voi nu poate să mai treacă prăpastia.

Dar uneori, ca la orice crater, acolo e un vulcan care poate nu s-a stins de tot și poate să erupă oricând, distrugând totul sau legând totul prin puterea focului.

Știu că psihologii spun că trebuie să vorbești. Să-i spui ce te doare. Să comunici. Eu cred că și sexul e o formă de comunicare. PC-ul nu vorbește cu el. Nu îi cere să meargă la consiliere de cuplu. ÎL SEDUCE!

Ești femeie! «Te face» o mașină? Las-o încolo că nu e prins în *Matrix* și chiar și ăia din *Matrix* puteau fi treziți.

Scoală-l!

E momentul să îl seduci și tu!

Până la urmă, ești 3D! Ești 4D dacă te dai și cu parfum! Și nu ești o realitate virtuală, ești o femeie reală."

#shareifyoudare

POATE RELAȚIA VOASTRĂ ARE NEVOIE DE UN CONTROL ALT+DEL. ȘI RELAȚIA E UN JOC. POATE E MOMENTUL SĂ TRECI LA UN ALT „NIVEL". DOAR DACĂ ASTA NU MERGE, POȚI SĂ TE GÂNDEȘTI LA ALT PLAYER.

Varianta lui Radu:

Primesc multe mesaje pe tema asta. Mult mai multe rămân, probabil, necitite pentru că îmi este aproape imposibil să țin pasul.

Nici nu ştiţi însă cât de bine mă simt când cineva aplică nebuniile mele şi totul se schimbă în bine.

De exemplu, le-am recomandat unor fete ai căror iubiţi erau gameri împătimiţi să se joace cu ei. E un vis de nerd să te baţi cu o fată în Mortal Kombat! Nu degeaba personajele feminine din jocurile de fight sunt la limita unui film porno! Gâfâie sexy când lovesc, au fuste inexistente şi ţâţe cupa D.

Când intră în joc, personalitatea iubitei sau a soţiei nu mai este în conflict cu femeile virtuale din jocuri, ci se suprascrie lor. Se creează un melanj care face iubita mai cool.

O altă nebunie a fost cu un tip care nu mai suporta concurenţa neloială cu telefonul iubitei. Mi-a zis că uneori, când vrea să fie sigur că se face înţeles, îi scrie pe WhatsApp, deşi sunt în aceeaşi cameră. Prima idee a fost să-i scoată notificările. Acele mici semnale care îţi spun când ai primit un nou mesaj, când a postat ceva nou cineva pe care îl urmăreşti etc. Notificările sunt poate cel mai nociv produs al noilor trenduri. La serviciile de mesaje, e-mail ş.a.m.d., ele sunt/pot fi utile, dar, în acest moment, până şi lanterna vrea să-ţi dea notificări! Că s-a updatat, că ai nu ştiu ce culori noi, tot felul de aberaţii care au un singur scop: cât mai mult din timpul tău. Pe atenţia femeii moderne se bat acum zeci de mii de firme. Bărbaţii sunt în faţa unei concurenţe neloiale, mai ales că toate aceste firme au experţi în comunicare. Tocmai în comunicare, unde bărbaţii nu sunt tocmai experţi!

Probabil că nebunia supremă a fost când trei cupluri, fără să ştie unele de altele, au încercat ideea „vacanţă în zonă fără semnal". Două dintre cupluri au încercat varianta soft: cu semnal, dar fără net. „În prima zi, abia aştepta să ajungă la hotel, unde avea wi-fi, parcă era în sevraj! În a doua la fel. Din a treia însă uita pur şi simplu să se mai... uite."

Adevărul e că şi el s-a străduit să facă un program de vacanţă fain de tot, pe care nu-l putem descrie în carte, dar cred că vă daţi seama şi singuri unde bat.

În al doilea cuplu soft, el era de vină, că stătea pe telefon și laptop pentru job. Aici nu a fost niciun sevraj! Soția mi-a scris șocată că, imediat cum au aterizat, el i-a zis: „Abia așteptam să ajung undeva unde să n-avem net! Să-i văd cum se descurcă fără mine!"

Era și un banc în care un astfel de angajat pleacă în vacanță și îl sună colegii că au neapărat nevoie de parola de la calculatorul lui. El le spune: „Parola mea e: Sunteți toți niște incompetenți. Fără spații. Cu majuscule."

Cum s-a terminat? Fenomenal. Uneori, și companiile sunt ca femeile: nu-și dau seama ce au până nu au pierdut.

Domnul nostru, prinzând din nou gustul pentru mai puțină muncă, s-a întors din concediu cu demisia pregătită. I-au dublat salariul și au mai angajat doi oameni în acel departament. Deci... se poate.

Suntem prea buni prieteni

Stau față în față cu el. Numele lui nu contează, povestea lui, da. Nu e nici urât, nici bătrân, nici prost. Își iubește nevasta? La naiba, poate chiar prea mult. Nu știu câți dintre noi au avut în viață postere cu vedete pe pereți. Probabil că mulți. Aproape toți. Câți au avut șansa să iasă la o întâlnire cu femeia sau bărbatul din poster? Probabil că foarte puțini. Aproape niciunul.

El s-a căsătorit cu fata din poster. Un învingător? Poate mai demult.

Ne-am întâlnit să discutăm o afacere și uite că vorbim despre femei. Sau vorbim despre noi.

— Ea știe că ești aici? Că te întâlnești cu mine? îl întreb precaut.

— Normal, n-avem niciun fel de secrete unul față de celălalt.

— Nasol, scap eu porumbelul din gură. Ce plictiseală deplină trebuie să fie! De cât timp n-ați mai făcut dragoste?

— De trei luni. Nimic n-a mers! Am fost și la consiliere, și la sex shop. Degeaba!

— Bănuiesc că în ambele locuri ați fost împreună.

— Normal!

— De ce? Ce şi-a luat de la sex shop n-ar fi trebuit să aleagă împreună cu tine. E ca şi când ai vrea să-ţi organizezi chiar tu petrecerea-surpriză.

— La voi cum e?

— Ultima dată s-a întors acasă cu ceva ce şi-a cumpărat singură. Nici nu ştiam că merge la shopping.

— Ce şi-a luat? Un body de dantelă? Portjartier?

— Nici poveste! Un costum gri, office, uşor androgin. Mi l-a prezentat încălţată în pantofi stiletto. Mi s-a părut al dracului de sexy! Era diferită! O altă Ramona!

Gândiţi-vă un pic la această contradicţie: pe stradă, suntem atraşi de femei îmbrăcate în lenjerie intimă sexy? Nu! Le vedem aşa mai târziu. Uneori mult prea târziu, când încercăm să „redescoperim pasiunea“ în moduri care n-au nimic în comun cu acelea în care ea s-a aprins iniţial!

Când sunteţi prea buni prieteni, iar ea te aşteaptă în dantele, parcă îţi vezi un coleg de liceu prostindu-se la balul de absolvire. Îţi vine cel mult să râzi.

A doua explicaţie neortodoxă este, deci, prietenia. Nu v-o mai trageţi pentru că vă înţelegeţi prea bine. Eu mi-am dorit mereu ca soţia să-mi fie cea mai bună prietenă, dar eu mă cert şi cu prietenii mei bărbaţi. Întrebaţi-l pe Alex. Cu Dan am vrut să mă şi bat. :))

„Nu te mai doresc, suntem prea buni prieteni“ este strigătul mut din spatele ochilor multor femei. Totul e de la sine înţeles. Pentru nimic nu mai trebuie să lupţi. Vă asortaţi chiar şi hainele. Uneori chiar vă luaţi haine la fel. Parcă mă uit la mine când mă uit la tine, crezi că o să vreau să mă fut?

Mă întreabă dacă eu cred că soţia are un amant. Nu citesc în stele, deci nu pot să răspund la întrebarea asta. Întreb la rândul meu:

— Lipseşte de acasă?

— Deloc. De fapt, stăm cam tot timpul împreună. Și mă și verifică. Putem face un selfie împreună? Dăm și un check in aici, dacă nu te deranjează. Să fie liniștită că nu-s la curve.

— Te duci?

— Nici gând. La drept vorbind, n-am nici timp, dar, vezi tu, eu încă o iubesc. Și cred că și ea mă iubește.

Soluția Muzei:

Multe „boli“ se tratează cu succes numai înainte să se instaleze. Poți să previi, dar nu poți să vindeci.

#shareifyoudare

AȚI AJUNS ÎN MOMENTUL ÎN CARE FACEȚI TOTUL ÎMPREUNĂ. MAI PUȚIN SEX.

Am fost în două relații care au evoluat sau au involuat către două prietenii. Deși am vrut să le resusciți, atracția era în moarte clinică și așa a rămas. Cum zic englezii, brain-dead, eu eram heart-dead.

Îmi aduc aminte clar un moment când am aprins lumânări în toată casa ca să creez o atmosferă romantică, dar, când m-am tras într-un colț să-mi dau seama dacă am aranjat frumos sau nu, m-am simţit de parcă erau lumânări puse în amintirea sufletului cuiva.

Îmi pare rău, dar nu cred în medicamente pentru boala asta. Cred doar în vaccin.

Soluţia lui Radu:

Prea buni prieteni, dar încă mai aveţi gust unul pentru celălalt? E o întreagă politică de interdicţii care să vă mai despartă un pic şi pe care psihologi cu renume o recomandă. Nu trebuie să divorţaţi ca să vă daţi seama apoi că, de fapt, încă vă iubeaţi! Atunci va fi prea târziu. Sunt zeci de tipuri de presiune socială, ruşine, temeri care vă vor împiedica să vă recăsătoriţi.

Dar el poate să se mute două săptămâni. De ce el? Pentru că femeia are o teamă viscerală, genetică, de a fi alungată. Ne dăm cu stângul în dreptul dacă pleacă ea.

La fel putem, în loc să încercăm să facem sex şi să nu reuşim, să încercăm să nu facem. Şi să nu putem!

Te-ai prins, nu?

Între doi prieteni e de la sine înţeles că se vor ajuta. Se vor sprijini. Orice cerere va găsi un „da“ gata pregătit.

Situaţia asta scandaloasă trebuie să înceteze!

„Da“-ul se câştigă!

Sprijinul se merită.

Iar sexul nu e garantat.

Cu riscul să deranjez o cohortă de mimoze de ambele sexe, voi spune direct: ţi se scoală mai ales atunci când nu ştii dacă ai unde să o bagi!

Ambiţia

A treia explicaţie e cea mai brutală. Femeia modernă e un fel de bărbat pe tocuri la job. Munceşte cât un bărbat. Câştigă cât un bărbat. Uneori chiar înjură în trafic la fel ca un bărbat. Adio, feminitate!

Nici nu-ţi dai seama când s-a întâmplat.

Uită-te în oglindă! Tu ţi-ai dedica poezii?

Vezi cum te porți! Tu ți-ai aduce flori?

Compară ca în pozele de before and after! **Cum erai când căutai?**

Iar tu... bărbate... îți mai aduci aminte când mergeai la sală, făceai două dușuri înainte de întâlnire și miroseai a parfum? Parfumul de bere combinat cu țigări nu are cum să o excite pe soția ta. Iar dacă ai o amantă, s-ar putea să nu fie farmecul tău personal, ci hormonii care tropăiau în ea pentru că era NF de multă vreme.

Iartă-mă, n-am vrut să-ți stric seara.

Am vrut să-ți repar fericirea.

Curgea ca o țeavă ruginită.

Hai, că poți mai mult decât să mă urăști pentru că-ți spun adevărul. Poți să iubești. Dar nu mecanic, nu ca o mâncărime de care te scarpini. Suntem balcanici! Unii dintre cei mai neserioși oameni de pe planetă, dar printre cei mai buni amanți. Ia vezi dacă poți să fii iar amantul... soției tale!

Știu îngrijorător de multe femei ale căror vieți profesionale sunt perfecte, dar viețile lor intime sunt departe chiar și de junior level. Dacă există o înțelepciune de pat, sunt sigur că ea nu vine cu timpul, pentru că multe dintre aceste femei sunt din ce în ce mai greu „fericibile“ sau chiar numai „cuplabile“. Pentru situația asta sunt culpabile? Sau e societatea cea care te împinge să muncești pentru un bine abstract care vine abia la pensie?

La fel de tare cum cred că adevărul e la mijloc în majoritatea situațiilor, tot așa cred că găsirea sursei pentru această frigidizare nu ne va ajuta cu nimic în remedierea situației. Nu merge să zici: A! E vina societății? Ce bine! De mâine redevin femeie!

Tu chiar nu vezi nimic în neregulă la tine. Când te-ai uitat mai devreme în oglindă, ți-ai răspuns că ți-ai aduce flori și ți-ai dedica poezii. Ba chiar ai și face dragoste cu soțul, iar cei doi copii sunt dovada faptului că ai făcut. Măcar de două ori. Da' chiar nu există pe lumea asta și alte lucruri mai importante decât sexul?

Sigur că da! Bilanțul contabil al firmei, analiza SWOT pentru un nou business, estimările pentru Q4 când toți cumpără ca idioții cadouri de Crăciun ca să simtă că sunt o familie. La sex îți stă ție capul?

Interesantă imagine! Să-ți stea capul la sex.

Și mai interesant este că aceste ambițioase vor să aibă întregul. Totul. Și cariera, și familia. Atenție! N-am spus dragostea. Dragostea e un moft. Nu poți să o fotografiezi, nu poți să o faci magnet de frigider. Familia însă, da! Ce frumos dă pe coverul de Facebook! Și cât de frumos sună când scrii ca descriere la poză: „Împreună de 20 de ani". Ca un slogan publicitar pentru o firmă de hârtie igienică. Poți să te ștergi la cur cu anii ăia!

De ce femei în situații profesionale similare au vieți intime complet diferite? Unele rămân femei indiferent cât de sus urcă și își păstrează senzualitatea, ba chiar îi adaugă. Interesant de remarcat că acestea au și rezultate profesionale mai bune, iar în unele cazuri chiar excepționale.

În „Studii despre societate și religie", Sigmund Freud avansează două idei care mă ajută să explic de ce o femeie care nu a uitat să se bucure de erotismul ei are și o viață profesională mai bună.

Freud atrage atenția că tendința omului către conformism, către integrare în masă, duce la o transformare profundă a activității sale psihice, inclusiv către o reducere a capacității intelectuale. Altfel spus, devine mai prost de bunăvoie. Mereu m-am certat cu această axiomă a lui Freud pentru că mă gândeam: ce se întâmplă dacă grupul în care vreau să mă integrez e unul de oameni deștepți, veseli și cu sex appeal?

E bună gluma, nu?

Uită-te în jurul tău! Suntem un popor de oameni triști, mincinoși, invidioși și leneși. Succesul propriu îl vedem ca pe o piramidă umană formată din învinșii noștri, chiar dacă acest succes este doar o conjunctură, și nu un merit. Așa că sexul, care nu are niciun fel de impact asupra poziției noastre în grup, nu are cum să fie o prioritate.

A doua idee a lui Freud, larg cunoscută, e legătura dintre nevroză, mai ales la femei, și insatisfacția sexuală. Atenție, nu vorbim de lipsa de sex, ci de lipsa satisfacției pe care sexul o promitea, dar nu o (mai?) livrează.

Nu este evident că o femeie fericită va fi mai inventivă profesional, lucru esențial acum când firmele care nu se diferențiază prin nimic mor?

La fel de evident cum este că o femeie nefericită va munci mai mult doar ca să nu ajungă acasă. Unde o aștepți tu. O insatisfacție garantată.

Femeia care nu și-a lăsat ambiția să-i congeleze patul va fi un lider inspirațional. Cealaltă, un toboșar ca la galere, care va impune un ritm susținut și inutil, mai ales colegelor care par să mai aibă parte de orgasme.

Din păcate pentru situația ambițiilor sociale toxice, soluțiile sunt la fel de multe cum sunt... bolnavii. În primul rând, trebuie să ai curajul să recunoști că nu îți este bine. Nu ca la serviciu, unde unele rezultate slabe pot fi prezentate ca fiind „normale în contextul scăderii generale a pieței".

În al doilea rând, nu cere schimbarea doar de la partener.

Iar în al treilea, acceptă ideea schimbării partenerului. Lipsa sexului într-un cuplu căsătorit este deja o separare. Un „divorț erotic". Chiar dacă sunt adeptul ideii că trebuie să lupți, nu să fugi, uneori trebuie să înțelegem că lupta își pierde scopul când nu mai ai ce să repari.

Așteptările

Te-ai grăbit și ai zis că știi. Nu e vorba despre așteptările generate de maculatura erotică pentru care bărbatul ideal e un superman și femeia ideală e... ca tine.

Nici despre filmele porno, care fac orice fantezie atât de ușor de găsit.

Nici măcar despre așteptările lui Herr Freud, care spunea că femeia castă, care și-a reprimat toate dorințele până la căsătorie, abia aşteaptă un paradis al plăcerilor carnale şi când colo, ce să vezi, o pulă.

Nu. E vorba despre nişte aşteptări care par mult mai realiste. De exemplu, să avem după nuntă exact ce am avut şi până la ea. Ce? E greu?

Nu e greu. E imposibil!

Aşa cum Faust îşi dorea să oprească în loc clipa, la fel şi noi vrem să păstrăm momentul, dar mai ales starea.

Adică tu nu poţi să te opreşti din îmbătrânit, te îngraşi, respiri mai greu, tuşeşti mai mult, te pişi mai des, te doare spatele, dar DRAGOSTEA nu suferă nicio transformare!

Suntem tot noi. Trebuie să fie la fel. Ai făcut şi pasul, ai semnat. Nu ţi-l mai ia alta! Ai mâncat sarmale exagerat de scumpe în rochia albă lângă părinţii lui. Oare acesta e „gustul succesului"?

Singura aşteptare realistă după oficializarea unei relaţii este ca ea să se schimbe. În general „să se schimbe" înseamnă „să se banalizeze", să vă cunoaşteţi mai bine şi să te placă mai puţin. Să începeţi să vă faceţi reproşuri pentru tot ceea ce vă dezamăgeşte în acest ţinut al făgăduinţei emoţionale numit familie. E de vină ea. Eşti de vină tu. E de vină conceptul?

Este căsătoria o condamnare pe viaţă unde, exact ca în puşcărie, colegul de celulă te fute indiferent dacă îţi place sau nu?

Este normal ca atunci când ieşi la plimbare în curtea închisorii să încerci să nu ţi se vadă cătuşele.

#shareifyoudare

CEA MAI ÎNTÂLNITĂ FANTEZIE SEXUALĂ LA BĂRBAȚI E SOȚIA. ALTUIA.

Și la femei cea mai întâlnită fantezie este un bărbat șarmant, atent și bun la pat. De care să nu afle soțul.

Intervenția Muzei:

O cititoare m-a întrebat: „Ce se întâmplă când ți-a dat un inel și-a uitat de el? Ce înseamnă când soțul nu poartă verigheta?"

În general, nu se întâmplă nimic pentru că bărbatul, dacă vrea să te înșele, te înșală oricum. Pe femeile cu care ar putea să te înșele nu le sperie verigheta, ba, mai mult, uneori le și excită.

Timp de trei ani noi nu am purtat verighete. Nu sunt fan bijuterii, dar, după cununia religioasă, tare drag îmi este inelul. Este singura bijuterie care nu mă incomodează.

În acest moment, când vă scriu acest text de pe telefon așezată pe locul din dreapta, cu verighetă pe stânga, Radu al meu conduce spre Constanța fără verighetă. :)) Dar tot cu mine merge spre mare. Deci nu este un motiv de îngrijorare.

Ideea este să nu-ți creezi scenarii în caz că el nu-și poartă „jurământul", că scenariile astea nu sunt cu happy-end.

Cu orice risc, o să vă spun ce gândesc. Verigheta nu înseamnă nimic. Este doar o promisiune încremenită în aur. Bărbații zic că verighetele sunt cele mai mici cătușe din lume. Prost material ne-am ales pentru cătușe!

#shareifyoudare

AURUL SE RUPE
CU MÂNA,
IAR PROMISIUNILE
CU TIMPUL.

Verigheta nu înseamnă nimic, dacă omul care o poartă nu înseamnă totul pentru tine.

Dacă ai vreun dubiu, gândește-te că mai sunt și acei bărbați care își pocnesc soțiile cu verigheta pe deget. Oare doare mai puțin pentru că o are pe mâna stângă?

Intervenția mea:
O poveste adevărată care e sau nu o soluție la așteptări

Să nu le diminuăm. Cine s-ar mai căsători dacă semnătura aceea ar fi o capitulare, o renunțare la libertățile cetățeanului, un dictat al mediocrității erotice, un început al sfârșitului?

Nu, să nu le diminuăm, să le creștem.

Nu vreau să fie la fel după căsătorie. Vreau să fie mai bine!

Când el a întâlnit-o, familiile s-au opus. Ea era căsătorită de patru ani. El, de mai mult. Într-un haos delicios au făcut dragoste prin mansarde, paturi de împrumut, hoteluri.

Erau din lumi diferite și nu își doreau să intre prea mult pe teritoriul inamic. Se întâlneau în no man's landul așternuturilor răvășite, nu dincolo de legi, dar cumva între ele, ca într-un ochi de uragan inversat, unde nu e totul liniște. Liniștea era de jur-împrejur.

Să mergi din această nebunie către o căsătorie părea o nebunie chiar mai mare decât adulterul! La drept vorbind, adulterul e mai firesc decât fidelitatea.

Au sărit în prăpastie ținându-se de mână. Spre surprinderea tuturor, nu au căzut. Așa cum parapanta sau deltaplanul se ridică în baza curenților ascensionali, și ei și-au dat seama că singurul mod în care poți să nu cazi nu este să încerci menținerea altitudinii. Ci o urcare permanentă. O schimbare permanentă sau chiar două. El este acum alt bărbat și se va transforma în altul, și apoi în altul, și tot așa. Și ea e alta. Mereu alții. Iar dragostea mereu aceeași.

Se poate să se termine? Oricând. Și se poate să se termine rău, dar și poveștile frumoase, și cele urâte pot să dureze la fel de mult, dar nu înseamnă că sunt la egalitate! O poveste frumoasă, scurtă și intensă poate să pară superficială în ochii lumii, dar una urâtă, însă respectabilă privind din afară, este ca o capcană a propriilor minciuni. Nu poți să mai ieși pentru că, în aparență, n-ai niciun motiv. Dar trebuie să o faci! Vorba unei prietene:

#shareifyoudare

„DECÂT UN RĂU FĂRĂ SFÂRȘIT,
MAI BINE UN SFÂRȘIT RĂU."

Actul și contractul!

La început, când hormonii tropăie, un preludiu atent nu e necesar. Amândoi sunt excitați de situație, de noutate și de incertitudini. Necesar poate că nu e, dar acum, la începutul relației, este cel mai probabil să-l primești. Când nu e cine știe ce nevoie de el.

Și când e nevoie de un preludiu atent. Și inventiv. Și îndrăzneț. Mai târziu, când hormonii nu mai tropăie, că sunt obosiți. Mai târziu, când noutatea e veche și singurele incertitudini sunt dacă mai avem apă plată, pâine, ouă.

Dar tocmai atunci când e mai multă nevoie de el, nu-l mai practicăm. Nici noi, nici ele.

Erecția întârzie? Reproșurile nu! „Ai pe altcineva? Nu te mai atrag?" Dacă mai și plânge un pic, s-a dus dracului orice șansă. Asta dacă nu cumva ești genul pe care lacrimile îl excită. Și rimelul acela scurs un pic. Vezi capitolul despre ce cred oamenii că este excitant. Și ce este excitant de fapt. Nu te grăbi! Urmează chiar după acesta.

Bărbatul suferă o castrare psihologică, i se inoculează teama de eșec și evită „lupta“. Într-unul dintre cele mai urâte cercuri vicioase, ca într-un cancer sentimental agresiv, un cuplu funcțional se transformă într-un spital de nebuni. Adesea bărbatul se refugiază în masturbare. El nu încearcă să aibă o amantă, cum sugera soția, pentru că se teme să nu aibă soarta navetei spațiale care s-a prăbușit la un minut după decolare.

Înainte să vă grăbiți să spuneți că așa ceva li se întâmplă doar celor foarte slabi, aflați că există cercetări realizate în țări civilizate, unde oamenii nu mai au această „mândrie țărănească“, în care nu există eșec prea mare, doar scuze și minciuni prea mici să-l acopere. Aceste studii relevă că un procent enorm de bărbați (și de femei) s-au masturbat mai mult după căsătorie decât înainte, de cele mai multe ori cu ajutorul filmelor porno!

De ce?

Femeile spun că nu există adulter cu vibratorul... E mai sigur decât să ai un amant, mai igienic, mai disponibil și, de ce nu, durează mai mult timp. Știți bancul cu diferența dintre întuneric și tare? Întuneric e toată noaptea.

Bărbații se apără mai mult și spun că filmele porno și masturbarea sunt o modalitate de a-și stresa mai puțin partenera cu cereri de sex. Unde îmi era generozitatea!

Povestea cu două pagini și un pic

Pagina lui

— E prea des cum vreau eu, îmi spune cu niște ochi albaștri aproape inocenți.

— Cât de des vrei?

— Eu? râde el. Zilnic! În fiecare zi, adică în fiecare noapte.

— Noptic, glumesc puțin ca să-l destind.

Nu râde deloc, nu ne potrivim la umor sau poate a fost poanta slabă.

— Ea mi-a făcut un program. Joi și duminică. Zici că e program de vizitare la divorț, doar că eu nu vizitez copilul...

Mi se pare amuzant, dar m-am învățat că uneori râsul destinde, alteori inhibă. N-aș vrea să pară că nu mă interesează.

— Există vreo explicație pentru asta? De ce duminică și joi?

— Nu știu.

— Pleacă joi copilul la karate sau ceva?

— Nu copilul e problema. Ea e.

— Crezi că nu-i place sexul?

— La început îi plăcea. Acum nu știu. Poate e vârsta.

— Vârsta? Știu că e mai mică decât tine. Cât are?

— 39 de ani. De fapt, 38, face acum 39, chiar, n-ai o idee bună de cadou?

— Pentru nevastă-ta? Nu o cunosc aproape deloc.

— Uneori am impresia că nici eu.

Pagina ei

— Mă excit din ce în ce mai greu. Nu știu ce s-a întâmplat. La un moment dat, credeam că e el. Că nu-l mai iubesc. Am încercat și singură, dar se pare că nici pe mine nu mă mai iubeam. Am făcut dușuri din ce în ce mai lungi. Când în sfârșit am avut orgasm, a fost unul atât de violent, că am crezut că leșin. Eram foarte fericită că nu-s frigidă, l-am sunat la birou să-i spun că îl aștept să facem nebunii. A intrat direct. Parcă pe ușă și în mine dintr-o singură mișcare. Mă durea îngrozitor, dar am zis „fată, stai și înduri, că se duce la altele". Știi că, deși e cu aproape zece ani mai mare decât mine, pare cu zece ani mai tânăr. Uneori mi-e teamă că se și poartă așa.

— Stai să înțeleg... adică tu „suporți" două partide de sex pe săptămână?

— Dacă am noroc, doar una.

— Sigur trebuie să vorbești cu el.

— Să vorbesc? Suntem căsătoriți de nouă ani. Crezi că n-am avut ocazia?

— Și cât o să mai fiți căsătoriți?

— Până la sfârșit.

Sfârșitul a venit deja. Întrebarea e doar: „Și? Acest sfârșit când se termină?"

De câte ori te-ai gândit că viața erotică a unui cuplu are nevoie de mai multă grijă la cinci ani sau la zece ani decât la început?

De ce îi ofereai mai mult atunci?

Îi explorai corpul ca un turist care se oprește la toate operele de artă dintr-un oraș. Acum vrei să iei direct metroul până la cârciuma aia cu coaste în bere!

E păcat! Mai ales că orgasmul la 40 plus e al dracului de mișto și de intens.

Pare destul de simplu, nu? Plictiseala e reversibilă, relațiile pot să ia restart, comunicarea e cheia. Şi dacă singurul lucru pe care ar trebui să-l comunici este „nu te mai iubesc"?

Se mai aplică vreo metodă dintre cele amintite mai devreme? Exces de sinceritate: NU.

Vreau să trăiesc, nu să mă plictiSex :)

O cititoare i-a scris lui Radu într-un comentariu că n-ar rezista nicio zi fără mine. Eu cred că n-ar rezista nicio noapte.

Ce facem noaptea?

Comunicăm.

Fără să vorbim.

Uneori pui un roman întreg de întrebări cu un singur sărut și primești toate răspunsurile cu lux de amănunte cu o singură îmbrățișare.

Radu își pune ochelarii pe nas și îmi spune pe un ton serios: „E normal, primele mii de ani doar corpul a vorbit! Limbajul articulat e o fiță recentă."

Râd în hohote pentru că are doar ochelarii pe el și e amuzant să porți discuții serioase în pielea goală.

E o intimitate plăcută, dar nu fără conflicte. Realizez că niciun bărbat dintre cei care mi-au marcat existența nu a fost „pace și prietenie". Nicio dragoste n-a fost un zen permanent. Și știi de ce? Pentru că așa ceva nu există!

Nici noi nu suntem sfinte! Eu nici nu vreau să par. Când o să mă bucur de mângâieri? La bătrânețe, ca în pozele idealizate de pe Facebook unde un bătrân și o bătrână merg ținându-se de mână? În poză nu se văd nici artrita, nici greutatea pe care el o simte când respiră după ce a urcat două etaje, nici tristețea ei când se uită la fotografiile din tinerețe când sânii stăteau în aer ca două baloane cu heliu!

Ca să ajungi ca acei doi bătrâni trebuie să ai o tinerețe care să te încălzească. Multe paturi răvășite, multe fantezii trăite intens, orgasme și strigăte. Doar nu credeți că-ți poți găsi iubirea adevărată la 70 de ani?! Poate dacă iubirea are cu 35 mai puțin.

#shareifyoudare

FEMEIA VREA SĂ
ECONOMISEASCĂ DOAR
BANI,
DAR SĂ IUBEASCĂ FĂRĂ
ECONOMIE.

Vrea să fie înțeleasă când nu vorbește, când nici măcar nu e om, când dorința o transformă într-un animal și nu vrea să redevină o persoană respectabilă, ci să se bucure de inconștiența supremă în care te lași pradă de bunăvoie unui bărbat. Nu fugi, nu te împiedici, nu te prefaci că n-ai ce face.

Câte dorințe nu rămân fără răspuns pentru că ei n-au înțeles că noi am pus întrebarea?

M-am aplecat să vezi mai bine în decolteu, iar tu te uitai în telefon. Numerele din agendă vor fi singurele de care o să ai parte!

Te-am căutat la ore nepotrivite? Pentru că am crezut că ne potrivim. Gândurile mele erau la fel de nepotrivite, dar cui să le spun?

Așa ne mințim toate, că e greu până găsești bărbatul care să vrea o relație, dar greutățile abia de acolo încep, și sexul e ca o revoluție care suferă tocmai atunci când iese victorioasă pentru că se transformă într-un regim. Nou, dar tot regim!

Îndrăgostiții erau două gloanțe care călătoreau cu viteza incandescenței, dar s-au înfipt în marmelada căsniciei. Aveai în pat un amant, acum ai o rudă. De gradul întâi mai e doar relația de rudenie. Sexul e de grad inferior.

Gânduri scandaloase ne șoptesc că parcă singurătatea era mai puțin previzibilă!

Sex cu program, parcă vor să le facem plinul pe dos golindu-i sau sex neprogramat care, pentru că s-ar putea întâmpla oricând, nu se mai întâmplă niciodată. Putem să facem și mâine-seară, astăzi mai avem cinci episoade din serialul ăla hot. Mâine-seară trece și se fac cinci ani pe care nu știi cum i-ai pierdut. S-au terminat și ratele la mobilă și patul arată ca nou. Păstrezi mobila și schimbi bărbatul.

— Am fost mereu bun cu tine!

— Da, chiar și atunci când ar fi trebuit să fii rău.

Fericirea nu e un program! Nu poți downloada un orgasm! Iar punctul G nu e pe harta GPS-ului tău!

O să vă spun un secret: nici femeile nu-și pot găsi singure punctul G și nici nu cred că există. N-ar fi și penibil să reducem toată arta de a iubi fizic la atingerea unui punct? Facem dragoste sau aprindem lumina pe holul blocului? Știi momentul acela când cauți întrerupătorul pe întuneric.

Sfântul Graal, Atlantida, piatra filosofală și punctul G. Cum sunt eu fană Harry Potter, pot să glumesc că bagheta magică trebuie să știe să facă mai multe vrăji, nu doar *expecto patronum*!

Psihologii nu înțeleg femeile. Ei „tratează" feminitatea ca pe o boală

Unde mulți văd dorințe contradictorii, eu și Muza vedem dorințe complementare.

Vrea stabilitate, dar și aventură? Nimic mai firesc!

Fără stabilitate, simți că dormi pe un pat așezat pe nisipuri mișcătoare. Nu poți să construiești nimic. Ți-e frică și să te dai jos!

Fără aventură, însă, toată viața e un tunel. O vezi clar până la ultima stație. Ce poate să fie mai deprimant? Viața ca un déjà-vu continuu.

Faptul că doi oameni se potrivesc nu-i face automat un cuplu, așa cum două cuvinte care rimează nu fac automat un poem! Dacă ar fi fost așa, multe reclame s-ar fi încadrat la „poezie".

Un anumit procent de previzibil este esențial pentru orice calcul, așa cum un pic de imprevizibil e de dorit. Condiment? Distracție? Poate și hrană pentru creierul care, altfel, ar anchiloza ca un pensionar captiv pe traseele rutinei.

Balansul dintre dorința de stabilitate a femeii și cea pentru aventură este poate cel mai cunoscut perpetuum mobile.

Muza:

Radu are o teorie frumoasă, dar pe care vreau de multă vreme să o amplific. El spune că „fiecare are ceva ce un altul își dorește", dar ce om nu devine cu timpul un altul?

Cine sunt eu astăzi și cine eram acum zece ani?

Ce îmi doream atunci și am astăzi, dar nu mai vreau?

Ce evitam atunci, poate tocmai pentru că aveam din plin, dar îmi doresc astăzi și nu mai pot avea?

Pornind de la câteva kilograme în plus pe care mi le doream, iar acum nu le mai vreau, dar nu le pot da jos, și până la șevaletul pe care pictam visuri și pe care acum nu vreau nici să-l mai văd, ne dorim, obținem, ne plictisim, aruncăm, redescoperim și ne dorim din nou.

Bărbații se plâng că nu înțeleg femeile de parcă asta ar fi ultima problemă nerezolvată de pe pământ! Cancerul, SIDA și alte boli, toate sunt rezolvate, numai femeia vă mai dă de furcă! Știți deja care este originea universului, originea omului și scopul lui în viață, doar femeia nu se lasă prinsă în două teoreme! Pariez că v-ați da și premiul Nobel pentru asta. Între voi, cum se tot întâmplă cu premiile.

Bărbații nu înțeleg femeile? Dar ce vor să știe despre ele în afară de cum să le bage în pat când le doresc și să le dea afară fără scandal când le-a trecut?

Bărbatul care e interesat într-adevăr de mai mult decât o noapte, bărbatul care visează la 1 000 de one-night stands cu aceeași femeie, bărbatul care crede că și-a găsit jumătatea, nu doar un loc de dat din cur, acela sigur începe să înțeleagă femeia. Pe a lui.

Nu poți să înțelegi decât ce te interesează!

Curiozitatea poate să fie flatantă, dar interesul ne topește și pasiunea ne cucerește definitiv.

O fată îmi spunea că pe ea n-o interesează pasiunile. Că „astea-s nebunii de moment". Nu știu ce să zic, tatăl lui Radu a fost nebun cu acte în regulă și nu i-a trecut niciodată. Din păcate, singura lui pasiune a fost pentru sine. Și singura dragoste... amorul propriu. Încă mai lucrez să-mi „repar" soțul. Step by step.

> It's Father's Day and everybody's wounded
> First we take Manhattan, then we take Berlin.
>
> *Leonard Cohen*

Fiecare poveste de dragoste are o coloană sonoră. A noastră a fost ceva de genul „In My Secret Life" – Cohen, „Need You Now" – Lady Antebellum și „Live with Me" – Massive Attack. Analizând versurile, orice psiholog va spune că un asemenea cuplu se îndreaptă spre dezastru, că e o relație toxică și ne va consuma. Noi nu am analizat versurile. Noi le-am trăit.

Așa că la nuntă am dansat pe „At Last" – Etta James.

Vrei să mă înțelegi? Sau vrei să-ți capitulez? Vezi că e o problemă mare atunci când cucerești o cetate. Că apoi trebuie să o aperi.

#shareifyoudare

DACĂ TE SIMT DOAR ÎN VIZITĂ PRIN VIAȚA MEA, SĂ NU TE SURPRINDĂ CĂ O SĂ-ȚI PREZINT DOAR ZONELE PENTRU TURIȘTI.

Vrei să te iubesc sau vrei să depind de iubirea ta? Dragostea ta e coarda de siguranță a alpinistului sau frânghia ostilă a unei spânzurători?

They're gonna hang me in the morning
A'fore this night is done
They're gonna hang me in the mornin'
And I'll never see the sun

I want to warn you fellers
And tell you one by one
What makes a gallows rope to swing
A woman and a gun.

„The Arizona Killer"
Katie Lee

Unul dintre filmele mele favorite, pe care îl recomand oricui vrea să înțeleagă sufletul uman, este un western. *3:10 to Yuma.* Greu de crezut că un film cu cowboy poate să atingă esențe? Vezi? Deja gândești superficial.

Doi bărbați (dar bărbați, nu paie!) se întâlnesc de o parte și de alta a realității. Banditul charismatic și veteranul desconsiderat. Nu știi cu care să ții. Nu știi pentru care să plângi. Până realizezi că tu ești în egală măsură amândoi.

„— It's man's nature to take what he wants, Dan. That's how we're born.

— Well, I make an honest living.

— It might be honest, but I don't think it's much of a living..."

Drumul cel mai scurt până la scop este să întinzi mâna și să iei. De câte ori nu te-ai gândit de ce nu se poate?

E legal să furi o inimă, dar e ilegal să furi o rochie.

Promisiunile neonorate în business te duc la tribunal. Ai ruinat o firmă. Promisiunile neonorate în dragoste nu sunt în codul penal. E inima încă în Vestul Sălbatic? Atunci, nicio femeie nu va fi atrasă de un bărbat fără pistol!

Toate suntem între pasiune și rațiune, într-un ținut al nimănui, și rai, și iad, unde cei care se adaptează până la absurd par să prospere într-un trist ritual al dezbrăcării de sine, al lepădării caracterului, această haină veche cu care nu faci o bună impresie în societate.

#shareifyoudare

> VEZI MAI MULTE HAINE
> CURATE DECÂT CARACTERE!
> PANTOFI CU MAI MULTĂ
> PERSONALITATE DECÂT
> POSESOARELE LOR!
> ȘI GĂSEȘTI MAI MULTE OUĂ
> ÎNTR-UN COFRAJ DECÂT
> ÎNTR-UN OPEN SPACE!

Cum să fie ușor să găsești bărbați când e dificil să găsești chiar și oameni?

Și în toată această nebunie, în acest al III-lea Război Mondial al emoțiilor, vine câte un profet al psihologiei sau un speaker motivațional să-ți spună că e ceva în neregulă cu tine că îți vine să urli!

Este la modă castrarea originalității.

Noi, femeile, ținem să vă anunțăm doar atât: nu ne vom dizolva în banalitatea generalizată! Până la urmă, lumea asta, căreia vreți voi să-i dați o formă unică, tot dintre picioarele noastre a ieșit. Și nu știu dacă ați observat, dar nu toate porțile sunt la fel.

După milenii în care femeia a devenit un cameleon capabil de transformări radicale pentru a fi pe placul bărbatului, acum bărbatul este pentru prima dată în inferioritate.

Comunicăm mai bine decât bărbații. Suntem mai adaptabile. Anticipăm, citim fețe și, de ce nu, mințim mai bine decât bărbații. Iar astăzi, după ce am făcut asta exclusiv de dragul unui bărbat sau de frica lui, avem șansa să o facem pentru noi.

Mama a slăbit sau s-a îngrășat pentru tata. S-a coafat pentru el. S-a prefăcut că nu vede stânga, dreapta pentru el. A avut patru, cinci joburi fără să părăsească apartamentul. Pentru el. A fost *chef*, menajeră, educatoare, doctoriță de familie și așa mai departe. Și totuși, tata i-a dat mereu senzația că, fără el, nu reprezintă nimic.

Femeile din generația noastră știu că le-a mai rămas un singur job la care nu se pricep: acela de bărbat. Nici nu vrem să învățăm asta, chiar dacă sunt destul de multe androgine oriunde întorci capul.

Eu nu le consider chiar femei. Le consider un soi de al treilea sex.

Le respect, dar nu le înțeleg. Ce folos are o femeie dacă urcă până pe acoperișul lumii, dar nu se mai poate bucura de feminitate?

Femeile în posturi de conducere sunt ca o invazie extraterestră! Ați văzut *Arrival*? Ei încă nu ne-au descifrat limbajul, și vor să ne citească sufletele?

Psihologii, mai ales cei bărbați, nu înțeleg femeile, pe care vor să le tragă înapoi către simplitate, să găsească numitorul comun al feminității.

Da, suntem rele sau plictisitoare. Vorbim mult, bârfim chiar, dar e mai multă sinceritate într-o bârfă decât într-un raport financiar cu estimări pentru Q4!

Vrei să fii unicul? Sau cel mai bun?

Dacă răspunsul este „cel mai bun“, pregătește-te pentru concurență!

Am citit „furia“ Ramonei și mi-am dat seama că este mai puțin împotriva psihologilor și mai mult împotriva lumii întregi, așa cum este ea acum: o mocirlă financiară, un deșert emoțional, un parc în paragină, dar cu statui din aur.

#shareifyoudare

STĂM ÎN CĂCAT ȘI NE UITĂM LA TELEVIZOR.

Viața e frumoasă.

Dă-mi și mie punga cu chipsuri!

Trăiască noii eunuci, care și-au păstrat doar coaiele fizice!

Trăiască aparențele!

Trăiască superficialul! El este noul esențial.

Trăiască furtul! El este inteligența aplicată care spune că o copie se face în câteva zile și nu costă cât cercetarea. Așa că lasă-i pe alții să transpire!

Chiar ieri eram cu Muza într-un magazin de pantofi și vânzătoarea mi-a spus:

— Luați perechea aceasta, sunt copie după Valentino!

Am ajuns să nu ne mai fie rușine că furăm. Să ne lăudăm cu asta.

Trăiască ignoranța! Dă răspunsuri mai rapide decât știința și nu se bâlbâie. Ignoranța e mult mai sigură pe ea.

Psihologia aplicată este suprapopulată cu șarlatani, discreditată de novici și își va găsi sfârșitul, ca orice revoluție, în propriul succes.

Succesul atrage profitorii. La începutul secolului al XX-lea, Sigmund Freud era un lup singuratic. Acum avem haite de psihologi școliți. Într-o disciplină în formare? Într-o știință care se caută încă pe sine? Sunt atâtea de descoperit în modul cum gândim, dar noi ne grăbim să aplicăm și le mai și vindem drept certitudini? E ca și cum ai putea să pleci cu mașina spre New York având pe GPS doar harta României, într-o lume în care avionul și vaporul nu ar exista. Nu ți-ar lipsi doar ghidul. Nu ai avea nici vehiculul.

Ce faci cu tracțiunea 4×4 când întâlnești oceanul?

Nu are matematica atâtea pretenții, deși este o știință care muncește de mii de ani!

Din fericire, există un curent din ce în ce mai puternic care recunoaște că învățăm din mers. Că am ajuns prea ușor dintr-o extremă în alta. Am întâlnit chiar psihologi care cred că există o „normalitate permanentă" și una „dinamică". Ce înseamnă asta? De exemplu, într-un cuplu, oamenii se ceartă și se împacă. Se amenință reciproc, dar, în alte zile, își fac surprize plăcute.

Normalitatea este o medie! Sau poate acel numitor comun de care vorbește Muza.

Iar de simplificare nu sunt vinovați doar psihologii. Omenirea în ansamblu e o gloată de leneși. Ne e lene și să ne punem întrebări!

Să începem de la cele mici:

De ce programul de lucru are opt ore? E ceva în neregulă dacă oamenii stau la serviciu cât au treabă?

Productivitatea ar scădea? Ești tu sigur? Mai ales printre cei care lucrează cu mintea, creierul fiind un mare consumator de energie, probabil chiar ar crește productivitatea, creativitatea și chiar fidelitatea pentru un loc de muncă unde nu-ți vinzi libertatea, ci doar abilitățile.

#shareifyoudare

PREA MULTE LOCURI
DE MUNCĂ SEAMĂNĂ
CU NIȘTE PUȘCĂRII CU
PROGRAM.
TE ÎNCHIZI DE BUNĂVOIE
DE LA 9 LA 5.

Singurul lucru clar care ți se cere, chiar și atunci când nu muncești, este să nu pleci. Asta vor de la tine și în închisoare. Să nu pleci.

Ideea e să nu vrei să pleci. Și chiar atunci când o faci, să rămâi conectat. O idee bună îți poate veni și în pat. Grigore Moisil spunea că a stat în pat o vară întreagă și apoi a scris „Teoria mecanismelor automate". Nu știu ce înseamnă asta, că am făcut Litere, dar pare ceva serios realizat altfel, printr-o metodă pe care nu cred că șeful tău ar aprecia-o.

Este celebră povestea profesorului Moisil, care a fost somat de autoritățile comuniste nu doar să stea opt ore la serviciu, ci și să precizeze ce face în acele ore. Într-o primă fază, academicianul ar fi răspuns: de la ora 8:00 la ora 9:50, curs, Amfiteatrul „Țițeica"; de la 10:00 la 11:50, consultații, catedră; iar de la ora 12:00 la ora 16:00, timp de gândire în sectorul de cultură al Parcului de Cultură „I.V. Stalin". Nemulțumiți, diriguitorii ar fi cerut să afle cât timp „stă" efectiv matematicianul în instituție. Grigore Moisil a răspuns hâtru că el credea că e important câte ore GÂNDEȘTE. Acelea sunt ORE - CAP. Cele în care stă sunt ORE - CUR.

Bine, asta se întâmpla în comunism, dar tu de ce folosești o cartelă magnetică de acces în firmă? Ce crezi că intră în sistem? Doar acceptul ca tu să accezi la corporate heaven? Nu. Intră ora la care ai venit și cea la care ai plecat. Cât ai stat într-o zonă. Cât ai fost la țigară. Mai reziști?

#rezist

Altă întrebare :)

„Așa face toată lumea" e un argument logic? Sau doar o prostie care a devenit tradiție prin repetare?

Sigur că masele nu sunt un punct de reper. Totuși, noul trebuie să se lupte cu rigiditatea oamenilor care nu vor să se schimbe astăzi și care aduc în sprijinul lor generații de oameni morți care nu s-au schimbat nici ei.

E oare nevoie să spun că și bătutul femeii era o „tradiție"? Că „bătaia copiilor era ruptă din rai"? Că până și sclavia era nu doar acceptată, ci și legală?

„Așa face toată lumea" nu înseamnă decât că avem de-a face cu un curent social. Dacă el e bun, vom câștiga toți. Dacă e prost, vom suferi toți. Chiar și cei care îl păzesc cel mai tare.

#rezist

Altă întrebare :)

Dacă „fiecare om e unic", de ce asociem fiecare țară și fiecare etnie cu o etichetă, cel mult două?

Adică poți să concepi că eu și fratele meu nu suntem aceeași persoană, deși suntem combinația genetică a aceleiași mame cu același tată, dar francezii sunt toți la fel?

Fiecare om e unic și irepetabil, dar toți țiganii fură? Toate blondele sunt proaste? Toți musulmanii extremiști?

Cea mai mare greșeală din „comunicarea în cuplu“. O viziune riscantă, dar cineva trebuia să o spună

Noi, bărbații, suntem în acest moment sub asediu. Nu ne plângem, dar se glorifică vorbăria!

Desigur, i se spune „comunicare în cuplu“ și se practică frecvent cu un arbitru. O prietenă, maică-sa, un psiholog. Toți au câte ceva de spus! Atunci cum mai este „comunicare în cuplu“? Poate în trio!

Comunicare în grup!

Aceasta e prima greșeală pe care o tot văd în mesaje:

Despre NOI nu mai vorbim în DOI.

Vorbim în trei, în patru, în cinci. E așa o aglomerație în patul multora, încât încep să mă întreb dacă n-ar trebui să găsim și un termen pentru asta. Cum vi se pare gang bang psihic? Când te f*te toată lumea la cap, nu mai ai niciun chef să te... și pe bune!

A doua greșeală, cât mă duce pe mine capul, e zgomotul de fond DIGITAL pe care îl lași să intre în casă.

Intimitatea cuplului modern e țăndări.

#shareifyoudare

DEGEABA ÎNCHIZI UȘA
CÂND VII SEARA ACASĂ
DACĂ TELEFONUL
RĂMÂNE DESCHIS.

În loc să savurăm un pahar cu vin și să-mi povestești cum a fost ziua ta de urâtă și să-ți fac noaptea frumoasă, noi ne uităm în ecrane în timp ce mâncăm un semipreparat gata în șapte minute. Iar sexul durează chiar mai puțin.

Dar cea mai mare eroare mi se pare că acum femeia simte nevoia să își rezolve orice problemă în cuplu prin comunicare VERBALĂ. Și nu oricum! **Comunicare cu premeditare!**

Ea s-a gândit cel puțin 24 de ore, inclusiv noaptea, despre CUM SĂ PUNĂ PROBLEMA.

Deși am fost un elev bun, am urât toată copilăria expresia „scoateți o foaie de hârtie"! Vii și tu obosit acasă și ea îți spune că vrea să vorbiți. Pentru asta n-o doare niciodată capul!

Sunt cel mai mare susținător al comunicării în cuplu, dar mi se pare că ea nu trebuie să fie nici monolog (că vorbește mai mult ea), nici interogatoriu („De unde vii la ora asta?").

Nu-l mai întreba de ce întârzie! Dă-i motive să se grăbească de drag acasă!

Nu mai primești suficientă atenție? De ce să vorbești despre asta? Nu mai știi să-l seduci? **Dragostea nu trăiește din amintiri!**

Vrei să fie ca la început? La început stăteați mai mult la masă sau în pat? Nu cumva atunci îți foloseai gura mai bine?

Mângâierile sunt o formă de comunicare.

Săruturile... niște puncte de suspensie după care poate să urmeze orice.

Sexul? Un semn de exclamare!

Primul limbaj a fost limbajul trupului.

Vorbele au urmat mult mai târziu. Și de multe ori după ele se pune PUNCT.

Dacă nu cumva îți dorești un „divorț și de la capăt", dă-i omului șansa la încă un paragraf și iubirii ocazia unui nou capitol!

Gata cu vorba, că m-am cam lungit. :) Mă duc să o sărut apăsat, golănește, ca-n liceu. E singurul mod sigur și despre care poți scrie, fără să te raporteze haterii la Facebook, în care poți face o femeie... să tacă!

Ce cred oamenii că este excitant. Și ce este excitant, de fapt

Ce e frumosul? O convenție? Un act instinctual? O amintire peste care se suprapune perfect prezentul și avem plăcere în recunoaștere?

Înainte să ne mândrim că suntem orășeni poate că n-ar strica să ne aducem aminte că *Proverbele românilor* s-au născut la sat. „Nu-i frumos ce e frumos, e frumos ce-mi place mie."

Nu e excitant ce consideră toată lumea că este. E excitant ce mă stârnește pe mine.

O discuție poate să aibă mai mult condiment decât un dans la bară, pentru un bărbat, în vreme ce pe altul îl plictisește enorm. „Nu mai ajungem odată în pat?" Era un banc ușor misogin: „Care e cea mai plăcută parte când femeia îți face un sex oral? Cinci minute de liniște!" Și ele ar putea să spună același lucru.

Teoria e simplă: trebuie să experimentezi ca să știi ce-ți place. Și ce faci când nu-ți place ceva? Îi ceri să-ți facă și apoi să se oprească? Ce-i patul vostru? Laboratorul lui Dexter? „Ce face butonul ăstaaaa?"

Este deja un truism că excitația este în primul rând intelectuală. Dar, ca multe alte truisme, și acesta e greșit. Popularitatea lui se bazează pe faptul că frumusețea fizică e o anomalie! Nu e mai ușor să crezi că „atitudinea e totul"? Este, dar poți să crezi și în reîncarnare și totuși ea se va întâmpla sau nu independent de părerea ta.

Atitudinea nu e totul. Nici hainele, machiajul sau parfumul. Deși pare superficială, social media a pus degetul pe o rană ascunsă când în Marea Britanie au apărut o serie de fotografii cu oameni obișnuiți care își făceau poze în atitudinile și ținutele unor vedete. De la cântărețe celebre până la îngerii Victoria's Secret. Rezultatele erau amuzante, dar, după râsul în hohote, realizai că ești mințit. Poți să te îmbraci ca o divă, dar nu vei fi una fără charisma (și trupul) ei. Poți să miroși ca un actor, dar nu vei avea legiunile lui de fane. Poți să-ți cumperi ceasul la care face reclamă un mare sportiv. Nu vei juca golf ca el. Iar despre infidelitățile tale nu se va scrie. Aici ai un avantaj tu. Puțini știu să aprecieze pătura caldă a intimității anonimatului.

Muza: Vrei să spui că omul nu se poate pune mai bine sau mai puțin bine în valoare?

Radu: Ba da, dar pentru a se pune în valoare trebuie să știe care este punctul lui forte, nu care este moda. Sex appealul presupune o ușoară diferențiere și nu ne putem remarca toți în același mod, cu aceleași haine, de exemplu. Sunt doar niște uniforme pe care ți le mai și cumperi singur.

Muza: Ai ceva cu moda, văd! Tu nu îți dai seama că noi, femeile, am realizat de mult că trebuie să te diferențiezi? De ce ne pică prost când alta are aceeași rochie la un eveniment?

Radu: Corect. Nu m-am gândit că o treabă de suprafață are o semnificație atât de serioasă. Știu deja teoriile despre ce e excitant și ce nu pentru Ramona, dar risc o întrebare: Ce te atrage la un bărbat prima dată. Strict fizic.

Muza: Fizionomia. Sunt fețe foarte excitante. Îți poți imagina buzele, cum se simt, ce pot să facă. Ochii... știi că îmi plac ochii albaștri, poate pentru că eu n-am. Apoi corpul.

Radu: Știam asta.

Muza are o atracție pentru simetrie. Poate e cultivată la Arte Plastice, poate e nativă, nu știu. Cert e că nu are o parte favorită a corpului uman și o excită frumusețea lui în ansamblu.

Orice deviere majoră o îndepărtează. De exemplu, trupurile de sportivi împinse înainte de anabolizante. I se par grotești. Pentru multe sunt excitante. Treaba lor. Mai puțină concurență.

La 17 ani a început să mă intereseze o cheie universală de desfăcut suflete. Adevărul e că eram ipocrit cu mine însumi, cheia asta nu trebuia să desfacă suflete, ci picioare. Căutam o martingală. Un algoritm de cuvinte, gesturi, chiar și mirosuri care să garanteze succesul. Martingala este un fel de Sfânt Graal al împătimiților de jocuri de noroc. Forma ei cea mai simplă este să dublezi miza la fiecare mână. Teoretic, ai nevoie de o singură victorie ca să recuperezi tot ce ai pierdut. O singură victorie, gândește-te ce tentant sună. Așa s-au năruit imperii...

Dansez și mă excită trupul ei cald și tare, dar am citit rafturi de cărți și spun „atmosfera și muzica".

Ajungem în pat și cred că am spus exact ce trebuia. I-am făcut o impresie! Personalitatea mea a dat-o gata! Care personalitate, că ne cunoaștem de o oră!

Dansăm din nou, de data asta dezbrăcați, pe Eric Clapton. Dacă era Pink Floyd, n-ar fi fost la fel?

Ar fi fost.

#shareifyoudare

EXISTĂ MAI PUȚINE PUNCTE EROGENE DECÂT SITUAȚII...
UNEORI ȚI SE FURĂ INIMA CU O STRÂNGERE DE MÂNĂ.
ALTEORI TE LASĂ RECE ȘI UN MASAJ EROTIC!

Ce are el și nu am eu? / Ce are ea și nu am eu?

Pentru că femeile dau mai des Like și Share, au apărut tot felul de bloguri unde femeia e un fel de supraom.

Oare niciuna dintre cele care sunt pupate-n cur virtual zilnic nu se gândește că, dacă ești așa, „altă specie“, înseamnă că ești condamnată la singurătate?

La nefericire?

La inutilitatea oricărui început?

Într-un mesaj, o doamnă mi-a scris că „pun bărbatul pe un piedestal“ făcând referire la un text unde mi s-a părut că am fost cât se poate de imparțial. Vă previn că de data asta nu voi fi.

Am mixat o poveste comună din trei mesaje de la trei bărbați. Trei vârste diferite. Trei domenii diferite. Dar problema: aceeași.

Faci totul pentru ea. Și totuși TOT nu e SUFICIENT.

O ajuți de fiecare dată când are nevoie. Asta și pentru că sunt singurele ocazii când te sună.

E deja a treia oară când îți plânge în brațe. După altul.

N-ai mai răbdat și ai întrebat-o: „Da' tu n-ai și niște prietene cărora să te plângi?“

„Ai înnebunit? Să mă vadă alea așa? Ar bârfi o săptămână.“

Ea e o divă.

Mereu stăpână pe ea. Deși mereu are un stăpân.

Tu ești singur.

Celălalt mai are puțin și divorțează.

De doi ani.

„Îi e milă de aia… Unde să plece cu un copil după ea?!“

Păi, de ce să plece? Ce, e doar copilul ei?

Ea face afaceri.

Nu se pricepe cine știe ce, dar tu o scoți mereu din rahat cu un telefon. Și tu ești de vină. Mai ales atunci când ai sunat-o pe fosta ta nevastă, care chiar se pricepe la afaceri, să îți dea un număr de telefon care a rezolvat contractul.

Toți trei fac bine. Toți trei greșesc.

Pentru că nu e nimic mai eronat decât să faci un bine persoanei greșite.

Iar fetele care se plâng că n-au avut parte de niciun bărbat ca lumea în viața lor să se mai uite și în friend zone.

Întâlnirile sunt întâmplătoare.

Alegerile ne definesc.

Ce are ea și nu am eu?

#shareifyoudare

DEGEABA ȘTII SĂ PORȚI
O ROCHIE DACĂ NU EȘTI
ÎN STARE SĂ PORȚI O...
DISCUȚIE.
BĂRBAȚII MIȘTO TE VOR
GOALĂ ÎN PAT. NU ÎN CAP!

Îndrăgostirea e un joc de noroc. Poker, ruletă, 21.

Da, mai ales la 21.

Relația însă e ca un joc de șah. Gândești trei mutări înainte. Inclusiv mutarea într-o casă nouă. Mutarea la un alt serviciu, plătit mai bine.

Muți mașina veche pe Autovit că nu are isofix. Iei una de familie. Dacă ai cu cine să faci o familie.

La poker poate să-ți intre o damă. La șah ai regină. Dacă ai din cine să faci una!

Sigur că suntem atrași de un decolteu frumos, dar nu ne căsătorim cu o pereche de țâțe!

Ne plac picioarele lungi, dar nu te vor duce prea departe dacă nu-s conectate la un creier. Oricât de bună ai fi la pat, bărbatul mai iese din casă. Și dacă ție îți ies perle din gură, o să prefere să iasă singur.

Apoi o să găsească pe alta, care nu-l face de râs, iar tu o să te lamentezi:

Ce are ea și nu am eu?

Cultură generală. :) Vocabular. Bun-simț. Realism. Umor. Suflet. Inteligență.

Cât poate să-ți ia să explorezi un trup? Te plictisești și de explorat un oraș. Astăzi mergi la Roma, mâine la Paris. Dar sufletul și mintea unei femei pot să fie o întreagă lume.

Personalitatea ei poate să fie un univers sau doar o trusă cu farduri.

Interludiu.
Condamnarea la viață

Noi suntem cei ce-s condamnați la viață
De nimeni întrebați dacă dorim
Din mame să facem un pas în față
Nu ne vor întreba nici când murim.

Noi suntem orbii ce-au văzut de toate,
Știm ce greșim 'nainte să greșim.
Tu să eviți eroarea nu te zbate,
Tot una-i de învingem sau cerșim.

Femeile sunt peste ochi năframe,
Prin ele lumea parcă are sens
De ne sunt doamne, curve sau chiar mame
Prin ele simți nimicul mai intens.

Prin vene-mi curge forța neputinței
Calea cea dreaptă vreau să o îndoi
Aceast-ușurătate a ființei
Parcă mai grea este de dus în doi.

Și totuși nu mă plâng în fața sorții
Trufaș precum un nobil scăpătat
Iubirea ta m-așteaptă-n dreptul porții
Doar te deschid, ca pe o ușă, și-am scăpat.

E o prostie să te arunci într-o relație imediat după o despărțire dureroasă! Iată de ce...

Când te arunci într-o relație imediat după o despărțire care te-a afectat serios, NU-ȚI ALEGI URMĂTORUL PARTENER PENTRU CINE ESTE, CI PENTRU CINE NU ESTE.

O situație frecventă și la alegerile parlamentare: nu știi nimic despre un partid nou apărut, „da' cu ăștia nu se mai poate, dom'le!".

Și dăm vot negativ.

Ți se pare că României i-a făcut bine soluția asta?

Nu.

Ei bine, nici vieții tale sentimentale nu o să-i facă. :)

Dacă România nu-și permite să fie SINGLE și trebuie guvernată, tu ai o variantă mai bună. Să te liniștești. Oricum la rubrica „guvernare", după ce l-a împușcat pe Ceaușescu și își putea trece „widowed", România are în permanență „it's complicated".

E un capitol unisex pentru că totul e valabil și pentru bărbați, și pentru femei.

Suntem în era în care avem mulți oameni prinși în relații fără sex, e posibil să avem și oameni liberi, care au sex fără relație.

Nu cumpăra, închiriază! Sunt sigur că adoratorii de moaște m-ar ucide cu pietre, dar adevărul e de partea mea: toate relațiile încep ca simple aventuri. Noi stricăm totul pentru că vrem să fim siguri de la bun început. Câte crezi că poți să stabilești la prima întâlnire? Alegeți și numele copilului? Și la ce facultate îl dați?

Wake up! Singurul lucru pe care îl știi sigur după o despărțire dureroasă este că nu mai vrei încă una! Nimic mai simplu! Stai singur o vreme. :)) Știi cum se spune: motivul principal pentru care avem divorțuri e căsătoria.

Muza: Bine, doctore, și cât scrie pe prospect că trebuie să aștepți pentru a evita manifestări neplăcute?

Până când ești sigur/sigură că te-ai îndrăgostit din nou. Nu doar îți e teamă de singurătate.

Să presupunem că ești un bărbat dezamăgit care vrea să înlocuiască repede o flamă stinsă doar pe jumătatea ei feminină cu o flamă nouă. De cele mai multe ori, nu va face asta, va alege varianta „aragaz". Mai multe flame. Cel puțin patru ochiuri. De ce fac asta chiar și cei mai fideli genetic bărbați, acești „mutanți" care ne fac pe toți ceilalți să părem curvari? Pentru că încearcă inconștient să îi demonstreze că sunt grozavi tot celei care pleacă!

Și-ar da și check-in în patul tău ca să vadă ea!

Gigi was here. And here. And there.

S-ar putea să fie singurul caz cunoscut când nefericirea e molipsitoare. Se ia. Ca o boală. El, nefericitul, dă „leapșa pe plecate" mai departe.

Când îți place un asemenea bărbat, fă-i testul cu „mâine". Amână-l puțin, fără să îl refuzi, și o să vezi dacă revine sau nu. Asta dacă vrei cu el o relație, dacă vrei doar sex... e momentul perfect. Bărbatul furios, frustrat de plecarea unei femei, e ca pușcăriașul eliberat după 15 ani de detenție!

Muza (enervantă, nu-i așa?): Și ce l-ar putea reține pe bărbat să se arunce într-o nouă... relație?

Nimic. Așa cum nimic nu-i oprește pe oamenii infectați cu HIV să nu spună că au boala și să o paseze, cu bună știință, altora. Întrebați de ce au făcut asta, cei mai mulți au răspuns: „Nici mie nu mi-a spus cel care mi-a dat SIDA!"

Comparația e exagerată, dar motorul e identic: și el a fost părăsit, înșelat, mințit. Care e problema dacă face la fel?

— Radu, tu ai fost singur între relații? mă întreabă Muza.

— Chiar începi să mă enervezi!

— Ai fost sau nu? Ce-i așa de greu?

— Dacă „singur“ înseamnă să n-ai cu cine să te fuți, n-am fost.

— Te-am prins, lupule moralist!

— Deloc. Eu n-am promis niciodată o relație pentru o felație.

Q&A

Q: De ce își pierd bărbații interesul pentru femei deschise la minte și care fac orice pentru ei? Inclusiv în pat?

Când o vorbă e veche spui despre ea că este „din moși strămoși“. Dacă e o vorbă „de femei“ spui că e din „moașe strămoașe“?

Nu știu. Știu însă că o asemenea vorbă stă la baza nefericirii multor femei. Și bărbați, dar într-o mai mică măsură. Această teorie nefericită este că „se duce după alta că n-are ce-i trebuie acasă“.

Adică bărbatul trebuie să fie cu plinul făcut. Sau golit. Și gata! Fericirea conjugală e asigurată.

Femeia trebuie să fie disponibilă pe peste tot, ca sloganul acela al unei firme de curierat, „Oriunde cu plăcere“.

E semn clar că NICI FEMEILE NU ÎNȚELEG BĂRBAȚII.

Așa credeți voi că vă vrem?

Un fel de șvaițer erotic cu toate găurile pregătite?

O păpușă gonflabilă cu buletin de București?

Un roboțel rezistent la umezeală?

Of, Doamne, doamnelor!

Răspunsul la întrebarea primită de la mai multe cititoare este conținut chiar în ea: tocmai pentru că ar face orice pentru noi ne plictisim teribil, ne îngrășăm, devenim apatici, ca niște lei la zoo. Mâncarea nu mai e vânată, e adusă la nas. Și nasul nu se mai ridică.

Într-o iubire adevărată, amândoi încearcă să-i facă plăcere şi să-i poarte de grijă celuilalt. Dar dacă atunci când te întreb „ce ţi-ar plăcea", tu îmi răspunzi „mi-ar plăcea să-ţi plac", o să mi se pară distractiv doar prima dată.

A! Şi încă un lucru. A fi deschisă la minte nu înseamnă că eşti gata să-i împlineşti toate fanteziile, numai să ceară. Dacă faci asta înseamnă doar că eşti foarte, foarte, foarte ascultătoare.

Iar ascultătoare rimează cu plictisitoare.

Q: Ce părere aveţi când bărbatul zice „plec la mama"?

Muza:

Really? OMG! Fetele zic aşa ceva! Nu te ameninţă şi că te spune? :)

Îmi dau seama pe zi ce trece că nu pot să analizez pe toate părţile câte o situaţie şi nici nu sunt făcută să menajez sentimentele nimănui. Nu mă interesează nici dacă nu a avut jucării când era mic, nici dacă a fost un copil care răcea tot timpul sub fularul atent strâns de mămică, nici dacă a fost scutit de orele de educaţie fizică.

E bărbat? Să se ridice la înălţimea aşteptărilor!

Nici eu n-am avut bicicletă, role sau minge pentru că părinţii voiau să mă protejeze de orice risc.

Şi uite că am riscat cu o facultate cum e cea de Arte, care, zic haterii, „nu te ajută cu nimic în viaţă", încerc să-l îmblânzesc pe unul dintre cei mai nebuni bărbaţi şi pentru că n-am avut bicicletă când eram mică, am mers pe motoare când am fost mai mare!

Şi mai ştii ce? Dacă aş eşua, în dragoste sau profesional, nu m-aş duce la mama!

DE RUŞINE.

Ce să-i zic? Că mi-a dat viaţa palme şi n-am ştiut să-i dau şi eu vreo două?

Mi-ar fi jenă că m-a crescut, iar eu încă n-am reușit să mă maturizez suficient. Iar eu sunt femeie. De la un bărbat am pretenții mult mai mari.

Radu:

În primul rând...

#shareifyoudare

UN BĂRBAT AR TREBUI
SĂ NU UITE DE PĂRINȚI ȘI
SĂ-I VIZITEZE.
NU SĂ STEA LA EI.

Așa cum nu mi se pare ceva mai penibil decât să o aduci pe mama să te apere de nevastă!

Pune și un tablou cu „babacii" deasupra patului vostru!

Sau filmează tot ce se întâmplă cum își fac unii filme de cinci, șase ore cu vacanțele și pe urmă le comentează cu rudele mai puțin plimbate. Aici a fost frumos, aici nu mi-a plăcut. :))

Știi unde mai există băieței supravegheați de mame prin camere direct de pe mobil? La unele grădinițe.

Cea mai mare greşeală pe care o poate face un amant. Sau o amantă

Nu vă grăbiţi să spuneţi că deja o greşeală e să fii amantul sau amanta cuiva. Ce înveţi la şcoală nu se aplică perfect lumii reale.

Vrem să iubim şi să fim iubiţi. Restul sunt detalii.

Sunt pregătit pentru un val de critici. Nu e nici primul şi nu va fi nici ultimul. Adulterul e un joc interzis. Asta nu înseamnă că nu are reguli. Nu sunt scrise nicăieri, nu există un cod penal al amanţilor, nici cele 10 porunci ale iubirii interzise. Dar asta nu înseamnă că nu există. E ca în *Fight Club*.

Prima regulă din *Fight Club* era: You do not talk about Fight Club.

Vorbim prea mult despre ce ar trebui să se tacă. Discreţia e prima regulă.

Dar te-ai aprins.

Paradoxal, după ce te-ai culcat cu ea... nu mai dormi.

Slăbeşti.

Nu există cură de slăbire mai eficientă decât o dragoste ascunsă.

Îi rosteşti numele când eşti singur. Parcă-l ai tatuat de curând. Te arde. Îl rosteşti în locul altor nume.

Te explici.

Prost.

Ţi se pare că tot ce ai pe furate ar avea încă şi mai mult farmec dacă ar fi oficial.

„Când îi spui despre noi?"

„Răbdare!"

Nu mai ai.

Şi atunci faci această greşeală. Îi spui tu.

Cu o muşcătură pe gât, cu un mesaj anonim, cu un telefon în miez de noapte, cu nişte poze. Poze, da. Cu nevastă-ta goală. Cu soţul doar în ciorapi. Cu privirea aia pe care tu nu i-ai mai văzut-o de multă vreme. Era pentru mine!

Sunt mulți „viteji“ din ăștia. Și multe „fatale“ care cred că e foarte bine ce fac.

Doar e adevărul, nu? Adevărul e o greșeală?!

Da. Este. Pentru că nu era adevărul tău. Nu tu trebuia să-l spui. Nu era pasul pe care trebuia să-l faci tu. Nu era alegerea care te aștepta pe tine.

Era adevărul celuilalt.

Relația, căsătoria, familia, copiii, vacanțele, planurile, prima casă, ultimul sărut cu înțeles, primul din obligație... al ei! Nu al tău.

Chiar ți se pare că bărbatul ei trebuie să decidă? Ea trebuie să o facă! Dacă el o respinge e a ta? S-ar putea să ai o surpriză. Și femeile acestea perfect aranjate. Îmbrăcate cu ce au mai bun. Care se întâlnesc să discute despre bărbatul uneia/amantul celeilalte. La o cafea. Ce cred că fac? Un partaj? „La cine rămâne copilul?“

Dacă tot suntem în lumea interlopă a iubirii, în economia subterană a sentimentelor, să păstrăm un pic de onoare.

Există onoare între hoți.

Vrei să i-l furi sau să ți-l dea de pomană?

Q: Ce se întâmplă când te înșală în serie? Dar tu de ce-l ierți în serie?

Chiar mi-a plăcut cum a pus domnișoara problema... Ce nu înțeleg eu este de ce femeia care mi-a scris nu lucrează deja la SRI! Să-l prinzi în mod repetat înseamnă că ai niște calități!

Sau la un post de radio creștin, că puterea ei de a ierta e incredibilă! Ca să te înșele în serie trebuie să ierți în serie!

Sau măcar să facă o muncă bărbătească în asfaltări. Pe un buldozer! Că tot s-a obișnuit „să treacă peste“. :))

Nu vă pot reda mesajul inițial pentru că risc să o dau de gol, mai ales că orașul în care s-a întâmplat jumătate din poveste e mai degrabă mic (sunt mai mulți turiști decât locuitori).

Așa e și domnul. Un turist.

El „trage“ la câte o domniță cum trage drumețul la han. Fuck and go. Nu pot să-l blamez pentru că există doar două tipuri de bărbați: cei care au avut relații în paralel și one-night stands și cei care n-au avut, dar și-au dorit.

Avem nevoie de confirmări. Avem nevoie de adrenalină. Avem nevoie de sex. Și nu implicăm mai mult de un cap în asta. Nu ne gândim la consecințe. Poate și de asta e bine ca prezervative să aibă ele. :))

Unii psihologi spun că asta se întâmplă până într-un punct. Mă îndoiesc. Am întâlnit curvari bătrâni și tineri serioși. Nu se întâmplă până într-un punct. Ci până într-un om. O femeie ca o oază. Trupul ei e un templu. Iar tu ești singurul credincios al unei noi religii în care nu există porunca „Să nu râvnești la femeia altuia“, că tu nici nu le mai vezi.

Aici a intervenit Muza, ofticată de-a dreptul:

— Adică vrei să spui că săraca fată e de vină?!

Și da... și nu.

Femeia trebuie să știe „să se vândă“. Și cum ea e mereu acolo... parcă-i ajutor social! Ia să-i închidă puțin „cantina săracilor“ :)) să vedem dacă nu începe să o (râs)plătească.

Consolare între alte picioare

Unei cititoare i-a spus prietenul că a înșelat-o „din vina ei“. Mă întreba dacă nu cumva iubitul ei are dreptate. I-am răspuns exagerat de sincer: Și da, și nu. Dar dacă îl nemulțumea ceva, ar fi trebuit să vorbească mai întâi cu tine înainte să caute consolare între alte picioare!

Nu e ca la job, unde, dacă nu ești mulțumit cu salariul, poți să-ți mai iei un 2nd job. Ce-i asta? 2nd blow job? :) Și tot eu sunt de vină?

Pot să fiu de vină pentru greșelile mele, nu pentru infidelitatea ta!

Aici e vorba de tupeu!

„Sunt la a doua căsătorie, dar n-am avut îndrăzneala să-i reproșez fostului meu soț că mi s-a pus pata pe altul." Oare e așa de greu să ne asumăm deciziile și dorințele noastre?

Dacă ți se pare că nu primești suficientă atenție, cere-mi!

Dacă vrei ceva ce încă nu ți-am oferit, convinge-mă!

Dacă nu te simți dorit nebunește, fă-mă să te doresc! Ce? Dacă suntem într-o relație de lungă durată crezi că nu trebuie să mă mai seduci?

Stai cu ea în sus și eu hop! sar la cap ca la fotbal?

De telecomandă vorbesc, că mulți bărbați o țin în mână ca pe un sceptru. Un simbol al puterii în apartament. :) Și relațiile sunt un fel de *Game of Thrones*!

Brace yourselves, boys! Winter is coming! Cu Crăciun cu tot. Și unii dintre voi veți primi singurătatea cadou.

Știi vorba aia, „Cine râde la urmă, râde mai bine?" Nu e adevărat! Cine râde la urmă abia atunci a priceput poanta. :) De-asta femeile plâng imediat și bărbații mai târziu, când abia atunci înțeleg ce-au pierdut.

Gagico, pune-ți un vin, că bărbații vin și pleacă!

Iar cu fiecare greșeală înveți să-i alegi.

Q: Secretele unei relații reușite? Nu-s secrete! Toți știm ce avem de făcut, da' puțini fac!

Întrebarea originală era „Cum să am o relație ca a ta cu Muza?" Mi s-a părut un pic prea mult, că noi nu avem o relație perfectă, avem o iubire, frumoasă, dar imperfectă.

Primul „secret" este să alegi corect cu cine ai relația.

Noi, bărbații, mai facem uneori greșeala să înghițim rahaturi de la câte una doar pentru că e frumoasă. Indiferent cât de bine te simți când ieși cu ea în public și se întorc capetele, e bine să știi că fericirea se întâmplă mai ales în privat.

Al doilea este să o... cunoști.

Știu, nici eu nu prea citesc manualul de utilizare „că nu e primul telefon din viața mea". Nu e nici prima femeie din viața ta, dar fiecare e diferită. Așa cum stai să-ți personalizezi telefonul și să-i înțelegi fiecare aplicație, așa trebuie să o înțelegi pe femeia de lângă tine! În detaliu.

Al treilea este și cel mai plăcut. Nu te cenzura! (S)experimentează!

Și femeile au fantezii și uneori chiar mai kinky decât ale tale! Barierele se construiesc în afara cuplului, nu în interior. În noua carte e o frază: „Eram gata să-ți îndeplinesc toate fanteziile, dar tu nu mi-ai cerut nimic... anormal. :)"

Nu-mi aparține. Este din mesajul unei femei căsătorite, dezamăgite de rutina care ajunge de la masă pân' la pat.

Al patrulea e să nu treci peste!

E stilul lor. „Hai să nu mai vorbim despre asta" sau „Am trecut peste". Ce-s eu? Buldozer să trec peste? Problemele nu se asfaltează :) Nu le „îngropăm", le rezolvăm! Că altfel scot iar capul ca zombie din „Thriller". :)

Al cincilea „secret" e la fel de evident și de ușor de înțeles precum celelalte. Dar la fel de greu de făcut pentru mulți. *Împarte puterea.*

Cum e separarea puterilor în stat, la fel e și separarea puterilor în... pat. :)

Și în toate celelalte! De exemplu:

Cine alege (și cine plătește) mobila. Ai grijă să nu fii doar un purtător de card!

Cine duce copilul la grădiniță? Vezi că nu l-a făcut singură.

Când nu puteți să fiți amândoi șefi, fiți cu rândul. :) Cine alege (și plătește) vacanțele? Ești genul care are libertatea deplină să aleagă ce vrea nevasta? Nasol!

Vezi să nu ți se potrivească bancul cu concediul. Nu-l știi?

Se întâlnesc doi bărbați. Primul întreabă:

— Ți-ai aranjat ceva cu concediul?

— De ani de zile nu mai am probleme cu asta, răspunde al doilea.

— Cum așa?

— Păi, soția decide unde și șeful când. :)

Femeile greu de suportat... sunt ușor de iubit

Îndrăgostește-te! Relații au toți.
Soții au toți.
Mai puțini au iubite.
Case au toți.
Mai puțini un cămin.
Mașini au toți.
Și viețile lor stau pe loc.

Singurul lucru impardonabil într-un cuplu e mediocritatea.

Mai mult în loc de mai bine.
Ani în loc de emoții.
Relație în loc de dragoste.
Politețe în locul sincerității.
Mai bine sărac... decât „asistat sentimental“.

Femeia greu de suportat face câte un atac de panică.
Apoi îl provoacă altora.
Întârzie la întâlnirea cu un bărbat,
cu un tren,
cu destinul...
dar vine atât de frumoasă, încât bărbatul coboară din tren la prima și se întoarce.
Se întoarce și destinul.
Se întoarce soarele.
S-ar întoarce și timpul, dar nu poate, că e curios ce urmează și pentru asta trebuie să meargă înainte.
Destinul ni-l facem noi.

Nimic nu e perfect la noi, dar uită-te! Ai mai văzut două pietre sparte să se potrivească atât de bine una lângă alta?

Doi arici care nu se înțeapă unul pe celălalt.

Doi nebuni care se înțeleg perfect în limba lor. :)

Mulți ne-au spus: povestea asta n-o să meargă... și uite-o cum zboară! :)

#shareifyoudare

> DE FEMEILE CU GURA
> MARE
> SE SPERIE DOAR BĂIEȚII
> CARE O AU MICĂ.

„Visul american", varianta de bază, conține trei elemente: o casă mare, o mașină tare și o femeie frumoasă.

Pe primele două poți să le cumperi.

Pe a treia trebuie să o... câștigi.

Dacă poți să o cumperi nu e femeie. E un fel de pet. De la pet shop. Și uite că femeia e din ce în ce mai conștientă de propria valoare și nu se mai teme să ceară de la omul de lângă ea și de la societate ce simte că i-a lipsit mamei sale: respect.

Bărbatul mioritic (din care am și eu gene care nu-mi plac, slavă Domnului) preferă să pună femeia la respect. Nu să i-l dea. Dar nu mai are argumente. Înainte era plătit mai bine. Indiferent cât de prost era. Acum nu mai e cazul. Trebuie să mai aibă și alte calități în afară de a face pipi din picioare.

Înainte folosea forța fizică. **Atunci când nu mai avea argumente, își amintea că are palme.** Acum o femeie deșteaptă nu le mai tolerează decât peste cur. În momente care-i provoacă plăcere, nu lacrimi.

Și tot înainte femeia nu avea unde să se ducă. Pentru că și mă-sa gândea tot ca o victimă și considera că e mai nasol să fii divorțată decât nefericită. Replica aceea dintr-o carte a mea, „Ce? Tu crezi că io am fost fericită cu taică-tu?“, nu e inventată.

Femeile „cu gura mare“ sunt cele cu personalitate, feministele (chiar dacă nu mă omor după feminism), femeile care vor o carieră și muncesc pentru ea, cu alte cuvinte, femei care SPERIE un bărbat insuficient de competitiv.

Oare e vina lor?

Ești bărbat! Ridică-te la înălțimea așteptărilor!

Picasso spunea că nu există decât două feluri de femei: zeițe sau preșuri de șters picioarele. Diferența dintre cele două o dă atitudinea.

Eu nu sunt Picasso, dar când abia începusem să-mi câștig primii bani, am simțit că femeile fără personalitate nu mă atrag.

Femeile fără personalitate sunt ca femeile fără sâni: nu-ți sare nimic în ochi. :)

#shareifyoudare

NU VREAU O FEMEIE „UȘĂ DE BISERICĂ“!
UȘA BISERICII SE DESCHIDE PENTRU TOȚI PĂCĂTOȘII.

Mai demult, Muza a făcut o glumă, de-asta mai de absolventă de Arte: de ce n-au donat românii bani pentru sculptura lui Brâncuși, *Cuminţenia pământului*? Păi, vouă vă plac astea mai nebunatice.

Așa e. Mai bine enervantă decât plictisitoare!

Naivitatea poate să fie adorabilă la un copil, dar mă scoate din minți la o femeie. Nu știu, de fapt, niciun bărbat căruia să-i placă femeile care „pun botul“ la vrăjeală ieftină. Pur și simplu începi să te întrebi ce IQ ar putea să aibă copilul chiar și atunci când nu aveai de gând să-i faci copii!

Ca să nu mai zic că te gândești dacă nu cumva și vrăjeala ta a fost proastă, dar te-ai întâlnit cu una la fel. :))

Deși ne lăudăm cu progresul, încă mai auzi multe glume despre o femeie cu experiență de genul că „e la mâna a doua“ sau că „are kilometrajul dat peste cap“, deși „la mâna a doua“ sunt în general cei care fac glumele. Că femei n-au decât în imaginație.

Deși ne dăm „emancipați“, încă mai primesc mesaje de la femei părăsite pentru că s-a aflat că aveau mai multă experiență decât iubiții. Și de la cine au aflat domnii? Chiar de la ele, că au zis fetele să fie sincere la început de relație. Uite că au fost în loc de. :))

Căsnicia e ca un job: ai mult de trudit. Și e mai bine să o faci cu cineva care nu e la primul loc de muncă :))

Q: De ce logodnicul nu mă incită, dar amantul mă transformă într-o nimfomană? Atenție! Răspunsul este mai scandalos decât întrebarea. :)

Am eu o vorbă care o scoate din minți pe Muză, pentru că știe că începem să ne certăm: „Uite cum stă treaba…“

Când încep cu asta e de rău.

Așa că,

fată dragă,

uite cum stă treaba:

Să ai amant după căsătorie e scuzabil. Dacă-l ai înainte înseamnă că ai vrea să te căsătorești cu el, dar pe el îl doare-n ***.

Unul vrea să te ia de nevastă, altul vrea să te ia doar... din toate pozițiile.

Tu crezi că logodnicul e de vină că nu te stârnește.

Eu cred că tu ești de vină, că-i ții locul ocuPAT.

În pat.

Să vezi ce-o să o mai stârnească pe următoarea și cum o să vină aia cu cearcăne la serviciu și cu un zâmbet stupid pe față. Cam cum vii tu acasă când îi spui că „ăștia de la serviciu mă călăresc peste program".

Tu crezi că este ceva în neregulă cu ce face. În neregulă e doar cine este, nu ce face.

E o tâmpenie crasă să crezi că dragostea e rezultatul unor acțiuni, o curtezi, te dovedești vrednic. Ne îndrăgostim într-o clipă sau deloc! Restul e fixare. Nici în luni, ani sau chiar decenii, dacă ar face logodnicul tău tot ce scrie la carte, tot nu te-ar face să te îndrăgostești.

În general răspund detașat la mesaje, dar, nu știu de ce, asta m-a prins pe picior greșit. Tocmai trăisem o nuntă frumoasă, beam un pahar cu vin și credeam în iubire, ca orice curvar reabilitat. Când mi-ai scris tu... Stai liniștită, că nu-ți dau numele. Sunt multe ca tine. Pe celelalte e mai greu să le găsești. De-asta le apreciem.

Nu pe astea care îți spun că le doare capul cu aceeași gură cu care au prestat un blow job.

Nici pe cele care țin telefonul închis și spun „am rămas fără baterie" când merg după un încărcător cu doi centimetri mai lung.

E mai bună altă mufă? :))

Când o să te așezi în genunchi, în fața preotului, n-o să ai o senzație de déjà-vu?

Că o să ajungi acolo, știi asta. Că dacă-l lași pe logodnic, zboară și amantul. Speriat că s-ar putea să vrei să-ți dea mai mult, când el ți-a dat deja tot ce a vrut.

Q: Ce e mai bine? Să fii soţie sau amantă?

Poate sunt eu mai libertin, însă prefer adevărurile scurte în locul minciunilor instituţionalizate.

Am văzut atâţia oameni care se potriveau grozav ca părinţi, dar nu simţeai decât dragoste pentru copiii lor.

Între ei nu mai era nimic.

Te şi întrebai cum i-au făcut.

Şi te mai întrebai şi ce le vor transmite mai departe. Poate „Suportabila greutate a nefiinţei".

E mai bine să fii iubită.

De-asta îmi plac bărbaţii care îşi prezintă soţiile cu „iubita mea".

E mai bine să ai dragoste cu ora
decât plictiseală cu carte de muncă.
E mai bine să nu se ştie când şi unde ţi-a fost bine.
Şi nici cu cine.

E bine să fii iubită nebuneşte sau metodic. Să fii iubită ca o divă şi să-l iubeşti ca o sclavă. Să înceapă să-ţi placă şi berea pentru că, într-un fel, o asociezi cu mirosul lui, iar el să te certe mereu că fumezi şi totuşi să nu ezite să-ţi sărute mâna. Eventual să o ceară pe cealaltă. Cu care nu ţi-ai ţinut ţigara.

E bine, e minunat, să te simţi în centrul atenţiei. Atâta vreme cât este centrul atenţiei lui. Pentru că eu nu cred în iubiri de-astea marginale.

„Te iubesc, dar nu pot să fiu cu tine" e o minciună la fel de gogonată precum „eşti cel mai bun angajat al nostru, dar nu te putem păstra".

O iubire mare, de-aia de o cântă poeţii, poate să înceapă între doi amanţi, în paturi de împrumut, prin mansarde, hoteluri, maşini aburite în parcări subterane, dar, dacă e adevărată, ea vrea să iasă la lumină!

Q: Povestea cu „hai să o luăm de la zero“ e bullshit? Da. Poți să ierți, nu să uiți

Muza a ales dintre mesaje unul în care o doamnă ne întreba dacă poate să o ia de la zero. După ce domnul plecase, se tăvălise puțin, dar era ca nou.

Desigur, el a propus să o ia de la zero. Ea nu avea „datorii“.

Eu nu cred în asta.

S-o luăm de la început... păi, nu de la început am luat-o prima dată? Nu vezi unde-am ajuns?

Să ștergem cu buretele? Poate-s eu mai prost, dar și când eram la școală, de serviciu, și ștergeam tabla, parcă tot se mai vedea un pic la ora de mate din scrisul de la geografie.

Geografie, da, adică pe unde a umblat domnul. Și mate. Să-ți faci și tu niște calcule. Eu cred că luatul ăsta de la zero o să-ți dea cu virgulă.

În loc să-mi dau cu părerea, o să mă deschid în fața voastră.

Am luat-o și eu de la zero cu o mândră. 17 ani. Nu chemați poliția. :))

Și eu aveam 19 sau ceva de genul.

Eu am iertat.

Ea... a mai greșit.

Eu am iertat din nou.

Când mi s-a propus să o luăm de la zero a cincea oară, am zis pas.

Însă la 19 ani ai timp să greșești. Timpul parcă nici nu există. Când ai 30 și un copil însă...

Nu vă grăbiți să spuneți că o poveste de la 19 ani nu mai are relevanță pentru un cititor sau o cititoare de 30. Unii nu depășesc niciodată vârsta aia. :)

Q: „Bravo", l-ai tăiat din toate pozele cu voi! O să-l decupezi şi din suflet?

#shareifyoudare

NICIODATĂ NU POȚI SĂ URĂȘTI UN OM MAI TARE DECÂT ATUNCI CÂND L-AI IUBIT.

Metamorfoza necunoscutului în familie și a familiei în câmp de luptă (unde sunt pomeniți morții și răniții ambelor potențiale soacre).

Metamorfoza lui „Nu vreau să te pierd niciodată" în „Nu vreau să te mai văd niciodată".

E mai ușor să judeci decât să înțelegi, dar, gândește-te, înainte să-l cunoști nu însemna nimic pentru tine. Când ai început să îl iubești? A făcut ceva bine?

Dar să nu-ți mai placă? Când s-a întâmplat? A făcut ceva rău?

Bărbații intră adesea în viața femeii fără niciun alt merit decât acela că era singură. Sufletul neocupat ca un loc de parcare. A văzut locul liber și a… intrat. Dacă n-ar fi fost el, ar fi intrat altul. Bine... sunt multe locuri de parcare cu ora.

Femeile sunt și ele într-o situație asemănătoare: aveam nevoie de sex și ne-am trezit doi la întreținere. Nu le-am dat test-grilă să vedem dacă sunt inteligente. A fost suficient că erau (sau doar ni s-au părut) frumoase.

#shareifyoudare

AVEM FOARTE PUȚIN
MERIT PENTRU PRIMA
NOAPTE,
DAR DUCEM TOATĂ
RESPONSABILITATEA
PENTRU ULTIMA.

Câte dintre cititoarele mele pot să admită că, de multe ori, nu despărțirea e o greșeală? Întâlnirea a fost.

Greșit înțeleasă.

Greșit condusă.

Între doi oameni care știau sau nu ce vor, dar cu certitudine nu știau pe cine au întâlnit. Au aflat mai târziu.

Și? Acum ce faci? L-ai decupat din poze. Uau! Ți l-ai șterge și din memorie! Smart, nu am nimic de comentat! E ca și când ți-ai anula și momentele frumoase.

Istoria se va repeta. Dacă nu o înțelegi.

Hai să rămânem prieteni?! Poate, dar nu imediat!

Vă place matematica?

Unora le place doar să adune.

Alții se plâng că le dă mereu cu minus.

Paradoxal, proștii nu au nicio problemă cu... înmulțirea.

Eu am avut mereu o problemă cu împărțirea.

Rolurilor.

N-am îndrăznit niciodată să-i spun unei femei de care voiam să mă despart „hai să rămânem prieteni". Nu imediat după.

N-am putut. Tot matematic, prin reducere la absurd. Să zicem că am rămâne prieteni de astăzi, când am făcut dragoste ultima dată… ieri.

Ce facem?

Trecem de la french kiss la dat noroc ca băieții?

Ieri îți strângeam sânii, astăzi te pup pe obraz?

Ieri în pat, azi în parc? Tot cu pa începe.

Nu. Cu PA se termină.

Nu știu alții cum sunt, dar eu n-am prieteni pe care să îi iau în brațe și gata! – să mi se și scoale.

#shareifyoudare

DRAGOSTEA E O BOALĂ
CARE DEPINDE FOARTE
MULT DE GENETICA
FIECĂRUI INDIVID:
NU NE TRECE ÎN ACELAȘI
TIMP. :)

Mereu e unul care rămâne îndrăgostit ca prostul. De unul singur.

Flămândul pe care sătula nu-l crede. :) Sau plictisitul pe lângă care degeaba dansezi.

„Hai să rămânem prieteni" este o formă de lipsă de respect. Nici măcar voie să mă enervez nu-mi dai? Calmul ăsta englezesc e o insultă adusă pasiunii.

Oricât de glorificate ar fi despărțirile elegante, pot să jur că o femeie care nu m-a făcut albie de porci când am părăsit-o nu m-a iubit niciodată!

Q: Cum faci un bărbat să nu te uite niciodată?

Fapt: Muza primește mai multe întrebări decât mine! La început mi s-a părut o ușurare, dar, la un moment dat, am luat-o la un pahar cu vin și am întrebat-o: „De ce crezi că se întâmplă asta?"

Avea buzele murdare de vin roșu, zici că erau mușcate de Dionysos. S-a lins pe ele în stilul Evei, pisica noastră, și mi-a zis: „Eu le răspund la ORICE întrebare. Tu ștergi mai bine de jumătate dintre ele fără să răspunzi pentru că ți se par prea simple sau neimportante.

Pentru omul care ți le-a trimis SUNT al dracului de importante. Unii chiar și-au călcat pe orgoliu să-ți scrie."

Cum să faci un bărbat să nu te uite niciodată?

Fuck his brains out and leave the next day. Asta e cea mai simplă variantă. Noi, bărbații, vrem one-night stand doar atunci când a fost bine, dar nu senzațional. Deci te vom căuta. La început tot pe tine. Apoi, dacă ne dai flit, în fiecare femeie. Un 3some intelectual. :)

E bine? Nu. E chiar naspa. Dar întrebarea era clară. Iar metoda asta e sigură. Mie îmi place alta. Mult mai complicată și mult mai nesigură.

#shareifyoudare

VREI SĂ FACI UN BĂRBAT SĂ NU TE UITE NICIODATĂ?
RĂMÂI ÎN VIAȚA LUI!

Dedică-te, pune pasiune, pune înțelepciune, pune și iar pune, fără să te gândești ce iei.

Ai grijă de el de parcă ar fi copilul tău.

Învață-l... ca pe „Tatăl nostru“.

Înțelege-l ca un psiholog.

Fă dragoste cu el ca o escortă de lux.

Lasă-l liber ca băieții ăia de pe National Geographic care eliberează leii după ce i-au tratat.

Dacă te iubește, va face la fel pentru tine.

Dacă nu, chiar nu înțeleg de ce ți-ar păsa dacă te ține minte sau nu.

Iar tu, cu siguranță, ai un singur motiv să ți-l amintești...

Ca să recunoști genul.

Și să-l eviți.

Muza:

Radu e șmecher. S-a prefăcut că nu înțelege ambele sensuri ale întrebării și a tratat-o prea „pozitiv“. Tocmai el, care a scris „Cine n-a întâlnit o femeie care vrea să se răzbune nu știe cum arată RĂUTATEA ÎN STARE PURĂ!"

De obicei, femeile vor să nu fie uitate de bărbați care le-au părăsit deja. Ele vor o revanșă. Nu vor „să nu mă uite". Vor „SĂ MĂ ȚINĂ MINTE". Așa că l-am silit să continue. Nu vreți să știți ce a trebuit să-i promit la schimb, dar sunt fată de gașcă și am făcut-o pentru echipă.

Radu:

Bun...

Deci așa ne jucăm! Aveți pile la mine în pat. :)) O parte dintre metodele de mai jos au fost testate chiar pe mine și/sau prieteni de-ai mei. Unele au funcționat. Altele nu...

Slăbește, mergi la sală, transformă-i cel mai bun prieten în cățelușul tău credincios, renunță la hainele de corporatistă frigidă, învață să mergi pe motor.

Pentru că există un singur lucru mai sexy decât o fată care merge pe motor ca pasageră, ținându-se bine de motociclist: una care se ține bine de coarne. Pasager ești tu.

(Muza nu e de acord cu asta, pentru că riscurile din trafic sunt prea mari ca să merite. Până la urmă vrei să-l chemi la nunta ta, nu la funeralii. :)

Nu cred în distrugeri de niciun fel. Nici mașina, nici căsnicia, dacă tocmai s-a însurat. O să te țină minte... dar ca pe o psihopată! :))

Și chiar dacă s-ar putea să fii una, nu e impresia pe care vrem să o lăsăm, nu-i așa?

Dar funcționează să ieși la cafea cu soția și să ți-o faci prietenă, apoi chiar fană. Iar în tot acest timp să nu vorbiți niciodată despre el. O să o întrebe, să fii sigură.

Funcționează să ajungi șefa lui sau, dacă are un business, să-i cumperi compania.

La fel de eficiente sunt cazurile în care te suprapui perfect pe tot ce zicea că nu poți. Sau nu ești.

Mergi la stadion, sări cu parapanta, dansează pe boxe, mergi la filme horror și SF apoi scrie două, trei chestii super smart pe Facebook despre Philip K. Dick. Dick... interesant nume, nu?

Am spus că o parte dintre metode s-au încercat chiar pe mine și/sau prieteni ai mei. Unele au funcționat. Altele nu. Sunt sigur că vrei să știi care. Oricare, cu condiția să le fi pus în practică o femeie pe care oricum n-aș fi uitat-o.

#shareifyoudare

RĂZBUNĂRILE ȘI
COMPLIMENTELE
SEAMĂNĂ MULT.
CONTEAZĂ MAI PUȚIN
CARE SUNT.
CONTEAZĂ MAI MULT
CINE ȚI LE FACE.

Q: Băieții răi sunt alegeri bune?

Chiar dacă studiezi la Drept, nu înveți nimic despre legile atracției. Așa cum nimeni nu poate să-ți povestească pe înțeles ce e viața. Trebuie să o trăiești. Iubești, greșești, iubești din nou de capul tău.

Nimeni n-a spus că e ușor. Ușor e să trăiești cum îți spun alții.

Ușor e să crezi că „Frumoasa și bestia“ e doar un basm și să iei un bărbat comod. Nu cred că un bărbat comod e chiar bărbat. Ușor e să nu încerci să cucerești o femeie „de necucerit“. Dar ce e ușor foarte rar îți aduce satisfacții.

Sunt pe o terasă în Timișoara și aștept să iasă Muza de la hair&make-up. Se face (și mai) frumoasă pentru nunta pe care o așteptăm încă de la nunta noastră. Da, prietenii noștri, băiatul rău și fata cu-minte, se căsătoresc astăzi.

Credeai în vorba aia, „Contrastele se atrag, dar nu rămân împreună“?

Uite că rămân.

Îți mai aduci aminte când ai ascultat de prieteni în loc să-ți asculți inima?

Ai greșit.

Când ți-a fost frică de fericire, pentru că părea prea riscantă?

Ai greșit.

Dar atunci când ai judecat un om după ce se spunea despre el în loc să încerci să-l cunoști?

Prietenii, rudele, autorii de cărți de „dezvoltare personală“, toți pot să aibă o opinie despre viața ta. Dar deciziile tale nu sunt rezultatul unui sondaj de opinie!

Să știți că atunci când cineva mi-a zis să trec pe roșu că nu-i nimeni... poliția mi-a luat mie carnetul. :))

Ai înțeles, nu?

Poate că nu există nimic mai riscant decât să te îndrăgostești. Dar nici mai plăcut.

Hai, lasă cititul! Nu cumva ai de răspuns la un mesaj sau de dat un telefon?

Fericirea de mâine stă în acțiunile tale de astăzi.